Kerrin Gossow

FASTER LOVE

Liebe am Limit

Faster Love - Liebe am Limit
Roman

1. Auflage

Covergestaltung: Daphne Bühner
Bildmaterial: iStock, Pixabay
Konzept & Beratung: Jessica Dollichon,
Ann-Christin Matthiesen
Lektorat: Daphne Bühner
Korrektorat: Wortgenau die Textwerkstatt
(Daniela Jäckle)
Buchsatz: Daphne Bühner

Kerrin Gossow
Zum Fliegerhorst 35
25980 Sylt/ OT Tinnum

kgossow.autorin@web.de

Für Opa.

Und allen Omas und Opas im Himmel

Playlist

Body 2 Body
ATB, Connor Matthews
7 Things
Miley Cyrus
Ride Wit Me
Nelly, City Spud
Wo Willst Du Hin?
Xavier Naidoo
Nummer Eins
Stereoact, Chris Cronauer
Butterfly
Crazy Town
Want You Bad
The Offspring
Cry Me a River
Justin Timberlake
uvm.

Prolog

Jason

Josie neben mir fängt an zu kichern, als sie in den Sitz gedrückt wird. Ich schaue zu ihr. Nur eine Sekunde. Noch nie habe ich mich vollkommener gefühlt als in diesem Augenblick. Sie sieht so hübsch aus mit ihren glänzenden Augen und den vor Aufregung rötlichen Wangen.

»Jason, pass auf«, schreit mein Mädchen plötzlich und krallt sich an den Griff der Tür. Es dauert einen Moment, bis ihre Worte in meinen Kopf dringen, doch dann wende ich schnell meinen Blick auf die Straße vor uns. Sofort trete ich auf die Bremse, aber es tut sich nichts. So wie eben mit dem Gas trete ich ins Leere. Fuck! Immer wieder trete ich auf das Scheißteil und hoffe, dass der Wagen endlich bremst.

»Jason, brems verdammt noch mal!« Josies Stimme wird immer schriller. Mit Schrecken sehe ich dabei zu, wie wir Vladimir, der mittlerweile die Ziellinie passiert hat und seinen Wagen mitten auf der Straße geparkt hat, rasant näher kommen. Mein Puls schnellt in die Höhe und Panik macht sich in mir breit. Das schaffen wir nicht, denke ich, doch dann merke ich einen klitzekleinen Widerstand unter meinem Fuß. Hoffnung blitzt auf. Die Geschwindigkeit reduziert sich, aber nur minimal. Vlad steigt aus seinem Wagen, will sich von der Menge am Rand feiern lassen. Er sieht uns auf sich zu rasen. Für einen Moment bleibt er stehen, beeilt sich dann aber, dass er von der Straße kommt. Mir wird bewusst, dass wir es keineswegs schaffen werden, vorher zum Stehen zu kommen.

»Tu doch was!«, heult Josie. Mir schmerzt es in der Seele, sie so zu hören. Der Widerstand verschwindet wieder. Meine Hoffnung ebenso. Kurz vor dem stehenden Wagen weiche ich aus und lenke auf den Grünstreifen. Ein fataler Fehler, wie ich im nächsten Moment feststelle. Alles ruckelt und wackelt. Ich habe den Wagen nicht mehr unter Kontrolle und er bricht aus. Ich versuche gegenzulenken, aber es bringt nichts. Ein lauter Knall ist zeitgleich mit Josies Horrorschrei zu hören. Metall quietscht. Glas zersplittert. Abrupt kommen wir zum Stehen. Ich werde nach vorne gegen den Lenker geschleudert, nur um im nächsten Moment vom Airbag zurück in den Sitz gedrückt zu werden. Ich höre mich schwer atmen. Verstehe nicht, was eben passiert ist. Ich versuche, nach Josie zu greifen, aber ich kann meinen Arm nicht anheben. Ich bin zu schwach und so unendlich müde. Ein letztes Mal denke ich an meine wunderbare Freundin, dann wird alles schwarz um mich herum.

Was davor geschah

…

Jason

Heute ist wieder so ein Tag, den man getrost als einen Arschloch-Tag verbuchen könnte. Die Corvette des alten Bowlers will einfach nicht angehen. Ich habe wirklich schon alles versucht. Zündkerzen sowie den Anlasser gewechselt, trotzdem will die alte Dame sich nicht ermutigen lassen anzuspringen. Dabei habe ich noch zwei weitere Karren stehen, die dringend durchgecheckt werden müssen.

Frustriert werfe ich den Lappen, mit dem ich mir eben das Gesicht abgewischt habe, zur Seite.

Mein Handy auf der Werkbank rotiert in einer Tour. Bestimmt ist das Morty, ich habe ihm noch keine Antwort gegeben, ob wir heute Abend ein Bier trinken gehen oder nicht. Wobei, wenn ich mir das Drama vor mir anschaue, könnte ein kühles und eventuell ein heißes Blondes genau das Richtige sein.

Ein Blick auf die Uhr reicht, um mich zu überzeugen, Schluss für heute zu machen. Ich gehe ins Büro und fahre den PC runter. Die Rechnungen werde ich morgen machen. Warum noch mal habe ich Herbert angeboten, seine Werkstatt zu übernehmen, während er mit seiner zwanzig Jahre jüngeren Frau die Flitterwochen nachholt? Weil ich insgeheim den Laden hier übernehmen will, darum. Herb hat mir damals eine Chance gegeben und ich habe mich vom Hilfsarbeiter zum Chefmechaniker hochgearbeitet.

Mir liegt sehr viel an dem Laden und die Arbeit macht mir Spaß. Vielleicht ist auch mein Hobby schuld, denn ich liebe Autos. Vor allem, wenn sie schnell und aufgemotzt sind und mich das Adrenalin spüren lassen.

Nachdem ich das Licht ausgemacht habe, gehe ich in den Aufenthaltsraum. Dort wasche ich mir die Hände und hole Schlüssel und Portemonnaie aus meinem Spind. Nur noch schnell mein Handy von der Werkbank nehmen und dann ab unter die Dusche. Mein Glück ist, dass ich nicht erst nach Hause fahren muss, sondern direkt über der Werkstatt wohne.

Ich verlasse die Halle, schließe diese ab und gehe zur rechten Seite des Gebäudes, wo die Tür zu meinem Reich ist.

In meinem Reich angekommen, ziehe ich mir das T-Shirt beim Laufen über den Kopf, werfe es in eine Ecke und schlüpfe aus den ausgelatschten Arbeitsschuhen. Mein Handy lege ich auf dem Nachttisch im Schlafzimmer ab.

Im Badezimmer entledige ich mich der restlichen Klamotten und steige unter die dringend benötigte Dusche. Heute ist es so verdammt heiß, dass einem schon nach zehn Minuten der Schweiß im Nacken sitzt.

Nachdem ich fertig mit Duschen bin, gehe ich in mein angrenzendes Schlafzimmer und ziehe mich an. Meine Wohnung ist nichts Besonderes. Sie ist eher rustikal eingerichtet, mit allem was ich brauche. Nicht mehr und nicht weniger. Den einzigen Luxus, den ich mir in meinem Leben gönne, sind meine zwei Babys. Dank Herb stehen sie sicher eingelagert in der Werkstatt.

Wieder angezogen, lasse ich mich rückwärts aufs Bett fallen und fische mein Handy vom Nachttisch. Wie befürchtet, sind es etliche WhatsApp Nachrichten von Morty und eine von einer unbekannten Nummer gewesen. Ich will Morty zurückschreiben, da klingelt just in dem Moment das Handy in meiner Hand.

»Hey Bro, kannst du Gedanken lesen? Ich wollte dir gerade schreiben.«

»Jaja, spar dir das. Wieso gehst du jetzt erst dran?«, mosert er rum.

»Weil ich arbeiten musste? Du weißt, ich habe Herb versprochen, ihn zu vertreten ...« Weiter komme ich nicht, da unterbricht er mich auch schon.

»Ja, aber mal ehrlich, meinst du, das klappt? Der Alte wird doch nie auf die Idee kommen, dir den Laden zu überlassen. Du ackerst dich zu Tode, und wofür?« Obwohl Morty mein bester Freund ist, hasse ich manchmal seine Einstellung zum Leben. Es kann leider nicht jeder wie er mit einem goldenen Löffel aufgewachsen sein. Mortys Vater ist der Polizeichef in diesem Kaff namens ›Friendly Falls‹ und somit gehört seine Familie der Oberschicht an. Es ist schon krank, dass dieses kleine Städtchen technisch auf dem neuesten Stand ist, aber die Ansichten der Bewohner noch aus der Kolonialzeit stammen. Eigentlich fehlt nur noch, dass es hier für den Polizeichef einen Sheriffstern gibt.

Kopfschüttelnd vertreibe ich meine Gedanken und sage leicht genervt: »Was wolltest du? Es muss ganz schön dringend sein, wenn du mich so terrorisierst, also raus mit der Sprache.«

»Ich habe ein neues Rennen klargemacht. In drei Tagen findet es statt. Einmal um den Friendly River herum und dir gehört der Sieg. Ist dein Baby startklar?« Ist sie das? Ich hatte beim letzten Rennen schon ein ungutes Gefühl. Ich werde das Auto auf jeden Fall nochmal durchchecken.

»Ich kümmere mich darum, dass sie es ist. Und klar, ich bin dabei«, antworte ich ihm.

»Wunderbar! Wie sieht's mit einem Bier aus? Mir ist langweilig.« Ich rolle mit den Augen. Das wundert mich so gar nicht. Von morgens bis abends nichts zu tun haben, stelle ich mir auch ziemlich lahm vor. Da ich eh nichts Besseres vorhabe, antworte ich ihm: »Geht klar, um neunzehn Uhr im Charly's?«

»Alles klärchen, mein Bester«, antwortet Morty daraufhin übertrieben fröhlich. Ich muss über seine Art lachen. Genau das schätze ich so an ihm. Er kann mich unwahrscheinlich schnell zum Lachen bringen und mir sogar manchmal damit den Tag retten.

Wir verabschieden uns, und ich widme mich endlich der unbekannten Nachricht, die zwischen den unzähligen von Morty eingegangen ist. Mir bleibt die Spucke weg, als ich die schwarzen Buchstaben auf dem Display lese.

Wo bleibst du? Die Klingel ist kaputt und ich geh jetzt unter die Dusche. Schlüssel ist unter dem Stein. Kuss J.

Zuerst bin ich irritiert. *Habe ich vielleicht eine Schnecke vergessen? Bin ich verabredet gewesen?* Nein, das kann nicht sein. Keine meiner Eroberungen bekommt meine Handynummer. Einmaliger Sex, mehr gibt es bei mir nicht zu holen. Aber wer auch immer diese ›J‹ ist, sie ist nackt unter der Dusche. Was wäre ich denn für ein Mann, wenn ich darauf nicht antworten würde?

Duschen? Ohne mich, meine Hübsche? Was für ein Skandal.

Josie

Da Susan und ich heute Abend feiern gehen wollen und sie eigentlich schon seit einer halben Stunde hier sein sollte, schreibe ich an ihre neue Nummer. Zum Glück hat sie mir diese heute Morgen beim Brunchen auf eine Serviette geschrieben. Ich Dussel habe mal wieder mein Handy zu Hause vergessen.

Nachdem ich die Nachricht abgeschickt habe, gehe ich unter die Dusche. Das Wasser rinnt meinen Körper hinab und ich schließe wohltuend meine Augen. Es ist so unerträglich heiß heute. Ich bin regelrecht in der prallen Sonne zerflossen, als mein Vater mich unbedingt nach dem Brunch zu einer Eröffnung eines Hotels schleifen musste.

Mich kotzt es so an.

Ein Leben in der Öffentlichkeit ist das Schlimmste, was einem passieren kann.

Mein Vater, der große David McGraw, ist der Bürgermeister dieser langweiligen Stadt. Für mich heißt das, ich muss als braves Töchterchen funktionieren. Dauergrinsen und freundlich in die Kameras der Stadt lächeln sind nur die harmlosesten meiner Aufgaben. Denn wir wollen ja das Image einer tollen, liebevollen und so intakten

Familie aufrechterhalten. Dass mein Vater seit zwei Jahren eine Affäre mit seiner Sekretärin hat, meine Mutter depressiv und mein Bruder Logan ein Arschloch ist, das steht natürlich in keinem Käseblatt.

Als ich fertig mit Duschen bin und aus dieser steige, kündigt mein Handy eine neue Nachricht an. *Na endlich, wird ja auch Zeit, dass sie sich meldet.*

In meinen Bademantel eingepackt, tapse ich zum Handy, das auf der Ablage liegt. Ich nehme es in die Hand und öffne die eingehende Nachricht. Vor Schreck fällt es mir beinahe aus der Hand. Was ist denn bitte mit Susan los? Hat ihre Grandma wieder Kekse gebacken und sie hat wie vor zwei Wochen ein Erlebnis der ganz anderen Art bekommen? Ich schreibe ihr und frage sie genau das.

Während ich meinen Bademantel ausziehe, mich rasiere und eincreme, muss ich doch darüber lachen. Verrückte Nudel.

Jason

Keine 2 Minuten später piept mein Handy in der Hand.

> Susan, geht's dir gut? Hast du etwa wieder die Kekse deiner Grandma gegessen? xD

Ich brauche ein paar Sekunden, bis mir auffällt, dass dort Susan steht. Heilige Scheiße, die Nachricht war gar nicht für mich. Ich fange an, laut zu lachen. So was hatte ich noch nie. Aber ich habe noch keine Lust, mit dem Schreiben aufzuhören. Mal schauen, wer sich hinter der ominösen ›J‹ verbirgt.

> Also ich weiß ja nicht, wer Susan ist, aber ich bin es nicht. Um noch mal auf die Duschszene zurückzukommen, du willst echt ohne mich duschen gehen? Du weißt gar nicht, was dir entgeht, meine Süße.

Wie gebannt sitze ich auf meinem Bettrand und starre das Handy in meiner Hand an. Komm schon, Kleine, trau dich. Lass uns ein wenig Spaß haben. Der erlösende Ton einer Nachricht zeigt mir, dass sie scheinbar nicht abgeneigt ist. Aus mir unbegreiflichen Gründen freue ich mich auf dieses Spiel.

> Du bist nicht Susan? Fuck! Es tut mir leid ... Ich wollte meiner Freundin schreiben ... Sie hat seit heute eine neue Nummer und hat sie mir scheinbar falsch notiert. Deiner Nachricht nach zu urteilen, bist du ein Mann? Bitte sei aber kein ekliger, alter Mann oder einer mit Schwabbelbauch.

Erneut muss ich lauthals lachen. Die Kleine hat Humor. Na gut, Phase zwei. Dann wollen wir ihr einmal zeigen, dass ich definitiv kein Fettsack bin. Ich ziehe mir mein T-Shirt aus, halte meine Handykamera auf mein Sixpack und mach ein Foto. Bevor ich dieses abschicke, schreibe ich noch:

> Nope, kein einziger Schwabbel am Bauch. Ich hoffe, Madame gefällt, was sie sieht? ;)

Josie

Endlich fertig angezogen und dabei, meine Haare zu bändigen, hellt sich mein Handy auf. Ich greife danach. Und schon wieder wäre mir das Teil beinahe aus der Hand geglitten. Shit! Ich muss echt besser aufpassen. Die Nachricht schockt mich noch mehr als die erste. Erst beim zweiten Mal lesen, realisiere ich, dass es nicht Susan sein kann. Nein! Ich habe die Nachricht scheinbar einem fremden Mann geschickt. Denn seine Antwort klingt sehr männlich.

Scheiße! Die Nachricht ist so plump, dass ich ein wenig grinsen muss. Dann fällt mir ein, dass es auch ein widerlicher, alter Mann sein könnte. Einer von der Sorte, arbeitslos vor dem Fernseher mit Bierbauch und Chipstüte sitzend. Mich überläuft ein Schauer. Da ich ein direkter Mensch bin, schreibe ich ihm einfach und frage nach.

Natürlich könnte er mich anlügen, aber ich war schon immer neugierig. So setze ich mich auf den Toilettendeckel und warte gespannt die Antwort ab.

Es dauert einen Augenblick, doch dann erscheint ein Bild, das mein gerade frisch angezogenes Höschen feucht werden lässt. Verdammt, ist das ein heißer Körper. Ein wohldefiniertes Sixpack ist zu sehen. Aber die schwarze

Tinte, die sich vom Hals runter zu den Schultern, und wie ich anhand der nicht vollendeten Muster vermute, auch bis über die Oberarme schlängelt, gibt mir den Rest. Verdammt, ich habe eine Schwäche für Männer mit Tätowierungen.

Während ich immer noch dabei bin, das Bild anzuschmachten, kommt eine weitere Nachricht rein. So hübsch sein Körper auch sein mag, die Nachricht bringt mich wieder auf den Boden der Tatsachen zurück.

Was für ein Riesenego. Erfahrungsgemäß sind das auch die Typen, die das Arschlochgen gepachtet haben. Und so schreibe ich ihm, ganz im Gegensatz zu dem, was meine aufgerichteten Nippel und das Kribbeln in meiner Mitte schreien, was er nicht hören will.

Genervt mache ich mich weiter fertig und hoffe, dass Susan bald hier auftaucht.

Jason

Ich ziehe mir mein T-Shirt wieder an und schaue auf die Uhr meines Handys. Fuck! Schon kurz vor sieben Uhr. Ich muss los. Schnell schlüpfe ich in meine Lederjacke und nehme mir Schlüssel, Handy und Portemonnaie. Alles in den Taschen verstaut, gehe ich raus und schließe die Tür hinter mir.

***

Der Weg zum Charly's, unserer Lieblingskneipe, ist nicht weit und so bin ich nach zehn Minuten da. Ich betrete die Kneipe und werde sofort von allen anwesenden Stammgästen begrüßt. Morty und ich sind hier schon als Teenager gewesen, auch wenn wir zuerst nur Dart gespielt haben. Irgendwann sind dann der Alkohol und die Mädchen dazugekommen. Hier tummeln sich viele Einwohner von Friendly Falls, Reich und Arm, Jung und Alt.

Ich gehe zur Theke, wo Morty eifrig mit Charly am Diskutieren ist. Der Junge lernt es auch nie. Er verliert gegen Charly jede Diskussion.

»Jason, mein Junge, wie geht's dir? Schon überfordert mit dem Chefposten?«, fragt Charly, während er ein Bier zapft und dieses dann vor mich stellt. Gespannt bleibt er vor mir stehen, sieht mich mit seinen von Falten umrahmten braunen Augen an und wartet darauf, dass ich ihm endlich antworte. Natürlich weiß er, dass ich die Vertretung für Herb übernommen habe. Wir wohnen schließlich in einem Dorf. Jeder kennt hier jeden und neue Geschehnisse machen sofort die Runde.

Ich setze mich hin. Begrüße zuerst Morty, der mit mir per Handschlag einschlägt, und trinke dann einen Schluck meines Biers, bevor ich Charly antworte: »Es läuft. Gerade habe ich einen schweren Fall auf der Hebebühne, aber auch das bekomme ich hin. Ansonsten klappt es ganz gut. Ist ja nichts Neues für mich. Gut, die Rechnungen und das Telefon gehen mir auf den Geist, aber da muss ich durch.« Charly beugt sich über die Theke und klopft mir auf die Schulter. Stolz schwingt in seiner Stimme, als er sagt: »Du machst das schon. Du hast einen guten Ruf als Mechaniker, ich glaube an dich.« Wir stoßen an und ich lasse mir das Bier auf der Zunge zergehen.

Charly wird von anderen Gästen gerufen und da Morty mal wieder versucht, bei der Bedienung zu landen, habe ich einen Moment für mich.

Ich hole mein Handy aus der Hosentasche und sehe nach, ob ich eine neue Nachricht der kleinen Miss J habe. Und tatsächlich hat sie geantwortet. Schnell entsperre ich mein Display und öffne die Nachricht.

> Gefallen? Na ja ... ich habe schon besser definierte Muskeln in meinem Leben gesehen. Aber dein Ego, das kann man nicht mehr toppen, hat dir das schon mal jemand gesagt?

Grinsend gleiten meine Finger über das Smartphone und tippen:

So, so, ... heißt das also, dass du öfter Fotos von Männern bekommst? Ein gesundes Ego ist im Übrigen sehr anregend. Wurde wissenschaftlich bewiesen, wusstest du das etwa nicht? ;)

Ich überfliege die Buchstaben auf meinem Display, überlege kurz noch, ehe ich Folgendes dazuschreibe und abschicke.

Vielleicht bist du eine alte Frau. Oder sogar ein Mann mit Schwabbelbauch. Wo bleibt denn dein Beweis? :P

Josie

Fertig angezogen und geschminkt gehe ich in die Küche, nehme mir dort ein Glas aus dem Schrank und fülle es mit Wasser, ehe ich weiter ins Wohnzimmer schlendere. Ich lasse mich auf die Couch sinken und mache es mir zwischen den Kissen gemütlich. Ehe ich das Glas auf dem Couchtisch abstelle, nehme ich noch einen Schluck.

Ich greife nach der Zeitschrift, die neben mir auf dem Sofa liegt, halte aber inne, als ich das Blinken auf meinem Handy sehe. *Na, wenn das nicht das Arschloch ist. Okay, ein heißes Arschloch, aber das weiß er bestimmt auch selbst.*

Ich öffne WhatsApp und finde die Nachricht ganz oben in der Liste. Doch als ich sie öffne, fallen mir beinahe vor Schreck die Augen aus dem Kopf. Ich weiß nicht warum, aber ich muss lachen. Okay, der Typ hat Humor, das muss man ihm lassen.

Doch nun verlangt er ebenfalls einen Beweis, dass ich kein Mann oder alt bin. Mist! Ich habe so was noch nie gemacht. Was ist, wenn es nachher einer ist, der bei der Presse arbeitet? Mein Vater würde mich hochkant enterben. *Obwohl … wenn ich darüber nachdenke, ist der Gedanke an meinen Vater mit hochrotem Kopf ganz witzig.* Na gut, der Nervenkitzel hat mich schon immer angezogen wie die Motte das Licht. Ich nehme mein Handy, drehe in den Einstellungen die Kamera und mache ein Foto von mir. Natürlich angezogen! Ich will ja nicht wie Paris Hilton oder Lindsay Lohan enden.

Bevor ich es mir anders überlege, drücke ich auf ›Senden‹ und lege schnell mein Handy beiseite. Jetzt bloß nicht zu viel nachdenken.

Gott sei Dank, erlöst mich ein wildes Geklopfe an der Haustür. Schnell stehe ich auf und eile zum Eingang der Wohnung. Als ich die Tür öffne, stelle ich erleichtert fest, dass es Susan ist. Mit einer festen Umarmung heiße ich sie willkommen.

»Wo warst du verdammt? Ich warte schon seit einer Stunde auf dich.« Als wir uns voneinander lösen, hat sie wenigstens den Anstand schuldbewusst dreinzuschauen.

»Ja, ich weiß. Mein Auto wollte einfach nicht anspringen, darum musste ich mir ein Taxi rufen. Du weißt, wie schwer es ist, eins zu bekommen. Aber wäre das nicht schon genug, hat der Taxifahrer einen ewig langen Weg genommen, statt den direkten. Ihm war es egal, ob ich mich verspäte oder nicht. Ich glaube, der wollte nur mehr Geld mit der Tour machen. Aber warum hast du mir nicht einfach geschrieben?« Ich ziehe vorwurfsvoll eine Augenbraue hoch und erwidere: »Habe ich, aber leider hast du mir die falsche Nummer gegeben und jemand Fremder hat geantwortet.« Nun werden ihre Augen größer.

»Scheiße. Das tut mir leid. Komm, lass uns ins Wohnzimmer gehen und hinsetzen, dann tippe ich dir die neue Nummer direkt ins Handy ein.« Ich nicke Susan zu, schließe die Eingangstür hinter ihr und gehe gemeinsam mit ihr in die Stube. Während Susan sich auf die Couch setzt, frage ich: »Möchtest du ein Glas Wein? Oder wollen wir direkt los?«

»Nein, ein Glas Wein ist super. Im Übrigen habe ich noch eine kleine Überraschung für uns beide.« Nanu, was ist denn nun? Gespannt darauf, was für eine Überraschung sie hat, gehe ich zuerst in die Küche und schenke uns Wein ein, ehe ich mit den vollen Gläsern zurück ins Wohnzimmer komme. Ich setze mich zu ihr auf die Couch und gemeinsam stoßen wir an.

»Auf den heutigen Abend, meine Liebe«, lässt Susan verlauten und trinkt einen großen Schluck. Ich tue es ihr gleich.

»Na gut, dann lass uns erst das Nummerndrama hinter uns bringen und dann erzähl mir von der Überraschung.«

»Okay, gib schon her«, sagt Susan und hält auffordernd die Hand hin. Schnell schaue ich nach, ob mir Mr. X geschrieben hat. Allerdings kann ich keinen Nachrichteneingang erkennen und so gebe ich ihr ein wenig ernüchtert mein Handy. Ob ihm das Bild nicht gefallen hat? Ist er jetzt enttäuscht?

Scheiße, was mach ich mir denn so einen Kopf darum? Es kann mir doch egal sein. Ich habe gar nicht bemerkt, dass ich mein Handy wiederhabe und schon gar nicht, dass ich damit angefangen habe, es in der Hand hin und her zu drehen.

Erst als Susan ihre Hand auf meine legt, wird mir das bewusst und ich schaue leicht verlegen zu ihr auf. Sie blickt mich argwöhnisch an und fragt auch sogleich: »Okay, was ist los? Du sahst gerade so aus, als wenn sie die neue Louis Vuitton Tasche, die du letztens im Geschäft geblickfickt hast, nicht mehr haben.« Verwirrt schaue ich sie an. Wie soll ich ihr denn das nun erklären? Ich räuspere mich und fange dann an zu sprechen.

»Wie eben schon erwähnt, habe ich dir geschrieben. Nur leider warst du es nicht, die mir geantwortet hat, sondern ein fremder Mann. Ich war neugierig und hab ihm erneut etwas geschickt. Ein Wort ergab das andere. Plötzlich hat er mir ein Bild von seinem Sixpack geschickt und mich damit ganz durcheinander gebracht … Susan, er ist so verdammt heiß, sage ich dir. Leider hat er danach mit einem Satz alles zunichtegemacht. Du weißt, wie ich es hasse, wenn Männer ein Riesenego haben und ganz genau wissen, wie sie auf Frauen wirken. Und genau so einer scheint er zu sein. Kurz darauf war er wieder witzig und fragte ebenfalls nach einem Foto, das ich ihm dann auch geschickt habe.«

Die letzten Worte murmele ich nur noch. Kaum habe ich das letzte über meine Lippen gebracht, nehme ich mein Glas Wein und exe es. Susan sitzt immer noch da und sagt nichts.

Erst, als sie nach endlos erscheinenden Minuten der Stille einfach nach meinem Handy greift und meine Nachrichten öffnet, kreische ich los und versuche, ihr das Ding aus der Hand zu nehmen. Leider bin ich nicht schnell genug und sehe nur noch, dass sie das Bild schon geöffnet hat.

»Heilige Mutter Gottes, ist der scharf. Josie! Wenn du dir den nicht klar machst, dann weiß ich auch nicht mehr weiter. Lass dich auf dieses Spiel ein.« Ich verdrehe die Augen, nehme ihr mein Handy aus der Hand, als sie ein Moment nicht aufpasst, und sage: »Boah, krieg dich ein und wisch dir den Sabber aus dem Gesicht. Ich habe ihm ja ein Bild geschickt, aber er hat nicht geantwortet. Vielleicht ist er jetzt enttäuscht?« Susan bedenkt mich mit einem Augenrollen.

»Bist du bescheuert? Schau dich doch bitte mal an. Du bist der Inbegriff von Schönheit. Egal wo wir hingehen, die Männer drehen sich nach dir um. Wenn ich ein Kerl wäre, hätte ich dich schon längst in meine Höhle verschleppt, Madame.« Jetzt muss ich lachen. Ich liebe diese verrückte Nudel so sehr. Aber in einem Punkt hat sie unrecht.

Die Typen schauen nicht nach mir, weil ich hübsch, sondern weil ich die Tochter des Bürgermeisters und somit eine gute Partie bin.

»Wer weiß, vielleicht antwortet er ja noch und wenn nicht, dann nicht. Es gibt genug hübsche und nette Männer.«

Ich zwinkere ihr zu.

»So, genug über mich geredet. Erzähl mir lieber, was du für eine Überraschung hast.« Auf Susans Gesicht breitet sich ein dickes Grinsen aus.

»Wir gehen in drei Tagen zu einem Autorennen. Aber nicht zu irgendeinem Rennen. Illegal, heiße Typen und schnelle Motoren. Ich hatte letztens was mit einem Fahrer, er will mich unbedingt wiedersehen und hat mir deshalb Datum, Ort und Uhrzeit für das nächste Rennen gegeben.« Ungläubig sehe ich sie an.

»Illegal? Susan! Du weißt, dass ich in der Öffentlichkeit stehe! Wenn das rauskommt, habe ich die Hölle auf Erden.«

»Nun mach dich nicht nass. Sobald die Polizei auftauchen sollte, gibt es interne Signale. Es wird keiner herausbekommen, dass du da warst. Die Leute, die dort hingehen, wollen ebenfalls nicht erkannt werden und interessieren sich nicht für die anderen Besucher.« Skeptisch sehe ich sie an. Allerdings weiß sie ganz genau, dass ich den Nervenkitzel liebe und so willige ich ein.

Als das geklärt ist und unsere Gläser leer sind, machen wir uns endlich auf den Weg zum ›Palace 1#‹. Es ist ein angesagter Club, ein bisschen außerhalb von Friendly Falls, wo man perfekt die Nacht zum Tag machen kann.

Jason

Ich lege mein Handy auf den Tresen und drehe mich zu Morty um, der mich merkwürdig betrachtet.

»Was ist? Warum schaust du mich so merkwürdig an?« Er grinst nun diebisch und antwortet feixend: »Ich wusste gar nicht, dass du was am Start hast. Du grinst so verliebt. Sogar Grübchen kommen zum Vorschein.« Bevor ich realisieren kann, was er vorhat, pikst er mir in meine Wange.

»Genau da.«

»Ey! Bist du bescheuert? Lass deine Griffel bei dir. Es langt, dass Leonore das ab und zu macht.« Bei dem Gedanken an meine Grandma blutet mir das Herz. Sie ist die einzige Verwandte, die mir noch geblieben ist. Und weil sie leider nicht mehr so kann, wie sie gerne würde, habe ich ihr vor zwei Jahren einen Platz im Seniorenheim besorgt.

Das renommierte Heim liegt ein wenig außerhalb der Stadt und kostet eine Stange Geld. Aber dort kann sie an vielen Aktivitäten teilnehmen und noch viel wichtiger, sie wird dort auf Händen getragen. Genau das, was Leonore verdient hat. Da ist es mir auch egal, dass fast mein ganzes Preisgeld, das ich bei den Rennen gewinne, für die Einrichtung drauf geht.

»Wie geht es der Lady eigentlich?«, reißt Morty mich aus meinen Gedanken. Er scheint meinen Stimmungswechsel bemerkt zu haben. Ich schüttele die letzten Gedanken ab und antworte: »Ihr geht es gut. Sie hat sich jetzt dem Skatclub angeschlossen. Kannst du dir das vorstellen? Meine Grandma beim Skat. Aber ich bin froh, dass es ihr scheinbar besser geht. Sie blüht wieder auf, und das ist alles, was für mich wichtig ist.«

Mein Handy gibt wieder einen Ton von sich, schnell entsperre ich mein Display und sehe nach, ob es wieder Miss J ist, die mir schreibt.

> Das ist doch verrückt, aber okay. Bitteschön.

Kaum habe ich die Nachricht gelesen, poppt ein Bild auf.

Sofort fließt mir das Blut in die untere Region.

Unauffällig versuche ich, mich umzusetzen, damit Morty nicht meinen Ständer bemerkt. Ich sehe mir das Foto noch einmal genauer an. Zu sehen ist eine weibliche Figur. Große Brüste, die leider in einem kurzen rosafarbenen Top stecken, das unterhalb dieser aufhört. Blonde Strähnen, die leicht gewellt, links und rechts ihren Busen umschmeicheln.

Eine schlanke Taille kann ich ebenfalls erkennen und ist das etwa ein Tattoo? Ich zoome die Stelle auf dem Bild mit zwei Fingern auf dem Bildschirm heran. Und fuck, es ist wirklich ein Tattoo.

Rosenranken schlängeln sich von ihrer rechten Rippe bis unter den Bauchnabel und verschwinden dann in ihrer Jeans. Heilige Scheiße, ich will über jede dieser Rosen lecken. Vor allem aber will ich herausfinden, bis wohin die Ranken gehen. Dieses Mädchen ist verdammt heiß. Ich bin immer noch so was von scharf, dass ich gar nicht mitbekomme, wie Morty sich zu mir rüber beugt.

»Alter Schwede, wer ist denn bitte dieses heiße Gerät?« Ich zucke ertappt zusammen und sperre sofort meinen Bildschirm. Mit zusammengekniffenen Augen schaue ich ihn an und sage gepresst: »Das geht dich nichts an.«

»Alter, bist du verrückt geworden? Was ist denn mit dir los?« Ergeben hebt er die Hände hoch und schüttelt mit dem Kopf. Scheiße, er hat recht. Was gehe ich denn jetzt bitte so ab? Zerknirscht sehe ich ihn an und entschuldige mich.

»Sorry, war nicht so gemeint. Keine Ahnung, was mit mir los war. Sie hat mir versehentlich geschrieben, wollte wohl ihrer Freundin schreiben.«

Oh Gott, wie lahm das klingt, aber es hat sich ja genau so zugetragen. Morty glaubt die Story scheinbar nicht, denn er fängt schallend an zu lachen. Während er sich immer noch kringelt vor Belustigung, sagt er: »Ja klar, und ich heirate morgen. Glaubst du ihr wirklich diesen Scheiß? Erinnere dich an diese Sophia damals, die in der Hoffnung, dass Du sie vögelst, zu jedem Rennen gekommen ist. Sie hat auch alles versucht, mein Freund. Das ist bestimmt wieder so eine Aktion eines Mädchens, die von dir naschen will.«

Ob er damit recht hat? Aber sie macht bisher nicht den Eindruck, dass alles gespielt ist. Ich beschließe, dass ich es erst mal so stehen lasse und mich später damit befassen werde.

»Morty, was wolltest du eigentlich mit mir besprechen?« Gedankenverloren dreht er sein Bier in den Händen.

»Mein Alter will mich auf so eine Wohltätigkeitsveranstaltung schleppen und du weißt, wie sehr ich solche Veranstaltungen hasse. Ich kann mich leider dieses Mal nicht drücken. Kommst du mit? Bevor du jetzt meckerst, ich weiß, dass du solche Events ebenfalls nicht magst, aber mit dir würde der Abend erträglicher sein. Außerdem schuldest du mir noch was.«

Mist, da hat er recht. Vor zwei Wochen habe ich nach einem Rennen ein Mädchen mit nach Hause genommen. Wir haben Spaß gehabt und als ich sie rauswerfen wollte, hat sie sich an mein Bett gekettet, um nicht gehen zu müssen. Sie hat die Erste sein wollen, die über Nacht bei dem großen Jason Willard geblieben ist. Sie hat gedacht, mit der Aktion ihr Ziel erreichen zu können. Ich habe wirklich nicht gewusst, wie ich die Irre loswerden sollte, denn sie hat den Schlüssel nicht mit dabeigehabt.

Also habe ich einen Bolzenschneider aus der Werkstatt geholt. Nachdem die Handschellen durchtrennt gewesen waren, hat sie mich wie ein Klammeräffchen besprungen. Gott sei Dank habe ich Morty durch die Tür meinen Namen rufen hören und mit vereinten Kräften haben wir die Furie hinausbugsiert.

Nun hat er in der Tat einen gut bei mir. Fuck! Ich hasse so was. Nur reiche Schnösel, Champagner und dieses ewige zur Schau stellen, wer die Schönere und Reichere ist. Tief atme ich durch und gebe zerknirscht zu: »Okay, du hast recht. Aber damit sind wir quitt. Ich bleibe nicht ewig und du besorgst mir einen Anzug. Ich besitze so was nicht.« Auf Mortys Gesicht breitet sich ein Grinsen aus.

»Perfekt. Und keine Sorge, um den Anzug kümmere ich mich. Die Gala ist in zwei Wochen. Gib mir deine Maße, ich lass dir dann einen Anzug anfertigen und liefern.« Ich schüttele mit dem Kopf. Anfertigen. Liefern. Das sind alles Begriffe, mit denen ich noch nie etwas zu tun hatte. Viele Leute fragen sich, warum Morty und ich überhaupt befreundet sind. Wir kommen aus völlig unterschiedlichen Schichten. Aber unsere Leidenschaft für Autos hat uns zusammengeführt und wir schaffen es trotz aller Widrigkeiten.

Wir stoßen noch mal an und ich exe mein Bier. Nachdem ich das Glas auf dem Tresen abgestellt habe, lasse ich den Blick durch die Kneipe streifen. Plötzlich bleibe ich an einem Paar grüner Augen hängen. Lange blonde Haare und ein Körper zum Niederknien. Ich glaube, ich sollte mal wieder Druck abbauen. Kaum habe ich dies gedacht, kommt die Kleine auch schon auf ihren Fickmich-Schuhen auf uns zugestöckelt. Sie lehnt sich neben mich an den Tresen und spielt mit einer Strähne ihres Haares, die sie immer wieder um den Finger wickelt.

Wie ich so was verabscheue. Fehlt nur noch, dass sie Kaugummi kaut und eine Blase platzen lässt. Innerlich rolle ich mit den Augen, äußerlich lächele ich sie jedoch an.

»Hübsche, so ganz allein hier? Willst du was trinken?« Sie hört einfach nicht auf, ihr Haar mit den Fingern zu malträtieren. Vielleicht fessele ich sie nachher am besten. Sie kommt näher, legt mir eine Hand auf den Oberarm und flüstert mir ins Ohr: »Wir können uns den Drink auch sparen und gehen direkt zu dir?« Jup. Genau so mag ich das. Direkte Frauen sind mir die liebsten.

Ich bezahle mein Bier bei Charly, verabschiede mich von Morty mit einem Zwinkern und nehme die Hand der Schnalle.

Kaum sind wir draußen, schiebe ich sie gegen die Rückwand eines Wohnhauses und drücke meinen Mund auf ihren. Bah! Ich konnte noch nie viel mit Lippenstift anfangen. Das Zeug klebt, verschmiert und hinterlässt überall widerliche Abdrücke.

Mit meiner Zunge teile ich ihre Lippen und dringe in sie ein. Unsere Zungen treffen sich, duellieren sich regelrecht. Sie stöhnt in den Kuss hinein und ihre Hände krallen sich in meine Lederjacke. Mit meiner Hand wandere ich unter ihren kurzen Rock.

Meine Finger treffen auf ihr Höschen, das schon ganz nass ist. Ich schiebe den störenden Slip beiseite. Erst mit einem, dann mit zwei Fingern dringe ich in sie ein. Sie stöhnt an meinem Hals und kommt meinen Fingern entgegen. Plötzlich nehme ich ein saugendes Geräusch wahr. Sofort entziehe ich mich ihr. Die ist doch nicht ganz dicht. Einen Knutschfleck? Ernsthaft? Wie alt sind wir? 14? Ich schnalze mit der Zunge und entziehe ihr ebenfalls meine Finger.

»Wenn du so aufs Saugen stehst, darfst du dich gerne an meinem Schwanz austoben, aber mein Hals ist tabu!« Sie sieht zu meinem besten Stück hinunter und ich kann mir ein »Nur zu« nicht verkneifen. Das lässt sie sich tatsächlich nicht zweimal sagen und kniet sich sofort vor mich hin.

Geschickt öffnet sie meine Jeans, zieht diese samt meiner Shorts ein Stück herunter und holt mein bestes Stück heraus. Mit lüsternem Blick schaut sie zu mir hoch und leckt an meinem Schaft entlang. *Ja, verdammt, so ist es richtig.* Meinen Kopf in den Nacken legend, genieße ich das Schauspiel. Sie leckt, saugt und als sie dann auch noch meine Eier stimuliert, bin ich kurz davor zu kommen.

»Ja, Baby, so ist es gut«, keuche ich und kralle meine Hand in ihr Haar, um den Rhythmus zu dirigieren, den ich brauche. Als ich merke, dass es nicht mehr lange dauert, bis ich in ihren mit Lippenstift verschmierten Mund spritze, entziehe ich ihr meinen Schwanz und ziehe sie wieder hoch.

Es kaum noch aushaltend, drehe ich sie um und presse sie gegen die Hauswand. Ihr Gesicht drückt gegen die roten Ziegel und ihre Hände sind links und rechts gegen die Wand gestützt. Ich spreize ihre Beine und gleite ein letztes Mal mit meinen Fingern an ihrer Spalte entlang. Sofort läuft ihr Saft aus dieser und benetzt meine Haut. Das ist das Zeichen für mich, dass sie feucht genug für die schnelle Nummer ist. Schnell fische ich ein Kondom aus meiner Hosentasche und stülpe es über mein bestes Stück. Mit einem einzigen kräftigen Stoß dringe ich in sie ein. Bevor sie hier die ganze Nachbarschaft zusammenschreit, nehme ich meine Hand und halte sie ihr vor den Mund.

Immer schneller pumpe ich in sie. Sie zittert, stöhnt und allmählich ziehen sich ihre inneren Muskeln immer mehr um meinen Schwanz. Ich schließe die Augen und das Bild der hübschen Kleinen taucht vor meinem inneren Auge auf. Diese Rosenranken, diese wahnsinnig machende Taille und diese festen Brüste.

Immer wieder stoße ich zu, verliere mich in der Vorstellung aus meinem Gedächtnis. Als die Tussi, in der in Wirklichkeit mein Penis steckt, mit einem langen Stöhnen kommt, bin auch ich bereit. Meine Eier ziehen sich zusammen, mein Atem beschleunigt sich und mein Körper erzittert. Mit einem Knurren pumpe ich noch ein, zwei Mal in ihre feuchte Enge, als auch ich endlich den erlösenden Orgasmus spüre und meinen Samen ins Kondom spritze. Fuck! So heftig bin ich noch nie gekommen. Und das wegen dem Bild einer Unbekannten, obwohl ich nicht mal weiß, wie sie heißt oder wie ihr Gesicht aussieht.

Als sich meine Atmung wieder normalisiert hat, trete ich einen Schritt zurück, sodass ich aus ihr herausgleite, ziehe das Kondom von meinem Penis und knote es zu. Das Mädel vor mir sieht mich total derangiert an, allerdings mit einem befriedigten Ausdruck auf dem Gesicht. Sie zieht ihren Rock wieder herunter, richtet ihre Bluse und versucht, ihr Haar zu ordnen, ehe sie fragt: »Zur zweiten Runde zu dir?«

Tja Schätzchen, das wird nichts. Ich schüttele mit dem Kopf.

»Es war ganz nett mit dir, Baby.« Und weil mich meine Grandma gelehrt hat, Frauen Respekt entgegenzubringen, streichele ich ihr einmal über die Wange, ehe ich mich umdrehe. Als ich um die Ecke bin, entsorge ich das Kondom in einem Mülleimer. Über das »Du verdammtes Arschloch«, das mir die Tusse hinterherruft, kann ich nur schmunzeln. Immer wieder dasselbe.

Gelassen gehe ich nach Hause und sofort unter die Dusche. Nachdem ich mir den Lippenstift und die Erinnerung meiner letzten Eroberung vom Körper gewaschen habe, stelle ich mir meinen Wecker und lege mich ins Bett. Doch dann fällt mir ein, dass ich Miss J noch nicht geschrieben habe. Ich greife mir mein Handy vom Nachttisch und hole das schnell nach.

> Sorry, dass ich mich jetzt erst melde, ich war verabredet. Du bist wunderschön, weißt du das? Wie wäre es mit einem Namen zu diesem anbetungswürdigen Körper?

Josie

Es ist erst sechs Uhr morgens, als ich leicht beschwipst meine Wohnung aufschließe. Der Abend war super. Susan und ich haben getanzt, getrunken und unglaublich viel gelacht. Ich bin so dankbar, dass ich sie in meinem Leben habe. Sie sorgt immer dafür, dass ich nie so werde wie meine Familie. Dass ich ein bodenständiger Mensch im Herzen bleibe. Natürlich trage ich Markenklamotten. Ich habe sogar eine beachtliche Schuh- und Taschensammlung, aber ich weiß auch, dass dies Luxus pur bedeutet. Mir ist klar, was andere Menschen dafür tun müssen. Wenn mir meine Klamotten nicht mehr passen, bringe ich sie zur Wohlfahrt. So haben noch weitere Frauen etwas von der Kleidung.

Ich schlüpfe aus meinen High Heels, die mich schon den ganzen Abend wahnsinnig gemacht haben, und torkele ins Badezimmer. *Ab ins Bett,* denke ich und mache mich daran, das Make-up abzuwischen.

Fertig abgeschminkt, ziehe ich mein Schlafshirt mit aufgedruckten Cupcakes und die dazu passende Shorts an. Ich lege mich in mein weiches Kingsize Bett. Als ich mein Handy ans Ladekabel stecke, sehe ich, dass ich eine Nachricht erhalten habe. *Shit, wieso habe ich das nicht mitbekommen?* Wie ein Mahnmal ploppt der Name ›Arsch‹ auf meinem Display auf.

Erst bin ich verwirrt, bis mir wieder einfällt, dass ich Mr. X ja so genannt habe. Bei der bloßen Vorstellung, dass er mir vielleicht ein weiteres Bild geschickt hat, wird mir heiß. Schnell öffne ich die Nachricht. Mein benebelter Kopf will nicht glauben, was meine Augen lesen. *Ich bin wunderschön? Aber vor allem er war verabredet? Etwa mit einer Frau?* Was sind denn das für Gedanken? Was geht mich das an. Oh Gott, mir wird schlecht. Alles dreht sich plötzlich.

Schnell springe ich aus dem Bett. Gerade noch rechtzeitig schaffe ich es zum Bad und übergebe mich in die Toilette. Als nichts mehr kommt, drücke ich die Spülung, um die Spuren meines kleinen, schwachen Moments zu beseitigen. Am Waschbecken wasche ich mir zuerst den Mund aus, ehe ich mir erneut die Zähne putze und zurück ins Bett gehe. Dort liegt immer noch mein Handy mit der geöffneten Nachricht. Er will einen Namen. Auch das noch. Obwohl, wer weiß, wo er herkommt. Kennen wird er mich bestimmt nicht. Also tippe ich Folgendes ein:

> War deine Verabredung weiblich? Mein Name ist Josie. Wie ist deiner? Sonst, kann ich dich auch einfach weiterhin in Gedanken ›Arsch‹ nennen. Was ist dir lieber? ;)

Erst, als ich die gesendete Nachricht überfliege, fällt mir auf, dass ich ihn tatsächlich gefragt habe, ob seine Verabredung weiblich war. Scheiße, wie peinlich. Das klingt doch total eifersüchtig. *Oh Mann, Josie, am besten ignorieren wir das Ganze gekonnt.* Ich lege mein Handy zurück auf den Nachttisch und schalte mein Licht aus.

Als ich die Augen schließe, taucht der heiße Unbekannte auf und stellt Sachen mit mir an, die mich Sterne sehen lassen.

Irgendwann werde ich von meinem Wecker geweckt. Ich schrecke hoch und schalte ihn schnell aus. Mein Kopf schmerzt und leider erinnere ich mich, was ich geträumt habe. Scheiße. Was hat dieser Kerl nur an sich, dass ich meine Prinzipien komplett vergesse? Ich habe ihn noch nie getroffen. Ich kenne nur ein Foto. Ich weiß noch nicht mal, wie sein Gesicht aussieht. *Was ist denn nur los mit mir? Ich liebe den Nervenkitzel. Also warum sollte ich es nicht einfach wagen?* Nein! Ich darf mich nicht von meinen Gedanken beeinflussen lassen. Schnell steige ich aus dem Bett und nehme endlich die heiß ersehnte Kopfschmerztablette ein. Die Dusche und die frische Kleidung tun ihr Übriges. Keine Stunde später sehe ich wieder vorzeigbar aus. Keine Spur von letzter Nacht ist zu erkennen. Jetzt heißt es warten, bis der Chauffeur meines Vaters kommt, um mich für das wöchentliche Frühstück der Familie McGraw abzuholen. *Das kann ja wieder heiter werden.*

Pünktlich wie ein Uhrwerk hupt es vor dem Haus. Um den Fahrer nicht lange warten zu lassen, gehe ich sofort nach unten.

Kaum habe ich das Haus verlassen, öffnet er auch sogleich die Tür des Autos. Ich lasse mich in das Leder fallen und die Tür wird geschlossen.

***

Keine fünfzehn Minuten Fahrt, dann befinde ich mich auf dem Anwesen meiner Eltern. Pompöser könnte diese Villa nicht sein. Alles glänzt, alles ist bepflanzt und sie haben sogar einen Brunnen in der Auffahrt stehen.

Sobald ich das Auto verlassen habe, nachdem der Chauffeur mir die Tür geöffnet hat, geht auch schon die Eingangstür der Villa auf. Marta, die Haushälterin, steht lächelnd im Rahmen und breitet ihre Arme aus. Ich laufe zu ihr.

»Mein Kind, wie schön dich zu sehen. Geht es dir gut?«, fragt sie mich sofort, während sie mich fest in die Arme schließt. Sie war immer wie eine kleinere, dickere Version von Mary Poppins für mich. Ich lache verhalten und antworte ihr: »Ja, mir geht es gut, danke Marta. Geht es dir auch gut oder ärgern sie dich sehr?« Sie weiß sofort, wen oder was ich meine. Marta zuckt als Antwort nur mit den Schultern.

Als ich das Esszimmer betrete, sitzen sie alle schon wie die Könige am Tisch. Mein drei Jahre jüngerer Bruder Logan schaut von seiner Zeitung auf und mustert mich genauso abschätzig wie meine Mutter. Wir haben keine Geschwisterbindung. Er war schon immer eifersüchtig auf mich. Dabei wäre ich froh, wenn Vater statt mir, mal ihn mit sich herumschleifen könnte.

»Josie, kannst du dich nicht ordentlich anziehen? Wie läufst du denn bloß rum. Wie eine Obdachlose.« Greta McGraw wie sie leibt und lebt. Ich hasse es, wenn sie so ist. Dabei komme ich mir immer so unglaublich wertlos vor. Ich schaue an mir herab. Eine beige Bluse ziert meinen Oberkörper. Passend dazu trage ich eine dunkle Jeans und helle Ballerinas. Wenn es nach meiner Mutter gehen würde, müsste ich hier top gestylt sitzen.

Ich zucke mit den Schultern und setze mich an den für mich gedeckten Platz. Weil ich es sonst nicht lange aushalten werde, greife ich nach dem Glas und exe die Mischung aus Sekt und Orangensaft. Sofort schnalzt meine Mutter mit der Zunge und mein Vater räuspert sich dezent.

»Josie, in zwei Wochen findet eine Gala statt. Trage dir den Termin ein. Du wirst mich dorthin begleiten.« Abfällig mustert er mein Äußeres.

»Und sorg dafür, dass du angemessen gekleidet bist. Blamiere mich bloß nicht.« Innerlich rolle ich mit den Augen. Natürlich werde ich das tun, aber man muss es mir selbstverständlich noch mal sagen. Als würde ich in Lumpen zu einer Gala gehen. Ich hasse die Veranstaltung jetzt schon. Überall wird mich mein Vater mitschleifen. Von einer Person mit wichtiger Bedeutung für ihn zur nächsten. Um angeben zu können, wie stolz er auf mich ist. Dabei bin ich doch nur die undankbare Tochter für ihn und meine Mutter.

»Zu Befehl, Vater. Aber eigentlich würde ich gerne selbst Entscheidungen treffen wollen. Ich bin fünfundzwanzig Jahre alt und kein kleines Kind mehr.« Ups. Mein Vater schaut von seinem gekochten Ei hoch. Unsere Blicke treffen sich. Zorn ist in seinem erkennbar.

»Ich sage es dir noch einmal, Josaline. Das schicke Appartement, in dem du wohnst. Das Auto, welches vor deiner Tür steht. Und dein ganzer Luxus an unnützem Kram wird bezahlt von wem? Von mir, richtig. Also erwarte ich von dir, dass du dich meinen Anordnungen nicht widersetzt.« Bähm! Damit hat er mich jedes Mal. Ich habe keine Ausbildung gemacht, habe auch nicht studiert, sondern von klein auf meinen Vater beim Wahlkampf geholfen. Danach ging es weiter, dass ich meine Mutter bei diversen Wohltätigkeitssachen unterstützen musste. Ergeben, sauer und verletzt schaue ich auf meinen Teller und fange an zu essen.

***

Nach endlos erscheinenden zwei Stunden kann ich mich endlich verabschieden. Wie jedes Mal, wenn ich dieses Haus verlasse, atme ich tief ein und aus. Die ganze Anspannung, die ich verspüre, wenn ich bei meinen Eltern zu Besuch bin, fällt von mir ab. Der Chauffeur ist so freundlich und öffnet wieder das Auto für mich.

Erleichtert, endlich von dieser Villa wegzukommen, setze ich mich in den Font des Wagens. Ich nutze die Zeit der Fahrt aus und hole mein Handy aus der Tasche. Gespannt, ob mir Mr. X endlich geantwortet hat, sehe ich auf den Bildschirm. Nichts. Keine einzige Nachricht wird mir angezeigt. Enttäuschung durchflutet mich. Ich entriegele mein Handy und schreibe Susan. Wir verabreden uns auf einen Kaffee.

Jason

Nachdem ich mich den ganzen Tag mit nörgelnden Kunden und dem Papierkram habe rumärgern müssen, ist die Zeit wie im Flug verflogen. Als ich endlich ein bisschen Zeit zum Durchatmen habe, ist es draußen bereits dunkel.

Die Uhr an der Wand zeigt zwanzig Uhr an. Okay, es wird Zeit, dass für heute Schluss ist. Ich habe schon genug für die Firma geackert. Nun muss ich mich endlich meinem Baby widmen. Irgendwas stimmt mit ihr nicht und dem will ich auf den Grund gehen. In zwei Tagen ist das Rennen, bis dahin muss sie fit sein. Eigentlich am liebsten heute schon, denn morgen muss ich sie ausfahren. Alles testen. Bevor ich allerdings starte, gehe ich schnell in die Küche und hole die Pizza, die ich mir heute Mittag liefern gelassen habe. Gemeinsam mit dem Karton gehe ich zurück in die Werkstatt.

Während mein Baby mit der Hebebühne hochfährt, beiße ich genüsslich von der genialen Pizza ab.

Es gibt nichts, was geiler schmeckt als kalte Pizza.

Als die Bühne oben angekommen ist, schaue ich mir den Wagen ganz genau an: die Bremsleitungen, den Auspuff, die Schellen, den Unterboden an sich sowie die Bremsbeläge und Klötze. Es sieht alles super aus. Warum habe ich denn letztens so ein ungutes Gefühl gehabt? Ich fahre die Hebebühne wieder runter und schau mir den Motor an. Und tatsächlich, mein Gefühl hat mich nicht verlassen. Eine Leitung ist lose und kurz vorm Auflösen. Schnell repariere ich das Problem und schließe nach getaner Arbeit die Motorhaube. Erleichtert atme ich auf.

Ich sehe mich um. Verdammt! Die Werkstatt sieht wie ein Schweinestall aus. Sofort mache ich mich daran und räume auf.

Als ich die Werkstatt aufgeräumt und abgeschlossen habe, ist endlich Feierabend.

***

Oben in der Wohnung angekommen das gleiche Prozedere wie jeden Tag. Duschen, Jogginghose an und ab aufs Sofa. Diesmal allerdings nehme ich mir ein Bier aus dem Kühlschrank, ehe ich es mir auf der Couch gemütlich mache. Mit meinem Handy in der Hand checke ich meine Social-Media-Kanäle und meine Nachrichten, während ich das Bierchen nebenbei genieße. Außer Heiratsanträgen, Babywünschen und eindeutigen Angeboten ist nichts Gescheites dabei. Der ganz normale Wahnsinn also.

Ich setze erneut meine Flasche an, als mir die rote Eins an der Nachrichten-App auffällt. *Wie konnte ich die nur übersehen?*

Ich öffne die Nachricht und stelle mit Freuden fest, dass es meine kleine Nachrichtenmaus ist. Ihr Name ist also Josie. Hübscher Name, geiler Körper. Perfekt wäre nun noch ein Foto ihres Gesichts und ihr Wohnort. Damit ich weiß, wo ich sie ausfindig machen muss, um sie endlich unter mich zu kriegen. Dass sie nach meinem Namen fragt, war schon irgendwie klar. Doch ich habe nicht vor, ihr diesen zu nennen. Zu viel steht auf dem Spiel und ich habe keine Lust, dass Morty vielleicht recht hat und das hier eine Tussi ist, mit der ich was hatte. Auf Drama kann ich wirklich verzichten.

Ich beschließe, wenigstens ein wenig ehrlich zu sein und schreibe daher zurück:

> Josie ... Der Name ist heiß. Jetzt macht das J am Ende deiner ersten Nachricht auch Sinn. ;D Also, süße Josie, ich bin Adrian. Gibt es auch ein hübsches Gesicht zu dem Körper und dem Namen? Du machst mich verdammt neugierig, Baby.

Ja, ich weiß, es wirkt plump, aber ich weiß worauf die Ladys stehen. Bei denen geht sofort das Höschen flöten, wenn man sich so anstellt. Auch Josie wird so eine Frau sein. Früher oder später liegen sie doch alle unter mir. Oder auf mir. Oder knien vor mir.

Sofort regt sich meine Körpermitte. Da es schon spät ist und morgen wieder ein langer Tag auf mich wartet, beschließe ich, ins Bett zu gehen. Aber vor allem, mich um meine Erektion zu kümmern.

Der Tag des Rennens ist gekommen. Schon seit dem Aufwachen bin ich total zerstreut. Normalerweise müsste man denken, ich wäre es bereits gewohnt, zu einem Rennen zu fahren. Aber das ist Bullshit. Jedes Mal scheiße ich mir beinahe vor Angst in die Hosen. Das weiß natürlich keiner, nicht mal Morty. Das soll auch so bleiben. Ich mache sowieso viel mit mir selbst aus und auch das werde ich jetzt schaffen. Wie jedes beschissene Mal. Aber bevor ich gleich zum Rennen aufbrechen werde, will ich noch meinen Lieblingsmenschen besuchen.

Ich parke mein Baby auf dem Parkplatz vor der Residenz, steige aus und gehe rein. Mandy, dem Empfangsmädchen, zwinkere ich zu. Prompt wird sie rot. In ihren Augen kann ich Gier erkennen. *Jap, mir hat der Fick in der Besenkammer vor zwei Wochen auch sehr gefallen, Süße.* Als ich an Leonores Zimmer ankomme, klopfe ich einmal an die Tür und trete in den Raum.

Meine Grandma sitzt an einem Tisch über ein Puzzle gebeugt. Ich räuspere mich, sie sieht auf und sofort erhellt sich ihr Gesicht.

»Mein Junge, komm zu mir. Meine Augen werden immer schlechter. Ich kann dich kaum erkennen. Es ist fast schon unmöglich, diese blöden Puzzleteile zu sehen.« Ich trete lachend auf sie zu, nehme sie von hinten in den Arm und drücke ihr einen Kuss auf die Wange.

»Leo, du hast deine Brille nicht auf. Dann wird es auch nichts mit dem Puzzeln.« Als ich über den Tisch greife und ihr ihre Brille reiche, haut sie mir leicht auf den Oberarm.

»Verschaukel eine alte Lady nicht so, Mister«, sagt sie gespielt tadelnd. Ich grinse einfach nur vor mich hin. Ich liebe solche Momente. Meine Grandma war mir in vielerlei Hinsicht mehr Mutter, als es meine eigene je war. Denn meine leibliche Mutter war davon überzeugt, dass es gut für ein Kind ist, zwischen Drogen aufzuwachsen. Ich bin meiner Grandma noch immer dankbar, dass sie mich damals aus diesem Drecksloch geholt und zu sich genommen hat. Deshalb werde ich auch, solange ich lebe, für sie sorgen. Auch wenn es heißt, dass sie so gut wie jeden Cent von mir bekommt. Eigentlich schulde ich ihr noch so viel mehr als das. Ich setze mich ihr gegenüber an den Tisch und werde sofort mit einem prüfenden Blick bedacht.

»Jason, was ist los?« Ich meide den Augenkontakt und widme mich dem Puzzle.

»Was soll schon sein?«, antworte ich und zucke mit den Schultern. Aus dem Augenwinkel sehe ich, wie ihre Augenbraue nach oben flippt. Mist. Das konnte sie schon immer gut.

»Es ist wirklich nichts, im Moment ist in der Werkstatt viel los. Das ist alles.« Ihre Miene wird weich und sie legt ihre zierliche, leicht zitternde Hand auf meine.

»Junge, du darfst neben der ganzen Arbeit, nicht vergessen zu leben. Verlieb dich endlich mal. Eine Frau würde dir guttun. Sie würde dich auf andere Gedanken bringen. Dir zeigen, dass es so viel mehr als nur Arbeit gibt. Und ich will bald mal Urenkel. Am liebsten bevor ich ins Gras beiße. Also seh zu, ich werde nicht jünger, Jason.«

Entsetzt schaue ich sie an. Ich und Kinder? Oh mein Gott, niemals. Eine Beziehung? Eine Frau? Um Gottes willen, vorher erschieße ich mich lieber. Natürlich kann ich das meiner Grandma so nicht sagen, also zucke ich nur mit den Schultern. Zeit für einen Themenwechsel.

»Wie geht es dir?«, frage ich sie. Sie schnauft einmal laut auf, schüttelt enttäuscht mit dem Kopf und sagt dann: »Mir geht es hervorragend, Jason.«

»Das ist gut, das ist gut«, erwidere ich ihr.

Mein Handy in der Hosentasche summt erneut. Genervt ziehe ich es aus der Tasche und sehe nach, wer was von mir will. Vier Anrufe in Abwesenheit von Morty.

Fuck, das Rennen! Panisch sehe ich auf die Uhrzeit. Doppelfuck! Es beginnt in zehn Minuten. Schuldbewusst schaue ich von meinem Handy hoch zu Leo.

»Sorry, Grandma, ich muss dringend los.« Mit einem leichten Lächeln auf ihren Lippen sieht sie mich wissend an.

»Geh nur, Jason. Hab einen schönen Abend. Ich liebe dich.« Ich stehe auf und küsse ihre Stirn.

»Ich hab dich auch lieb. Vergiss deine Brille nicht wieder.« Bevor sie mir etwas an den Kopf werfen kann, gehe ich lieber schnell. Draußen steige ich ins Auto und starte meine Playlist. Mit einem letzten Blick zur Residenz fahre ich los in Richtung Friendly River, um den Sieg zu holen.

Für Leonore.

Für Morty.

Und für mich.

Josie

Fassungslos starre ich auf die Nachricht, die Adrian alias Mr. X geschickt hat. Was für ein Macho-Arsch ist der denn, bitte? Hübscher Körper hin oder her, aber noch dümmer geht die Antwort ja wohl nicht.

Ich beschließe, das Thema Adrian abzuhaken. Es gibt da draußen Männer, die mich zu schätzen wissen. Die Anstand haben und nicht so etwas Plumpes vom Stapel lassen. Irgendwo wird es den passenden Mann für mich geben. Und dann bin ich bereit.

Mit diesem Gedanken und dem Mantra, dass Adrian ein Arschloch und somit tabu für mich ist, fahre ich zu Susan. Heute Abend findet das Rennen statt, auf welches sie mich unbedingt mitschleppen will. Mir ist zwar ganz mulmig zumute, wenn ich daran denke, aber was tut man nicht alles für seine beste Freundin. Natürlich bin ich neugierig auf die Fahrer, auf die Atmosphäre und auf den Kick. Dennoch hat ein kleiner Teil in mir Schiss, dass mich jemand erkennen könnte.

Vor dem Appartementkomplex, in dem Susan wohnt, parke ich mein Auto, steige aus und betrete das Gebäude. Der Concierge, der an seinem üblichen Platz sitzt, erkennt mich und tippt sich an seine Mütze.

Fröhlich lächelnd erwidere ich seine Begrüßung. So zuvorkommend wie er ist, hat er bereits den Lift für mich gerufen. Ich steige ein. Keine Sekunde später schließt sich auch schon die Tür und der Fahrstuhl fährt nach oben.

Im richtigen Stockwerk verlasse ich ihn und betrete den Flur. Mit einem »Schatz, ich bin zu Hause«, schließe ich die Wohnungstür auf und betrete diese. Stille empfängt mich. Komisch, wir waren verabredet. Na ja, wenn ich schon auf sie warten muss, kann ich genauso gut schon mal den Wein für uns einschenken. Ich gehe zur Abstellkammer, wo Susan ihren Wein lagert und höre Geräusche aus ihrem Schlafzimmer.

Einbrecher? Ich weiß, dass sie dort ihren Schmuck aufbewahrt. Sie hat einige wunderschöne, wertvolle Familienerbstücke. Oh Gott, was ist, wenn sie diese stehlen wollen?

Kurz entschlossen greife ich nach einer Vase, die auf der Kommode neben mir steht. Fest davon überzeugt, die Einbrecher zu verscheuchen, drücke ich die Klinke der Schlafzimmertür hinunter.

Schwungvoll stoße ich die Tür auf und hechte mit einem Kampfschrei ins Zimmer hinein. Augenblicklich möchte ich mich in Luft auflösen. Meine beste Freundin kniet auf allen Vieren auf dem Bett. Hinter ihr steht ein echt ansehnlicher Kerl, der in sie hineinstößt.

Erschrocken keuche ich auf. Der Kopf des Mannes schnellt zu mir. Seine Augen weiten sich für einen Moment, ehe er anzüglich zu grinsen anfängt. Stocksteif bleibe ich stehen. Kann meinen Blick nicht von dem Schauspiel vor mir abwenden. Röte der Scham legt sich auf meine Wangen.

Plötzlich schreit Susan spitz auf. Rutscht von dem Kerl weg, der gerade dabei war, ein weiteres Mal in sie zu stoßen und greift nach dem Erstbesten, was sie in die Finger bekommt. Sie bedeckt ihre Blöße mit dem Laken. *Okay, Süße, das wird nun auch nicht helfen.*

Endlich gehorchen mir meine Beine wieder. Peinlich berührt trete ich den Rückzug an. Selbst daran, die Tür hinter mir zu schließen, denke ich. *Am besten gehe ich auf die Terrasse. Dann muss ich den Typen nicht sehen, wenn er verschwindet.*

Draußen atme ich einmal tief durch. Susan und ich kennen uns in- und auswendig, wir sind beste Freundinnen. Doch es gibt in unserer Freundschaft auch Grenzen, die nicht überschritten werden sollten. Und dieses war eine, die hätte ich lieber nicht überschreiten sollen. Hinter mir wird die Tür geöffnet. Ich bin fest davon überzeugt, dass es Susan ist, die sich für das eben Geschehene entschuldigen will. Aber weit gefehlt.

Neben mir zündet sich der fremde Mann eine Zigarette an und stützt sich mit den Unterarmen auf dem Geländer ab. Sein durchdringender Blick erwischt mich dabei, wie ich auf seinen nackten Oberkörper starre.

»Süße, gefällt dir, was du siehst?« Boah! Moment mal, den Spruch habe ich schon mal gehört beziehungsweise gelesen. Mein Mund klappt auf.

»Dein Name ist nicht zufällig Adrian, oder?« Er lacht auf.

»Nein, Mäuschen, ich bin nicht Adrian, mein Name ist Vladimir. So wie du dreinschaust, hat der Typ keinen besonders guten Eindruck bei dir hinterlassen. Dein Gesicht sieht aus, als hättest du in eine Zitrone gebissen.«

Ehrlich jetzt? Das ist genau das, was Frauen hören wollen. Unfassbar. Grimmig schaue ich ihn an und drohe mit dem Finger: »Wenn du meiner Freundin wehtust, mein Freund, dann suche ich dich. Ich werde dich an deinen

Eiern packen und sie dir dorthin schieben, wo nie die Sonne scheint. Verstanden?« Erstaunen zeichnet sich auf seinem Gesicht ab. Er schnipst sie Zigarette über das Geländer, ehe er in Richtung Tür geht. Bevor er in die Wohnung tritt, sagt er durchdringend: »Ich habe nicht vor deiner Freundin wehzutun. Wir vögeln nur. Mehr nicht! Also keine Panik, Tiger. Die Krallen kannst du wieder einfahren.« Er setzt einen Fuß über die Schwelle. Hält dann aber erneut inne.

»Aber wenn du willst, kannst du deine Krallen auch gerne an mir austoben. Sag einfach Bescheid, wenn du in den Genuss meiner Künste kommen möchtest. Deine Freundin hat meine Nummer.« Mit einem Zwinkern dreht er sich wieder um und verschwindet endlich. Geschockt stehe ich da. Sehe zur Tür und versuche zu verstehen, was er eben gesagt hat. Was für ein Flachwichser ist das denn, bitte? Wieso muss sich neuerdings die ganze Männerwelt verhalten, als seien sie notgeile Böcke?

Ich schreie laut auf, um Dampf abzulassen und dieses Desaster in meinem Kopf zu beenden. Wieder entspannter gehe ich zurück ins Appartement. Ich hoffe, dass der ungehobelte Kerl weg ist, damit ich mir Susan ernsthaft zur Brust nehmen kann. Wie kann sie nur mit solchen Typen schlafen? Gott sei Dank, habe ich Glück.

Ich höre, wie die Eingangstür zufällt. Erleichtert atme ich auf. Susan sitzt auf dem Sofa. Ein seliges Grinsen ziert ihr Gesicht. Sie wendet sich mir zu. Die von ihrem Schäferstündchen leicht rötlichen Wangen färben sich jetzt tiefrot. Ich setze mich zu ihr. Exe mein Glas Wein, ehe ich meine Arme vor der Brust verschränke.

»Was war das für eine Aktion? Wir waren verabredet, Susan. Du hättest mir wenigstens schreiben können, dass du noch beschäftigt bist.« Das Wort ›beschäftigt‹ setze ich mit meinen Händen in Gänsefüßchen.

»Dann wäre ich später gekommen und hätte nicht sehen müssen, wie du von hinten genommen wirst.« Sie hat wenigstens den Anstand, schuldbewusst dreinzuschauen. Aber ich bin noch nicht fertig.

»Weißt du, dass der Typ mir angeboten hat, ebenfalls mit ihm in die Kiste zu steigen? Und das, obwohl er eben noch bis zu den Eiern in dir gesteckt hat. Wo hast du den Kerl überhaupt her?« Susans Augen werden groß. Es dauert eine Sekunde, dann fängt sie schallend an zu lachen. Ich kann nicht anders und steige mit ein.

»Oh Gott, Josie, du bist so niedlich, wenn du verlegen bist. Vlad habe ich letztens bei einem Rennen kennengelernt. Wir werden ihm nachher zuschauen. Er ist einer der Fahrer. Er ist auch derjenige, der mir Ort und Zeit genannt hat.«

»Wieso hast du mir nie von ihm erzählt? Ich dachte, wir erzählen uns alles«, antworte ich enttäuscht.

»Weil ich genau gewusst habe, wie du reagieren würdest. Du bist die Prinzessin, die in ihrem Turm sitzt. Die nur darauf wartet, dass endlich der Prinz auf seinem Ross angeritten kommt, um sie aus den Fängen ihrer Eltern zu befreien.« *Bin ich wirklich so?* Eigentlich liebe ich die Gefahr. Das Adrenalin. Und warte nicht auf irgendjemanden, damit er mich retten kommt. Oder etwa doch?

Vor einem halben Jahr sind Susan und ich zum Klettern in die Berge gefahren. Dieses Gefühl dort oben auf den Klippen werde ich nie vergessen. Es war so berauschend auf den Bergen zu sein. Auf alles hinabsehen zu können. Selbst das Risiko, jederzeit abstürzen zu können, hat es nicht gemildert. Eher im Gegenteil. Es hat dieses Gefühl gepusht. Aber Susan hat recht.

In Sachen Männern und in der Liebe hatte ich bis jetzt kein gutes Händchen. Noch immer warte ich auf meinen

Prinzen in glänzender Rüstung. Ob er jemals kommen wird? Ich kaue auf meiner Unterlippe herum und merke, wie Susan meine Hand drückt.

»Süße, das war kein Vorwurf. Du lebst. Du genießt dein Leben. Nur bist du halt eher die Frau fürs Leben statt für das schnelle Abenteuer. Irgendwann wird dein Traumprinz kommen und dich mit in sein Schloss nehmen.« Susan kichert und auch ich fühle mich nun besser. Sie kennt mich wirklich besser als jeder andere Mensch in meinem Leben. Aber sie weiß nicht, dass seit Längerem etwas an mir nagt.

Ich will was Neues ausprobieren. Will in Liebesdingen so locker wie Susan sein. Einmal die Sau rauslassen, ohne an die Folgen zu denken. Und da kommt mir die Idee.

Heute Abend beim Rennen, wo mich niemand kennt, werde ich es tun. Ich werde einmal nicht die Bürgermeistertochter sein, sondern Josie. Mutig. Sexy. Reuelos.

Ich richte mich auf. Meine Augen fangen an zu glänzen. Ein Lächeln schleicht sich auf meine Lippen und Vorfreude wallt in mir auf. Susan scheint meine Veränderung zu bemerken und schüttelt wild mit dem Kopf.

»Vergiss es sofort wieder, Josie. Du kannst das nicht trennen. Wenn du mit einem Fremden schläfst, wirst du früher oder später dein Herz verschenken. Mach das nicht.« Doch ich habe es schon längst beschlossen. Ich will auch endlich einmal diese Leidenschaft spüren, wie ich sie in den Augen von Susan und dem fremden Mann gesehen habe. Heute Abend ist die Zeit dafür gekommen.

Seit Stunden reden Susan und ich über alles Mögliche, nun müssen wir uns aber fertig machen, damit wir nicht zu spät kommen. Dass ich ausgerechnet heute eine Midlife-Crisis bekomme, habe ich nicht ahnen können. Also habe ich nicht das Passende zum Anziehen mitgenommen.

Enttäuscht sehe ich an meinem hellen Blümchenkleid hinunter. Die blaue Jeansjacke bedeckt meine Arme, falls es kalt werden sollte. Ich sehe aus wie ein kleines Mädchen. Susan ist anderer Meinung. Sie findet mich heiß in dem Teil. Beneidet mich sogar wegen meiner Kurven und Brüste. Tja, und ich beneide sie wegen dem Sex, den sie hat. Ich denke, wir sind quitt. Kurz denke ich zurück an meinen Ex.

Oh Gott, lass den Kerl heute bitte besser sein. Paul ist ein einziges Desaster gewesen. Er hat immer in mir herumgestochert, als wäre er auf der Suche nach Gold gewesen. Letztendlich habe ich dann den Orgasmus vorgetäuscht, damit Schluss ist. Diese Enttäuschung hat jedes Mal gefühlte zwei Stunden gedauert. Eines hat es mich gelernt. Ich weiß nun, dass ich lieber keinen Sex habe, als erneut so etwas zu erleben. Trotz allem werde ich der heutigen Nacht eine Chance geben. Wer weiß, vielleicht werde ich positiv überrascht.

Susan neben mir ist ziemlich aufgeregt, seitdem wir am Friendly River angekommen sind. Überall sind Männer und vor allem sehr viele leicht bekleidete Frauen. Ich komme mir in meinem Outfit regelrecht wie eine Nonne vor.

Susan scheint zu wissen, wohin wir müssen, denn sie läuft schnurstracks durch die Menge.

An einem kleinen Pavillon, der mit Absperrband gesichert ist, halten wir an. Sie spricht mit einem Mann, auf dessen schwarzer, mit Reflektoren besetzter Warnweste ›Organisation‹ steht und nennt ihm unsere Namen. Der untersetzte Mann schaut auf eine Liste, die vor ihm auf dem Tisch liegt. Breit grinsend nimmt er eines dieser farbigen Bändchen, die ebenfalls auf dem Tisch liegen.

Verwirrt schaue ich ihn an.

»Süße, ich weiß nicht, mit wem ihr geschlafen habt, um auf die Liste zu kommen, aber ihr steht drauf. Die Bändchen«, er zeigt auf die Dinger in seiner Hand, »sind für den Eintritt in den Club ›Phoenix‹, wo später die After-Show-Party stattfinden wird. Viel Spaß.« Er zwinkert uns zu und bindet jeder eines dieser besagten Bänder ums Handgelenk. Susan neben mir quiekt regelrecht und sagt dann: »Ich wusste nicht, dass wir VIPs sind. Aber wie geil ist das, bitte? Wir dürfen ins Phoenix. Josie, weißt du, wie geil der Club ist?« Ich rolle mit den Augen und werde von ihr durch die Menge geschleift. Tatsächlich finden wir einen Bereich, der nicht allzu überfüllt ist.

Bis auf drei Männer stehen hier nur Frauen. Zwei weitere haben solche Bändchen wie wir. Was die wohl dafür gemacht haben? Ich schaue sie mir genauer an. Deren Röcke, die eigentlich gar nicht den Begriff verdient haben, gleichen eher einem Gürtel. Sie sind so kurz, dass man bei der einen sogar die Arschbacken rausblitzen sieht. Die Oberteile gehen bis zum Bund des Rocks, haben dafür aber einen Ausschnitt bis zum Bauchnabel. Mehr Klischee geht nicht mehr. Autorennen und billige Frauen.

Während ich hier stehe und warte, bis der erste Start erfolgt, versuche ich, die Menschen um mich herum zu ignorieren. Aus dem Augenwinkel sehe ich, wie sich eine dieser Frauen bückt. Ich bin nicht die Einzige, die es sieht, denn den Männern um uns herum fallen beinahe die Augen aus dem Kopf.

Ich drehe mich in die Richtung. Will schauen, ob ich der Frau helfen kann. Aber das Einzige was ich sehe, ist der freie Blick unter ihren Rock. Oh Gott, nicht einmal einen Slip hat sie an. Was stimmt denn bitte nicht mit ihr? Ich kann alles sehen. Wirklich alles. Und die Typen ebenso. Ich weiß nicht, ob ich sie für ihren Mut bewundern oder für die billige Inszenierung verabscheuen soll.

Susan, die mich einfach hier stehen lassen hat, kommt mit zwei Plastikbechern in der Hand wieder. Sie reicht mir freudestrahlend einen und stößt mit mir an.

»Zum Wohl, Schwester. Mögen die Motoren heiß und die Fahrer noch heißer sein.« Beinahe verschlucke ich mich wegen ihrer Worte, schaffe es aber, das Bier in meinem Mund zu behalten. Die Menge um uns herum wird leiser. Aufheulende Motoren sind zu hören.

Sofort widmen Susan und ich uns der Straße. Wir sind ein wenig von dem Start entfernt, wenn wir uns allerdings nach vorne lehnen, können wir die Autos sehen. Wie gebannt schaue ich auf das Spektakel vor uns. Eine Frau in kurzen knallroten Hotpants und weißen ›Fick-mich-Stiefeln‹ stellt sich auf die Startlinie zwischen die Autos, die an dieser positioniert sind.

Ein zu den Schuhen passendes Bikinioberteil schmückt ihre üppige Oberweite und rundet das Outfit ab. Hat sie keine Angst, dass sie vor einen der Wagen gerät? Sie streckt ihre Arme dem Himmel entgegen. Die Menge wird komplett leise. Niemand sagt mehr ein Wort.

Man könnte sogar eine Stecknadel fallen hören, wären da nicht die Motorengeräusche der Teilnehmer. Die Arme senken sich ein Stück. Nun steht sie mit zu beiden Seiten ausgestreckten Armen dort. Die Autos neben ihr fangen an zu ruckeln. Heulen lauter auf. Fehlzündungen hallen in der Stille. Und plötzlich geht alles ganz schnell.

Die Frau lässt ihre Arme nach unten fallen. Presst sie ganz dicht an ihren Körper. Reifen drehen durch. Qualm steigt vom Asphalt hoch. Quietschend kommen die Autos in Fahrt. Preschen los. Wollen auf den ersten Metern schon einen Vorsprung erlangen. Schnell kommen sie näher. Susan und ich lehnen uns zurück. Stellen uns wieder richtig hin. Mit einer rasanten Geschwindigkeit rasen sie an uns vorbei. Wind peitscht meine Haare nach hinten.

Wir beugen uns wieder vor. Schauen den Rücklichtern hinterher, bis sie um eine Kurve verschwinden. Ich kann nicht begreifen, was gerade mit mir geschieht. Euphorie befällt mich. Adrenalin jagt durch meine Adern. Anspannung lässt meinen Körper zittern. Und das alles, obwohl ich nicht einmal selbst in einem der Wagen sitze. Scheiße, ist das geil.

Sie müssen eine Runde um den Friendly River fahren. Er ist der größte See in unserer näheren Umgebung, den wir hier haben. Der Erste, der die Startlinie wieder überquert, ist der Sieger. Laut Susan, die mir heute Nachmittag das Vorgehen erklärt hat, soll dieser den Löwenanteil der Wetteinsätze als Preisgeld erhalten. Und wie ich vorhin sehen konnte, schließen sehr viele Wetten ab. Verrückt, sage ich nur dazu.

Es wird einige Zeit dauern, bis die Fahrer wieder in Sichtweite kommen. Der River ist einige Meilen lang. Die Menschen werden lauter. Grölen einander an.

Jemand in unserer Nähe schaltet die Anlage seines Autos ein. Tiefer Bass ertönt. Einige fangen zu den Klängen des Elektrosongs zu tanzen an. Sie stecken Susan und mich damit an. Ausgelassen von dem Hochgefühl, das mich durchströmt, schließe ich meine Augen und lasse mich treiben.

Ein Raunen geht durch die Menge. Einige schreien erschrocken auf. Sofort öffne ich meine Augen wieder und sehe in die Richtung, in die alle starren. Dichter, dunkler Rauch steigt auf der gegenüberliegenden Seite des Sees zum Himmel empor. Meine Augen weiten sich. Nichts ist mehr von der Ausgelassenheit zu spüren. Einige rennen die Straße hinunter. Wollen nachsehen, was passiert ist.

Susan will ebenfalls hinterher, aber ich ziehe sie zurück. Lasse nicht zu, dass wir in den Strudel der Sensationslustigen geraten. Vier der Organisatoren sprinten zu ihren Autos und düsen los. *Sie werden wissen, was zu tun ist*, rede ich mir gut zu. Ich glaube jeder, der hier steht und die Rauchschwaden sieht, weiß, was dort geschehen sein muss. Es hat einen Unfall gegeben. Die restlichen Organisatoren versuchen, die Menge wieder unter Kontrolle zu bekommen. Sie mahnen zur Ruhe und sagen ihnen, dass alles in Ordnung sei.

Es klappt und die Menschen begeben sich wieder runter von der Straße. Stellen sich an den Rand und warten ab, was als Nächstes geschehen wird. Aber niemand kommt auf die Idee, dass die Veranstaltung mit diesem Unfall beendet sein könnte.

Zehn qualvolle Minuten später ist das Kreischen zweier Autos zu hören. Ein mattschwarzer und ein metallicblauer Wagen preschen auf gleicher Höhe um die Kurve. Sofort geht ein Raunen, gefolgt von Anfeuerungsrufen, durch die Menge.

»Jason, Jason«, brüllt der Kerl neben mir. Susan auf meiner anderen Seite schreit dagegen »Vlad, Vlad.«

Ich weiß nicht, in welchem Wagen Vladimir oder Jason sitzen. Da ich aber zumindest einen der beiden schon mal gesehen habe, schließe ich mich Susan an. Der Typ neben mir schaut mich mit gerunzelter Stirn an. Weswegen ich mich gezwungen fühle, etwas zu sagen.

»Er ist der Freund meiner Freundin.« Ein wissendes Lächeln legt sich auf seine Lippen. Die beiden Fahrer liefern sich ein Kopf-an-Kopf-Rennen. Keiner schenkt dem anderen einen Zentimeter Vorsprung. Ich bin bis zum Zerbersten gespannt. Dieses ganze Rennen ist so unglaublich. Jagt mir eine Gefühlsregung nach der nächsten durch den Körper. So habe ich mich noch an keinem einzigen Tag meines Lebens gefühlt.

Die Rufe werden lauter. Der metallicblaue Wagen schafft es, einen klitzekleinen Vorsprung zu erlangen. Es sieht aus, als würde er gleich als Erstes über die Ziellinie fahren.

Ein Freudenschrei von Susan ertönt. Und endlich weiß ich, in welchem Wagen Vladimir sitzt. Es fehlen nur noch ein paar Meter. Vlad führt noch. Doch da passiert es. Der mattschwarze Wagen bekommt einen Schub.

Ruckartig wird er nach vorne gepresst und überholt Vladimir. Fassungslos sehe ich dabei zu, wie er eine halbe Motorhaube vor ihm im Ziel eintrifft. Susan stößt ein lang gezogenes »Fuck« aus, ehe sie dem anderen Fahrer wüste Beleidigungen hinterher brüllt.

»So ein Wichser. Der hat doch geschummelt. Er kann gar nichts. Sein Playmobilauto ist doch frisiert.« Ich kann nicht anders und fange an zu lachen. Der Typ neben mir steigt mit ein.

Die Wagen kommen keine fünf Meter von uns entfernt mit quietschenden Reifen zum Stehen. Nichts hält die Menge mehr. Alle stürmen auf sie zu. Selbst ich kann nicht mehr an Ort und Stelle bleiben. Die Fahrer steigen aus. Vlad sieht wütend aus und schlägt einmal auf das Dach seines Wagens.

Jetzt kann ich auch die Autos genauer unter die Lupe nehmen. Zwar habe ich keine Ahnung von diesen, doch komme ich nicht umhin, deren Schönheit zu betrachten. Meine Augen bleiben nur an dem mattschwarzen Audi R8 GT hängen. Es ist ein Auto zum Niederknien.

Ich kenne es noch aus den Zeitschriften, die Paul, mein Ex, immer rumliegen hatte. Langsam gehe ich auf den Audi zu. Will ihn nur einmal anfassen. Ich komme aber gar nicht erst so weit. Eine Gasse zu Vlad und dem anderen bildet sich. Der Buchmacher erscheint und tritt zu den beiden. Kurz redet er mit ihnen, ehe er wie beim Boxen den Arm des Gewinners gen Himmel hebt. Die Menge jubelt und schreit wieder seinen Namen.

»Jason, Jason!« Der besagte Kerl lässt sich feiern. Genießt das Anschmachten der Frauen und das Bewundern der Männer. Ich könnte kotzen bei so einem Verhalten. Und doch kann ich meinen Blick nicht von ihm nehmen. Sein Haar ist an den Seiten kurz geschnitten und oben dafür länger. Er hat es mit Gel in Form gebracht, damit es aussieht, als wäre er gerade erst mit seiner Hand durchgefahren oder frisch aus dem Bett gekommen. Es hat etwas Verwegenes an sich.

Seine Augenfarbe kann ich aus der Ferne leider nicht erkennen, aber was mir besonders gut gefällt, ist sein Kinn. Es ist kantig und wie auch seine Oberlippe von einem blonden Bart überzogen. Kein Vollbart, sondern ein gepflegter und gestutzter Männerbart. Und wie er da steht und grinst, entdecke ich Grübchen links und rechts neben seinem sinnlichen Mund.

Verzückt seufze ich auf. Lasse meinen Blick weiter abwärts gleiten und bleibe an seinem Oberkörper hängen. Seine Muskeln zeichnen sich deutlich unter dem T-Shirt ab und ich will diesen Bizeps ablecken. Aus dem Ärmel lugt schwarze Tinte hervor. Ich liebe tätowierte Männer.

Ein »Jason, Baby« ertönt und die Frau in den kurzen Hotpants kommt angerauscht, springt ihm in die Arme und presst ihren Mund auf seinen. Sie bieten den Zuschauern eine heiße Show.

Angewidert wende ich mich ab und versuche, Susan im Pulk der Menschen auszumachen. Vergebens. Nirgends ist sie zu sehen. Bestimmt ist sie bei Vladimir, den ich ebenfalls nicht mehr sehe. Es stehen einfach zu viele Personen zwischen uns. Ich hole mein Handy aus der Tasche hervor und schreibe Susan.

> Hey Süße, ich gehe schon mal vor ins Phoenix. Finde dich hier in der Masse eh nicht wieder. Bis gleich. :*

Ich öffne die Navigations-App und gebe den Club ein. Der Weg ist keine fünfzehn Minuten zu Fuß entfernt. Gott sei Dank! Energisch dränge ich mich durch die Zuschauer und atme erleichtert auf, als ich endlich aus der Menge heraus bin.

Völlig in Gedanken versunken, schlendere ich den Weg zum Club entlang. Male mir aus, wie ich am besten einen Kerl anflirten kann, ohne dass es peinlich wirkt. Ich muss endlich mal aus mir herauskommen, sonst wird es nichts mit dem heutigen Spaß, den ich mir fest vorgenommen habe.

Geräusche aus einer Gasse, an der ich gerade vorbeilaufe, dringen in mein Ohr. *Einfach ignorieren, Josie, geh einfach weiter.* Doch meine Füße wollen mir nicht gehorchen. Was ist, wenn jemand Hilfe braucht? Ich müsste nur schnellstens den Notruf wählen und nicht einfach vorbeigehen.

Ich spähe in die dunkle Gasse und gehe schließlich den Lauten nach. Stocksteif bleibe ich stehen. Mein Blut steigt mir direkt in den Kopf. Meine Wangen werden rot. *Oh Gott, nicht schon wieder. Heute habe ich aber auch das Pech gepachtet.*

Niemand Geringeres als Jason und seine Freundin stehen an die Wand gelehnt. Sie hat die Beine um seine Hüfte geschlungen, während er in sie stößt. Fuck! Wieso muss so was ausgerechnet mir passieren?

Wieder kann ich mich nicht vom Fleck bewegen. Stehe wie angewurzelt da und starre auf die Vereinigung der beiden. Jason muss bemerkt haben, dass er beobachtet wird. Er dreht seinen Kopf in meine Richtung und blickt mir direkt in die Iriden. Es ist wie ein magischer Moment. Ich kann mich seinem Blick, der Intensität dahinter, nicht entziehen. Meine Beine werden wackelig und Feuchtigkeit sammelt sich zwischen meinen Schenkeln.

Mein Mund öffnet sich leicht und mein Atem wird schwerer. Er hört nicht auf, seine Freundin gegen die Wand zu vögeln. Seine Augen lassen mich aber auch nicht los.

Ich lecke mir über die Unterlippe. Schaffe es nicht, vor ihm zu verbergen, wie angeturnt ich von dem Schauspiel bin. Die Frau fängt an, lauter und länger zu stöhnen. Sich in seinen Armen zu winden. Und packt fester an den Armen, die sie halten.

»Ich komme«, keucht sie. Das ist mein Zeichen. Mein Weckruf, den ich dringend benötigt habe.

Die Starre fällt von mir ab. Endlich kann ich mich bewegen und das tue ich auch. So schnell mich meine Beine tragen können, verschwinde ich aus der Gasse. Ohne noch einmal nach hinten zu schauen, renne ich zum Phoenix und an den Anstehenden vorbei.

Vor dem Türsteher mache ich einen kurzen Halt, zeige ihm mein Bändchen und gehe nach einem Nicken seinerseits an ihn vorbei in den Club. Mir sticht das Schild für die WCs ins Auge. Ich folge dem Weg und begebe mich in die heiligen Hallen. Tief atme ich ein und aus. Ignoriere die anderen Frauen, die ebenfalls vor den Waschbecken und Spiegeln stehen.

Ich sehe in den Spiegel vor mir. Mein Gesicht glüht. Meine Hände zittern. Und in meinen Augen glänzt es verräterisch. Shit! So kann ich unmöglich rausgehen.

Ich stelle das Wasser am Waschbecken an, beuge mich runter und spritze mir ein wenig kaltes Wasser auf die Wangen. Allmählich merke ich, wie mein Körper wieder runterfährt, normale Temperatur erreicht und aufhört zu zittern. Nur dieses Glänzen in den Augen bleibt. Himmel, was geht nur in mir vor?

Jason

Völlig konzentriert schaue ich auf die Straße vor mir. Lasse den brennenden Wagen im Rückspiegel zurück. Jake, der eben sein Auto gekillt hat, ist noch rechtzeitig ausgestiegen, ehe es angefangen hat zu brennen.

Die vom Organisationsteam werden gleich kommen und ihm helfen. So war es zumindest bei den vorherigen Unfällen. Somit brauche ich mir keine Sorgen machen und kann einfach weiter versuchen, den Sieg zu holen.

Vlad, der Scheißkerl, gönnt mir nicht den kleinsten Vorsprung. Sofort holt er wieder auf. Die Schnauze auf gleicher Höhe rasen wir um die letzte Kurve vor der Ziellinie. Ich weiß, dass die Zuschauer jetzt am Durchdrehen sind und wild jubeln. Aber ich ignoriere es. Lasse mich nicht ablenken. Der kleine Pisser schafft es, einen minimalen Vorsprung zu erlangen. Aber nicht mit mir.

So kurz vor dem Ziel werde ich mir nicht meinen Titel als ungeschlagener Fahrer wegnehmen lassen. Kurz lasse ich Vlad in dem Glauben, dass er gewinnen wird. Aber als die Linie immer näher kommt, drücke ich mit dem rechten Fuß auf das Pedal. Trete es bis zum Boden durch.

Ein Ruck geht durch den Wagen. Der Drehzahlanzeiger kommt dem roten Bereich verdächtig näher. Die Kilometer pro Stunde erhöhen sich. Ein erneuter Adrenalinschub jagt durch meinen Körper. Gibt mir einen Kick, der süchtiger macht als manche Drogen. Der kleine Vorsprung wird kleiner, bis wir wieder auf gleicher Höhe sind.

»Komm schon, Baby, das schaffst du«, feuere ich meinen Audi R8 GT an. Meine Prinzessin hat mir sämtliche Siege beschert. Auf sie ist Verlass. Meter um Meter erkämpfe ich mir. Schaffe es, dass ich Vlad um eine halbe Motorhaube voraus bin.

Und da ist sie schon, die Ziellinie. Ein Cocktail aus Glückshormonen und purer Freude durchströmt mich. *Strike!* Wieder ein Sieg, der mir gehört. Sobald meine vier Reifen die Linie überquert haben, trete ich auf die Bremse. Und zum ersten Mal nehme ich die Menschen am Straßenrand wahr.

Sie jubeln, schreien und einige fluchen lautstark. Nach circa sieben Metern kommt der Wagen zum Stehen. Für einen Moment bleibe ich sitzen. Streiche über das Lenkrad meines Babys und entschuldige mich dafür, dass ich sie so getreten habe. Sie nicht wie eine Prinzessin behandelt, sondern verlangt habe, dass sie noch das letzte bisschen aus sich herausholt.

Vlad kommt ein Stückchen weiter vorne ebenfalls zum Stehen. Zwei von drei Teilnehmern haben es geschafft. Das mit Jake war einfach Pech. Es hätte jeden von uns treffen können. Es hätte jederzeit etwas am Auto kaputtgehen können und wir wären machtlos gewesen. Aber Jake hätte nicht anders reagiert als Vlad und ich. Er wäre genauso weitergefahren. Schließlich gönnen wir uns alle nichts.

Bei den Rennen geht es immer nur ums Gewinnen. Eine Traube bildet sich um die Autos. Und endlich steige ich aus. Keine Sekunde später trollt auch schon der

Buchmacher an. Er erzählt Vlad und mir, wie der Kurs gestanden ist und wie viel ich gewonnen habe. Erstaunt reiße ich die Augen auf. Fuck! Mit so viel Knete habe ich nicht gerechnet.

Aber heilige Scheiße, das reicht allemal für Grandmas Residenz.

Wie jedes Mal wird nun eine Show abgezogen. Der Typ schnappt sich meinen Arm und hebt ihn nach oben. Signalisiert jedem, dass ich gewonnen habe.

Die Mehrheit der Leute jubelt und schreit immer wieder meinen Namen. Die geringere Anzahl buht. Neider! Alles nur Neider, die bestimmt eine hohe Summe verloren haben.

Tja, Pech, wenn man nicht auf den Star wettet. Ich genieße die Aufmerksamkeit und den Ruhm.

Das scharfe Teil, das uns vorhin den Start angekündigt hat, kommt angerannt und springt mir in die Arme. Wie automatisch fange ich sie auf und lasse es zu, dass sie ihre Lippen auf meine presst. Perfekt, so soll es sein. Eine willige Frau, die weiß was sie will. Nämlich mich. Sie reibt sich mit ihrer Mitte an mir. Meinem besten Stück entgeht das nicht und es beginnt, sich aufzustellen.

Es gibt kein Halten mehr. Gekonnt schlängelt sich ihre Zunge in meinen Mund. Ich bin mir sicher, dass wir hier eine Show der Extraklasse abliefern. Ihre Hände krallen sich in mein kurzes blondes Haar. Unser Kuss wird drängender. Ich bin so spitz, dass ich kein Problem damit hätte, die Süße gleich hier vor aller Augen zu vögeln. Plötzlich spüre ich eine Hand auf meiner Schulter, der Bann bricht.

Ich unterbreche den Kuss und drehe genervt meinen Kopf zu der Person, die uns gestört hat. Geradewegs schaue ich in das Gesicht von Morty.

»Was?«, knurre ich ungehalten.

»Alter, kann das nicht warten? Hebt euch das für später auf. Erst mal musst du deinen Gewinn holen. Ich will meinen Anteil, damit ich zur After-Show-Party kann«, antwortet Morty ungeduldig. Sein Grinsen allerdings verrät mir, dass er es sehr amüsant findet, meinen Trockenfick hier zu unterbrechen. Penner.

»Ist ja gut, ich hole es gleich und komme dann nach.«

»Es reicht, wenn du erscheinst.« Er zwinkert mir noch einmal zu und geht. Ich setze das Blondchen ab und schaue ihr zum ersten Mal in die Augen. *Na Bravo, hätte ich das einmal gelassen.* Zu viel Schminke. Zu viel von allem. Ihre Lippen sind sicher gemacht, bei der Größe ist es unmöglich, dass sie echt sind. Zwar sind sie von unserem Kuss etwas lädiert, aber so eine Schwellung kann selbst ich mit meinem Bart nicht verursachen. Ein Blick auf ihre Titten bestätigt mir ebenfalls, dass sie gerne zu Doktor Chirurg geht.

Soll mir aber egal sein. Für einen Fick reicht sie allemal. ›Miss-dicke-Lippe‹ schmollt und klimpert mit ihren viel zu langen Wimpern um die Wette. *Hat sie etwas im Auge oder wieso macht sie das?*

»Jason, lass uns verschwinden«, schnurrt sie verführerisch. Na, da hat es aber jemand nötig. Aber um ehrlich zu sein, mir ergeht es nicht anders. Der Kick des Rennens und die Gefahr, dass jeden Moment die Bullen auftauchen können, pushen einen dermaßen, dass man ein Ventil zum Dampf ablassen braucht. Bei den meisten von uns Fahrern ist es eben schneller Sex mit einem der Groupies.

Ich zwinkere ihr zu, nehme ihre Hand und gehe gemeinsam mit ihr zum Buchmacher, um meine Kohle abzuholen. Wir schlagen ein, und als er die Klemme mit den Dollarnoten herausholt, hüpft mein Herz.

»Nicht schlecht. Du hast echt Eier, Junge. Gefällt mir. Ich melde mich, wenn ich ein neues Rennen am Start habe.« Mit diesen Worten drückt er mir die Noten in die Hand und geht.

Wie versprochen gehe ich danach zu meinem Kumpel. Die Kleine weiterhin im Schlepptau. Mortys Augen fangen an zu leuchten, als ich ihm seinen Anteil in die Hand drücke. Er zählt das Geld nach. Seine Augen weiten sich bei jedem weiteren Schein. Ich stecke den Rest der Kohle in meine Hosentasche.

Gemeinsam mit dem Blondchen gehe ich auf direktem Weg zu meinem Baby. Die Menschentraube von vorhin hat sich aufgelöst. Sie stehen jetzt etwas abseits. Einige feiern noch eine Runde, andere sind dabei zu verschwinden. Genau das habe ich nun auch vor. Wir steigen in den Wagen.

Ich beuge mich rüber zum Handschuhfach. Mit meinem Körper versperre ich der Schnitte die Sicht und gebe den Code auf dem Pad des Safes ein, ehe ich dort meinen Gewinn einschließe. Das war eines der ersten Dinge, die ich an diesem Wagen eingebaut habe, sobald ich an Rennen teilgenommen habe. Man kann nie wissen, was sie mit einem machen, wenn sie erfahren, dass man mit einem Batzen Geld in der Hosentasche rumläuft.

Ich setze mich wieder richtig hin, schnalle mich an und starte mein Baby. Es brüllt kurz auf, ehe es anfängt, wie ein Kätzchen zu schnurren. Ich lege den ersten Gang ein, lasse die Reifen durchdrehen und rase davon.

Auf dem Weg zum ›Phoenix‹ sagt Blondchen kein Wort. Klammert sich nur an ihren Sitz. Ich verstehe nicht wieso, denn um ehrlich zu sein, schleiche ich die Straßen entlang. Ich halte mich an die Geschwindigkeitsbegrenzungen und überfahre keine rote Ampel. Sie würde tausend Tode sterben, wenn sie bei einem Rennen mit dabei wäre.

Kaum halte ich in der Nähe des Clubs, flüchtet sie schnell aus dem Wagen. Schmunzelnd folge ich ihr und stelle mich neben sie. Sofort klammert sie sich an mich. So langsam wird diese Aktion lächerlich. Sehe ich aus wie ein beschissener Baum? Um ihr und mir endlich das zu geben, was wir wollen, ziehe ich sie hinter mir her in die Gasse, die nur wenige Schritte von uns entfernt ist. Ich will endlich meinen Sieg feiern.

Wir verschwinden in der Dunkelheit und nur ein kleiner Lichtschein spendet der Gasse ein wenig Helligkeit. Verlangend drücke ich die Kleine gegen die Wand. Sofort sind ihre Lippen wieder auf meinen, die sie teilt. Unsere Zungen fangen einen Kampf an. Duellieren sich. Null Leidenschaft ist in dem Kuss. Nur rohe Lust. Ich hatte bei Weitem schon bessere Frauen an meinen Lippen, aber wenn diese hier das Vorspiel braucht, bekommt sie es. Ich aber brauche den Fick. Und das schnellstens. Mir ist sogar egal, ob man uns hier entdecken könnte oder nicht.

Hastig schiebe ich ihr die Hotpants nach unten. Nicht mal einen Slip hat sie drunter an. Sie hat es also auf eine schnelle Nummer abgesehen. Luder. Mir soll es recht sein.

Ich taste in meiner Hosentasche nach einem Kondom, fördere es zu Tage und halte es der Schnalle hin. Geschickt ziehe ich meine Hose ein Stück herunter und befreie endlich meinen steinharten Schwanz. Während sie nach meinem besten Stück greift, mache ich einen kurzen Test bei ihr. Mit zwei Fingern fahre ich durch ihre Spalte. Jap, klitschnass. Perfekt.

Ich tauche mit den Fingern in sie ein, bereite sie auf meinen Schwanz vor. Ihre kleine Hand schließt sich enger um mich. Pumpt schneller auf und ab.

Ich ziehe meine Finger weg, nehme ihr das Kondom ab und stülpe es mir über. Ich greife sie an den Hüften und hebe sie hoch. Lehne ihren Rücken gegen die Wand, während ihre Beine sich um mich schlingen. Mit einem Stoß bin ich in ihr. Ihr Körper erzittert. Sie schreit. Drückt sich mir entgegen. Mein Rhythmus wird schneller und drängender. Mit jedem Stoß drücke ich sie enger an die Wand.

»Jason, ja ... fester!« *Seit wann gebe ich hier nicht mehr die Befehle?* Ich verlangsame das Tempo, was sie mit einem frustrierten Ton quittiert. Ihr Becken drängt sich wieder näher an meinen Leib. Ich mache keinerlei Anstalten, mich weiterzubewegen. Blondie schlägt ihre Augen auf und sieht mich angepisst an. Ich selbst habe dafür nur ein müdes Lächeln übrig. Nach ein paar Mal necken, stoße ich schneller zu und steigere das Tempo wieder. Mit meinem Mund wandere ich zu ihrem Hals und beiße hinein. Sie kippt den Kopf nach rechts, sodass ich besseren Zugang habe. Ich merke plötzlich, dass wir beobachtet werden. Kann den Blick der Person förmlich auf mir spüren.

Während ich also weiter zustoße und Blondchen dieses stöhnend genießt, drehe ich meinen Kopf nach links. Eine Frau steht dort und wird von dem spärlichen Licht der Straßenlaterne beleuchtet. Ihr Mund ist leicht geöffnet und ihre Augen sind auf Blondchen und mich gerichtet. Sie schaut dabei zu, wie ich in sie eindringe, nur um wieder ein Stück rauszugleiten. Lange blonde Haare, zierlicher Körper, glänzende Augen. Aus einen mir unerklärlichen Grund faszinieren sie mich. Ich kann meine Augen nicht von ihren nehmen. *Ja, Süße, so ist gut. Dich macht das hier an, richtig?*

Blondchen wird lauter. Stöhnt hemmungsloser. Sie scheint nicht zu bemerken, dass wir eine Zuschauerin haben. Gut so, denn dieser Moment ist elektrisierender als alles andere jemals zuvor. Ich habe Mühe, das Mädel auf meinen Armen zu halten. Sie windet sich und krallt dann ihre Fingernägel in meine Arme. Ihre Muschi wird enger. Kontrahiert mich. Ich bin auch soweit.

Der Anblick der Kleinen, von der ich einfach nicht meinen Blick wenden kann, bringt mich näher an meinen Orgasmus.

»Ich komme«, keucht Blondie und zerstört damit den Moment. Die kleine, süße Spannerin rennt davon. Während ich weiterhin den Punkt fixiere, wo die Kleine eben noch gestanden ist, kommt die Schnalle wie angekündigt zum Höhepunkt.

»Oh Gott, Jason!«, stöhnt sie lang gezogen und ihre Nägel drücken unangenehm in mein Fleisch. Ich schließe die Augen, projiziere die Spannerin vor meine Augen und stoße kräftiger zu. Ficke Blondie wilder, bis ich ihr mit einem Knurren folge.

Schnell löse ich mich von ihr. Lasse ihr und auch mir, keine Zeit kurz zu verschnaufen. *Fuck, Jason, was war das eben?*

Nachdem nun meine Lust fürs Erste gestillt ist, gehen wir endlich ins ›Phoenix‹. Blondie entschuldigt sich bei mir und geht ihre ›Nase pudern‹. Ist mir ganz recht. So bin ich für einen Moment das Klammeräffchen wenigstens los und kann durchatmen.

Mein erster Weg führt mich zur Bar, wo ich ein Bier bestelle. Der Barkeeper stellt es vor mich und ich reiche ihm das Geld. Ich will gerade die Flasche ansetzen, da erkenne ich meine kleine Voyeurin am Ende des Tresens. Sie sitzt da ganz alleine, vor ihr eine Cola.

Kaum habe ich sie ins Visier genommen, da klammert sich auch schon wieder Barbie an mich. *Fuck! Wie werde ich sie nur los?* Ich schaue mich im Club um und finde auch sofort mein Opfer. Ich schlendere mit ihr am Arm zu Jake. Nach der Pleite beim Rennen hat er ein wenig Ablenkung bitter nötig.

Und da ich die Schnalle endlich loswerden will, schlage ich zwei Fliegen mit einer Klappe. Jake checkt sie ordentlich ab und ich glaube, sogar Sabber an seinem Mund zu sehen. Widerlich. Ich mache die beiden miteinander bekannt. Wie ich es mir gedacht habe, springt Blondie sofort an.

Als Jake auch noch seinen Arm um ihren Hals legt und ihr ein Glas Champagner anbietet, ist sie Feuer und Flamme. Und ich werde links liegen gelassen. *Strike!*

Ich straffe meine Schultern und mache mich umgehend zur spannenden Schönheit auf. Allerdings ist ihr Platz nun leer. Mist! Wo kann sie sein? Suchend sehe ich mich um und finde sie schließlich. Sie steht bei Vladimir, diesem Versager, und einem anderen Mädchen.

Lässig schlendere ich hin, schlinge meine Arme von hinten um die Hübsche und schaue Vlad herausfordernd an. Sie wird heute Nacht mein Geschenk an mich selbst sein. Die Kleine in meinen Armen versteift sich, ehe sie sich so abrupt umdreht, dass ihre Haare durch mein Gesicht peitschen.

»Mach ich dich nervös? Ich meine, ich weiß ja, wie ich auf Frauen wirke, da kann ich es verstehen, wenn du aufgeregt bist«, flüstere ich ihr zu. Ihr Gesicht nimmt die Farbe einer roten Ampel an. Sie schnappt nach Luft und drückt mich von sich weg.

»Was bilden Sie sich bitte ein? Sie ... Sie Grobian. Wieso fassen Sie mich eigentlich an? Noch nie was von Anstand gehört?« Oh, oh, die Kleine hat ja richtig Feuer unterm Hintern.

»Aber wieso dieses Gesieze? Ich glaube, wir sind über das ›Sie‹ hinweg. Du hast mich beim Vögeln beobachtet, intimer geht es wohl nicht mehr.« Ich beuge mich ein Stück weiter vor.

»Hat es dich sogar angemacht? Dein Höschen ist nass, oder?« Und wieder ist da ihr offener Mund, der einen geradezu einlädt, ihn zu küssen. Die geweiteten Augen, die einen an ein kleines Rehkitz erinnern.

Ich muss einfach lachen. Es macht mir jetzt schon so verdammt Spaß, sie in Verlegenheit zu bringen. Sie sieht dabei so niedlich aus. Dabei kenne ich sie noch nicht einmal zwei Minuten. Plötzlich räuspert sich der Vollidiot Vlad.

»Willard, rück ihr doch nicht so auf die Pelle. Du siehst doch, dass es ihr unangenehm ist. Dass du auch immer übertreiben musst.« Er verdreht seine Augen, um seinen letzten Worten mehr Nachdruck zu verleihen. Was will der Wichser jetzt von mir? Ich durchbohre ihn mit meinem Blick und lege die Hände wieder um die Kleine vor mir.

»Sag mir, Hübsche, fühlst du dich von mir bedrängt?« Wieder versteift sie sich in meinen Armen. Sie nickt, nur um daraufhin den Kopf zu schütteln. Grinsend sage ich: »Na, du musst dich schon entscheiden, Süße. Denn wenn Vlad recht hat, lass ich dich augenblicklich los und du siehst mich nie wieder. Wenn du allerdings diese Verbindung zwischen uns ebenfalls spürst, dann lass mich weiterhin in deiner Nähe sein. Ich zeige dir später auch, was passieren wird, wenn wir beiden Hübschen dieser nachgehen würden.«

Josie

Ist der Typ eigentlich komplett bescheuert? Ich soll mich glücklich schätzen, dass ich sein nächster Fick bin? Hat ihm die blonde Schlampe nicht gereicht? Nicht mit mir. Ich trete von ihm weg, sodass seine Arme mich loslassen und drehe mich zu ihm um. Angepisst sage ich: »Du spinnst doch.« Dabei tippe ich mir mit dem Finger gegen die Stirn.

»Lass mich in Ruhe und such deine Freundin, die ist bestimmt schon ganz krank vor Sorge.«

Auf dem Absatz drehe ich mich um und murmele ein »Arschloch«, ehe ich in Richtung Toiletten gehe. Ich muss mich unbedingt abkühlen. Innerlich brenne ich. Der Kerl macht mich wahnsinnig und gleichzeitig lässt er meine Knie weich werden. Ich drehe gerade den Wasserhahn auf, da öffnet sich die Tür der Damentoilette.

Bevor ich irgendwas sagen, geschweige denn sehen kann, bin ich schon in einer Kabine und werde gegen die Wand gedrückt. *Was soll das?* Ich versuche, mich aus dem Griff zu befreien. Aber es bringt nichts. Sein Mund legt sich auf meinen. Vehement kneife ich meine Lippen zusammen. Schubse Jason von mir, aber er bewegt sich keinen Schritt zurück.

Er beißt leicht in meine Lippe, sodass ich nach Luft schnappe. Dies nutzt er sofort aus. Seine Zunge dringt in meinen Mund ein. Mein letztes bisschen Widerstand löst sich in Luft auf. Ich berühre seine Zunge mit meiner. Spiele mit ihr und necke sie. Meine Arme legen sich wie automatisch um seinen Hals. Ziehen ihn näher an mich.

Und dann gibt es kein Halten mehr. Unser Kuss wird intensiver. Hemmungsloser. Wir verschlingen uns geradezu. Eine Hand fährt über das Kleid meine Seite hinauf und kommt auf meinem Busen zum Liegen. Leicht knetet er diesen durch den dünnen Stoff. Ich drücke mich seiner Hand entgegen. Will mehr von diesem Gefühl spüren, das es in mir auslöst. Seine andere Hand streicht nach unten, bis seine Finger die nackte Haut meines Beines berühren. Federleicht streichelt er an dem Saum des Kleides entlang.

Gänsehaut breitet sich auf meinem ganzen Körper aus. Jason lässt von meinem Mund ab. Küssend und beißend wandert er meinen Hals bis zur Kuhle zwischen Hals und Schulter hinab. Stöhnend lege ich meinen Kopf in den Nacken und genieße einfach nur seine Berührungen.

Ich spüre, wie seine Hand langsam unter mein Kleid fährt. Anspannung nimmt von meinem Körper Besitz. Mein Herz fängt an zu galoppieren, als seine Finger weiter nach oben wandern. Er schiebt den Slip beiseite und streicht über meine Pussy. Erstickt keuche ich auf.

»So feucht«, haucht Jason gegen meinen Hals. Er lässt von meiner Brust ab und löst meine Arme aus seinem Nacken. Währenddessen fängt er an, meine empfindliche Knospe zu massieren. Laut stöhne ich auf. Mein Rücken drückt sich durch. Ein Kribbeln fährt durch meinen Körper.

Immer mehr Spannung baut sich in mir auf. Er streicht die Träger meines Kleides nacheinander meine Schulter hinunter. Heftig atme ich ein und aus. Meine Brüste drücken sich fest gegen den nun lockeren Stoff. Jason sieht auf die Stelle, hebt dann den Kopf und sieht mir in die Augen. Seine sonst grünen Iriden wirken nun beinahe schwarz. Fast schon zärtlich schiebt er den störenden Stoff noch ein bisschen nach unten und legt meine Brüste frei.

Keine Sekunde später umschließen seine Lippen meinen vor Erregung steifen Nippel. Ein süßer Schmerz durchzuckt mich, als er in diesen beißt. Mit meinen in den Trägern gefangenen Armen stehe ich an die Wand gelehnt da und koste jeden Moment aus. Quälend langsam dringt ein Finger in mich ein.

Ich schließe meine Augen und keuche laut auf. Genauso langsam zieht er in wieder raus. Umkreist meine Spalte, nur um dann erneut einzutauchen. Ein zweiter Finger stößt dazu. Füllt mich aus. Ein Spiel aus Knabbern, Saugen und Stoßen beginnt. Jason weiß genau, was er tut. Es braucht nicht lange und meine inneren Muskeln ziehen sich zusammen. Umschließen seine Finger fester. Das anfängliche Kribbeln wird stärker. Übermannt mich beinahe. Meine Atmung wird schwerer. Mein Stöhnen lauter. Seine Finger bewegen sich schneller rein und raus.

Jedes Mal streift er dabei meinen G-Punkt und bringt mich meinem Orgasmus noch ein bisschen näher. Ich merke, wie die Anspannung immer größer wird und mich gleich zu überrollen scheint. Es ist kaum noch auszuhalten. Er lässt von meinem Busen ab. Frustriert stöhne ich auf.

»Mach die Augen auf«, befiehlt mir Jason heiser. Ich komme dem nach. Grün trifft auf Grau. Und dieser Moment ist intensiver als jemals etwas anderes zuvor. Ein weiteres Mal dringt er in mich ein, krümmt einen seiner Finger und raunt dabei: »Komm für mich. Jetzt!«

Das ist zu viel für mich. Die Gefühle übermannen mich. Ein Ruck geht durch meinen ganzen Körper. Ich winde mich in seinen Armen, um dann in klitzekleine Teile zu zerbersten. Laut stöhnend komme ich zum Orgasmus. Jasons Augen werden noch einen Tick dunkler.

Lustverhangen schaut er mir dabei zu, wie mich eine Welle nach der Nächsten erschüttert. Nur langsam ebben diese ab.

Eine Tür öffnet sich. Und damit kommen meine Gedanken wieder, die sich, sobald er mich geküsst hat, abgeschaltet haben. Die Blase um uns herum platzt, und mir wird bewusst, was wir eben getan haben.

Ich habe mich von Jason, der vorhin noch mit einer anderen in der Gasse gefickt hat, berühren und zum Orgasmus bringen lassen. Wie konnte ich das nur tun? Wie konnte ich mich nur auf dieses Niveau herablassen?

Jason, der von meinem inneren Konflikt nichts mitbekommen zu haben scheint, lässt von mir ab. Zieht seinen Finger, der immer noch in mir steckt, raus und tritt ein Stück zurück. Das Mädel, welches die Toiletten betreten hat, geht in die Kabine neben uns.

Der Toilettendeckel ist zu hören. Ich weiß nicht, wie ich mich verhalten soll. Heulen, weil ich so dumm war und mich auf ihn eingelassen habe oder weil wir unterbrochen wurden. Lachen, weil diese Situation gerade megakomisch ist oder weil ich Jason ansehe, dass ihn diese Störung mehr als anpisst. Oder soll ich Freudensprünge machen, weil wir unterbrochen worden sind oder weil ich es heute Abend durchgezogen und mich gehen lassen habe.

Die Spülung neben uns wird betätigt und das Mädel geht wieder aus der Kabine. Kurz darauf hören wir das Waschbecken und dann die Tür aus den Toiletten.

Jason, der nur abgewartet hat, bis das Mädel verschwunden ist, dreht den Riegel der Kabine und öffnet diese. Und wieder stecke ich in einer Situation, in der ich nicht weiß, was ich machen soll. Jason kommt mir zuvor. Beugt sich zu mir, gibt mir einen Kuss auf den Mund und sagt: »Es war nett, dir beim Kommen zuzusehen. Vielleicht sieht man sich ja noch einmal.« Ohne noch einen Blick auf mich zu werfen, verschwindet er.

Wie ein begossener Pudel stehe ich da. Mein Kleid hängt auf halb acht, meine Lippen fühlen sich geschwollen an und mein Slip ist durchtränkt von meinem Saft. Beschämt richte ich meine Träger und bedecke meine Brüste wieder. Ich hoffe nur, dass man nicht sieht, dass ich noch ganz feucht bin. Noch einmal atme ich tief ein und aus. Versuche, mich wieder in den Griff zu bekommen.

»Es war nett …« hallt es in meinem Kopf wider. Er hätte auch gleich sagen können, dass es scheiße war. Dass er viel lieber den Orgasmus gehabt hätte und nicht ich. Männer sind doch nur Arschlöcher. Jetzt bin ich überglücklich, dass ich mich ihm nicht voll und ganz hingegeben habe. Er hätte wenigstens netter zum Abschied sein können.

Ich meine, ich verlange nicht, dass er mich heiraten soll, aber ein bisschen anders habe ich mir solche Verabschiedungen schon vorgestellt. *Das ist so verrückt,* schimpfe ich mich innerlich. Ich kenne diesen Typen höchstens drei Stunden, wie soll da ein Abschied schon aussehen.

Endlich wieder ein wenig gefasster, verlasse ich ebenfalls die Kabine. Bei den Waschbecken schaue ich in den Spiegel. Gott sei Dank, hat er mein Haar verschont, es sitzt perfekt. Nur meine roten Wangen, die leicht geschwollenen Lippen und meine leuchtenden Augen verraten, was ich eben getan habe. Ich spritze mir ein wenig Wasser ins Gesicht.

Das zweite Mal musste ich mich heute schon abkühlen, belächele ich mich selbst.

Zum Schluss nicke ich mir im Spiegel zu, ehe ich den Raum meiner Sünde verlasse. Dass Jason mir den besten Orgasmus und das nur mit seinen Fingern und dem Mund verpasst hat, bleibt mein kleines Geheimnis, welches er nie erfahren wird.

Jason

Könnte mein bestes Stück reden, würde es mir winselnd und äußerst frustriert eine Ansage darüber machen, dass es nicht zum Zug kommen durfte. Glücklicherweise kann es das nicht. Somit muss ich mich auch nicht damit auseinandersetzen, was da eben geschehen ist.

Ich blicke noch einmal auf die Toilettentür zurück, bevor ich kopfschüttelnd verschwinde. Es verwirrt mich zunehmend, dass ich für einen kurzen Moment in Erwägung gezogen habe, zurück in die Damentoilette zu gehen, um mich für mein arschiges Verhalten zu entschuldigen. Das kann ich aber nicht machen. Es würde nicht zu mir passen. Sonst interessiert mich auch nie, was die Frauen nach einer Nummer mit mir denken oder fühlen. Und nun kommt die Kleine daher, hypnotisiert mich mit ihren faszinierenden Augen und mein Gehirn setzt aus? Fuck!

Ich brauche ganz dringend Alkohol. Muss sie mir aus dem Kopf trinken. Ich bin doch keine Pussy, die ständig an eine Frau denkt. Herrgott! Nach meinem Besäufnis kann Morty mich nach Hause tragen.

Ich gehe an den ganzen Tanzenden vorbei und habe die Bar fest im Blick. Plötzlich werde ich am Arm festgehalten. Wer wagt es, sich zwischen mich und meine dringend benötigten Drinks zu stellen?

Ich drehe meinen Kopf zum Störenfried und schaue in, wie soll es auch anders sein, völlig überschminkte Augen. *Oh Gott, bitte nicht.* Ich schüttele ihre Hand ab, doch da klebt die Tussi schon an mir. *Was soll die Scheiße?*

»Schätzchen, such dir jemand anderen zum Vögeln, ich bin nicht in Stimmung«, knurre ich ihr regelrecht zu. Sie klimpert mit ihren langen Wimpern und schnurrt in mein Ohr: »Ach, komm schon, Jason, du darfst mit mir machen, was auch immer du willst.« Jetzt mal im Ernst, haben die Frauen heutzutage keinen Selbsterhaltungstrieb mehr? Wieso müssen sie alle so billig sein. Ich entreiße mich ihr und schaue sie abschätzig an.

»Nein, ich habe immer noch keinen Bock.« Sie zuckt kurz zusammen und lässt mich los. Endlich kann ich zur Bar ... Dort bestelle ich mir zehn ›Flieger‹. Diese Drinks bestehen nur aus süßem Wodka und Energydrinks, sind hier aber trotzdem der totale Kassenschlager. Ein Kurzer nach dem anderen landet in meinem Inneren.

Langsam spüre ich die wohlige Wärme in mir aufsteigen. Der Barkeeper, der im Begriff ist, meine Gläser abzuräumen, fragt: »Noch einen?« Ich schüttle mit dem Kopf.

»Gib mir lieber einen dreifachen Scotch.« Er nickt und macht mir das gewünschte Getränk fertig. Ich trinke einen Schluck des herrlichen Gesöffs. Der herbe, süßliche Geschmack breitet sich in meinem Mund aus. Als der Scotch meine Kehle hinunterrinnt, brennt er nach und verleiht dem Getränk eine scharfe, aber dennoch milde Note.

Ich hole mein Handy aus der Hosentasche, weil ich plötzlich das Bedürfnis habe, mit jemandem zu reden. Das ist der einzige Nachteil am Alkohol. Ich werde redselig und will am liebsten in Selbstmitleid versinken. So auch jetzt.

Ich schaue meine Chats an. Der letzte war mit der heißen und mit Rosenranken tätowierten Josie. Kurzerhand schreibe ich ihr.

> Wie müsste deiner Meinung nach ein Mann sein, der Potential zu einem ›mehr‹ haben könnte? Weißt du, eigentlich suche ich gar nicht. Ich hasse es, eingesperrt und gebunden zu sein. Und warum müssen die meisten von euch Frauen immer so billig daherkommen?

Ich schicke die Nachricht ab. Im gleichen Moment bereue ich es und würde es gerne ungeschehen machen. Die Nachricht klang erbärmlich. Fuck! Ich schließe die Augen und nippe an meinem Drink.

Wieder werde ich begrabbelt. Ich hole tief Luft, bin bereit, die Tussi anzuschreien, und drehe mich in die Richtung, aus der ich angefasst werde. Statt in ein Frauengesicht schaue ich in die mir nur allzu bekannten Augen von Morty.

»Junge, Junge ... Was ist los? Du siehst aus, als wenn du mich verprügeln willst«, fragt er. Ich rolle nur mit den Augen und trinke den letzten Schluck des Drinks. *Genau, immer schön rein mit dem Alkohol, dann muss ich nicht nachdenken oder reden. Kann mich nur auf das Rauschen konzentrieren,* denke ich mir und muss plötzlich grinsen.

»Scheiße, Jason. Vielleicht solltest du lieber Wasser statt Alkohol trinken. Du bist sonst gleich hinüber.« Ich mache eine abwertende Handbewegung, wie wenn ich eine Fliege verscheuchen will. Gleichzeitig schüttle ich mit dem Kopf.

»Neeeein, mir geht‘s bestens. Ich kann schogar noch perfekt redn, Mortylein.«

»Okay, mein Freund, vielleicht sollten wir nach Hause?!« Er formuliert es als Frage, dann muss er auch mit meinem »Nein. Ich bleibe genau hier« rechnen.

Er verdreht nur die Augen und setzt sich neben mich auf den freien Hocker. »Weischt du Morty, bist du das ewige Rumhurn nischt auch leid? Ich meine, ich meine gaaaanz ehrlisch, ich will doch keine Frau. Ich will meine Freiheit, aber kann es nicht irgendwo da draußen eine, nur eine geben, die misch versteht? Misch? Jason Willard? Nicht den Rennfahrer mit dem hübschn Körper?« Während ich ihn das frage, gestikuliere ich wild umher.

Meine Zunge fühlt sich geschwollen an und immer wieder tippe ich mir auf die Brust. »Jason, du redest wirres Zeug. Wer sagt denn, dass ich rumhure? Ja, ich habe gerne Sex, aber noch lange nicht so viel wie du. Und im Gegensatz zu dir habe ich keine Beziehungsphobie. Du hast es noch nie versucht, mein Freund. Vielleicht solltest du dich dafür öffnen. Und vor allem nicht immer diese billigen Weiber an dich oder besser gesagt auf deinen Schwanz lassen. Richtige Frauen stehen nämlich nicht auf einen Mann, der alles, was eine Vagina hat, bespringt.« Er schaut mich vielsagend an.

Hat Morty recht? Sollte ich ihm mal eine Pause gönnen? Mein Blick fällt auf meinen Schwanz. Da frage ich ihn doch am besten direkt mal.

»Hey, bestes Stück, was meinst du? Sollten wir mal eine Pause einlegen?« Morty neben mir lacht laut auf.

Gerade als ich denke, dass mein Schwanz mir die erlösende Antwort gibt, berührt mich eine Hand am Unterarm. Ich schaue auf und sehe eine von vielen. Eine Namenlose. Sie sieht genauso billig aus wie jede andere zuvor und trifft damit voll und ganz mein Beuteschema. Kurz blitzt das Gesicht der Voyeurin vor meinem geistigen Auge auf. Verschwindet aber genauso schnell, wie es gekommen ist.

Die Tussi nimmt einfach meine Hand und zieht mich vom Hocker. Ich höre Morty neben mir noch fluchen, doch ich bin zu betrunken, um das zu verarbeiten.

Ich lasse mich einfach hinterherzerren, ohne mich zu wehren. Und während ich mit der gefühlt tausendsten Namenlosen hinaus aus der Bar und in die warme Sommernacht stolpere, ist der alte Jason wieder da und der kleine, auf Liebe hoffende Jason in seiner Kiste verschlossen.

Scheinbar hat sie vor zu sich zu gehen.

Kurze Zeit später betreten wir ein heruntergekommenes Haus, das ein noch schäbigeres Treppenhaus hat. Die Farbe blättert von den Wänden. Sie sind bestimmt mal weiß gewesen, sehen jetzt aber eher aus wie Erbrochenes. In den Stufen sind abgebrochene Kerben sichtbar und irgendwie riecht es streng nach Urin. Scheiße, ist das widerlich. Gott sei Dank betreten wir eine Wohnung im Erdgeschoss, sodass ich dem Geruch nicht lange ausgesetzt bin. Dass es in Friendly Falls so ein Haus wie dieses gibt, hätte ich nicht gedacht. Die Kleinstadt versucht, sich doch immer piekfein darzustellen.

Vor allem mit unserem, ach so feinen Bürgermeister. Der Typ ist ein Lackaffe durch und durch. Würde mich nicht wundern, wenn er kleine Kinder zum Frühstück verspeist. Ich habe ihn nur ein einziges Mal in natura gesehen und das auch nur, weil ich seinen Rolls-Royce reparieren musste. Seitdem meide ich diesen Typen. Ich lese extra keine Zeitung, damit ich mich nicht über ihn aufregen muss. So, kommen wir zurück zu … oh Gott, hat sie mir überhaupt ihren Namen genannt?

»Hey, wie heischt du?«, kommt es undeutlich aus meinem Mund. Zuerst sieht sie mich leicht verwirrt an, dann lacht sie lauthals auf und fährt sich mit der Hand durch die langen schwarzen Haare.

»Echt jetzt? Ist das nicht total unwichtig, Jason? Nenn mich, wie auch immer du willst.« Sie hat den Satz noch nicht richtig beendet, da klebt sie bereits an meinem Hals. *Echt jetzt? Schon wieder eine Vampirbraut.*

Zu energisch weiche ich ihr aus. Um mich herum beginnt sich, alles zu drehen. Vorsichtig hangele ich mich an der Wand entlang und hoffe, dass es gleich endet.

»Verdammt, was ist dein Problem?«, fragt sie angesäuert. Ja, was ist eigentlich mein Problem? Und während ich mich das in einer Endlosschleife frage, spüre ich den säuerlichen Geschmack, der meine Kehle hinaufkriecht. Bevor ich die Schnalle nach dem Badezimmer fragen kann, habe ich mich auch schon übergeben. Aber nicht auf den versifften Teppich, nein, sondern direkt auf ihre High Heels. Der Schrei, der darauf folgt, lässt meine Ohren klingeln. Fuck! Ich schließe die Augen und versuche, mich zu sammeln.

Zu realisieren, was da eben passiert ist.

»Verpiss dich, sofort!«, kreischt sie hysterisch. Ich sehe zu, dass ich abhaue, bevor sie noch auf die Idee kommt, mich umzubringen. Ein Schuh fliegt haarscharf an meinem Kopf vorbei gegen die Wand.

Stolpernd flüchte ich aus der Wohnung und schließe die Tür hinter mir. Der Geruch des Treppenhauses trägt nicht gerade dazu bei, dass es mir besser geht.

So schnell wie möglich verlasse ich das Haus. Tief atme ich die frische Luft ein und fange augenblicklich an zu frieren. Ich bin ein Wrack. *Was ist bloß mit mir los?* Noch nie hatte ich im alkoholisierten Zustand so einen Aussetzer.

Ich stopfe meine Hände in meine Jeanstaschen, versuche sie, so zu wärmen und gehe einfach ohne festes Ziel los. Ich könnte natürlich Morty anrufen, aber ich weiß, dass es eine Standpauke geben würde. Darauf kann ich getrost verzichten.

Ich komme am Stadtpark vorbei und plötzlich fühle ich mich so unendlich müde. Kurzerhand steuere ich die Bank an, die am Eingang des Parks steht, und lege mich darauf. *Nur kurz die Augen ausruhen, bevor sich gleich wieder alles dreht*, denke ich noch.

Josie

Die Lust zum Feiern ist mir gehörig vergangen. Immer noch vor Wut kochend, bahne ich mir einen Weg durch die ganzen tanzenden und knutschenden Menschen auf der Suche nach Susan. Boah, haben die denn alle kein Zuhause? *Das sagt die Richtige,* schimpft mich meine innere Stimme. Scheiß drauf! Ich will nur noch weg hier.

Ist es schon die ganze Zeit so entsetzlich voll gewesen? Plötzlich fühle ich mich wie damals, als es am Black Friday siebzig Prozent auf Handtaschen gegeben hat. Susan hat mich zu dieser blöden Mall geschleift. Ja okay, ich habe echt eine Schwäche für diese süßen, kleinen, manchmal auch großen und so hübschen Teile mit Henkel. Dennoch werde ich mir nie wieder eine Shoppingtour an dem Tag antun.

Ich werde von Schulter zu Schulter gedrängt, ich glaube sogar, einen Fuß an meinem Schienbein gespürt zu haben. Nun weiß ich wieder, warum ich normalerweise die exklusiven Clubs bevorzuge.

Als ich den letzten Platz gefunden habe, an dem Susan und Vlad gestanden sind, ist von beiden keine Spur mehr zu sehen. Hervorragend! Nicht! Ich drehe mich einmal um die eigene Achse, kann sie aber nirgends finden.

Dann werde ich eben ohne sie nach Hause gehen und ihr auf dem Heimweg eine Nachricht schreiben. Ohne einen Blick zurück, verlasse ich den Club.

Tief atme ich die frische Nachtluft ein und mein Körper fängt an zu zittern. Allmählich nimmt die Scham in mir überhand. Wie konnte ich nur zulassen, dass er mich so berührt. In meinen Gedanken gefangen schlendere ich durch die schwach beleuchteten Straßen.

Hinter mir höre ich ein Auto. Sofort weiß ich, dass es nur Vaters Rottweiler sein kann, den er auf mich angesetzt hat. Jeden Abend ab einer gewissen Uhrzeit taucht er auf. Manchmal habe ich das Gefühl, dass mir ein Sender eingepflanzt wurde, denn selbst, wenn ich mein Handy vergessen habe, ortet er mich. Selbstverständlich streitet mein Vater dies ab, aber ich würde es ihm auf alle Fälle zutrauen. Steif behauptet er, dass der Rottweiler einfach sein Handwerk versteht und deshalb einige Mittel und Wege hat.

Ich spüre, wie sich seine Augen in meinen Nacken brennen. Mir ist bewusst, dass ich nachts nicht einfach alleine herumlaufen kann, schließlich bin ich die Tochter des Bürgermeisters und somit ein gefundenes Fressen für böse Männer. Natürlich ist ein kleiner, mädchenhafter Teil von mir froh darüber, dass jemand mich beschützt, sollte etwas passieren. Und doch haben Susan und ich vor einem halben Jahr einen Selbstverteidigungskurs besucht. Ich weiß also, wie man sich zur Not wehren kann.

Nach gefühlt tausend Meilen bereue ich, dass ich laufen wollte, und zwar nur wegen der frischen Luft. Meine Füße in den High Heels bringen mich um. Wie konnte ich den Weg nach Hause so unterschätzen. Ich dumme Gans. Natürlich würde der Rottweiler mich liebend gerne nach Hause fahren, aber ich will mir die Blöße nicht geben, meinen Vater siegen zu sehen. Deshalb beiße ich die Zähne zusammen und laufe stur, wie ich bin, weiter.

***

Der Park, die letzte Hürde bis nach Hause, kommt immer näher. Auf der Bank gleich am Anfang, sehe ich etwas liegen. Ist das ein Mensch? Ich laufe näher ran. Und tatsächlich, es ist eine Person, die dort liegt.

Mein ausgeprägtes Helfersyndrom lässt nichts anderes zu, als dass ich näher zu dieser gehe. Bis heute weiß ich nicht, von wem ich das geerbt habe, denn von meinen Eltern habe ich es bestimmt nicht.

»Miss McGraw, bleiben sie weg. Sie wissen nicht, ob er bewaffnet oder sogar krank ist«, ertönt die Stimme meines Schattens, kurz bevor ich die Bank erreiche. Stumm aufschreiend zucke ich zusammen.

Ich presse meine Hand auf mein Herz. Es schlägt viel zu schnell in meiner Brust. Wütend drehe ich mich um.

»Sind sie vollkommen bescheuert? Warum schleichen Sie sich so an? Gehen Sie gefälligst in ihr Auto zurück und tun sie einfach so, als hätten Sie mich nie gesehen«, rede ich erbost auf ihn ein. Der spinnt doch.

»Was sind Sie eigentlich für ein Mensch? Der Mann liegt hier mitten auf einer Parkbank. Alleine! Ich will nur wissen, ob es ihm gutgeht.« Hocherhobenen Hauptes marschiere ich regelrecht zur Bank. Beim Anblick der Person weiten sich meine Augen.

Ich wünsche wirklich, ich hätte auf den Schatten gehört. Ihm geglaubt und seinen Rat befolgt. Kein Geringerer als Jason liegt auf der Bank. Scheiße. *Was macht er hier?*

Ich beuge mich ein Stück vor und eine Wand aus Alkohol und Kotze trifft mich unvorbereitet. Kurz würge ich auf. *Oh Gott, bitte nicht kotzen, Josie.* Ich schließe die Augen und zähle langsam bis zehn.

Als ich mich wieder einigermaßen im Griff habe, öffne ich sie wieder und schaue in sein Gesicht. Jason ist so verboten hübsch. Dass er bestialisch stinkt, lasse ich dabei außer Acht. Was mich immer noch am meisten an ihm fasziniert, sind sein kantiges Kinn und diese ausgeprägten Wangenknochen. Mit dem Dreitagebart wirkt er so rau, männlich und höllisch sexy. Seine Nase ist ein bisschen schief und sieht aus, als wäre sie schon des Öfteren gebrochen gewesen. Seine Lippen, die mich um den Verstand geküsst haben, sind zu einer schmalen Linie gepresst. Selbst im Schlaf wirkt er komplett angespannt und in Gedanken versunken. Seine dunkelblonden Haare fallen ihm über die Stirn.

Kaum habe ich das entdeckt, streicht meine Hand die Strähnen nach oben. Er zuckt und murmelt etwas, wacht aber nicht auf. Was mache ich denn jetzt mit ihm? Ich kann ihn hier ja nicht einfach so liegen lassen. Kurzerhand winke ich den Men in Black heran und bitte ihn, mir zu helfen. Zusammen tragen wir Jason ins Auto.

»Wo soll es hingehen, Miss?«, fragt mich mein Aufpasser, als wir ebenfalls im Auto sitzen.

»Zu meiner Wohnung, bitte«, antworte ich, ohne darüber nachzudenken.

Kaum fährt der Schatten los, sind wir auch schon bei mir vor dem Haus angekommen. Die Wohnung liegt nur fünf Gehminuten vom Park entfernt. Dies war damals mit ein Grund, wieso ich mich bei der Besichtigung in sie verliebt habe. Der Ausblick von meinem Balkon ist atemberaubend. Ich kann die ganze Stadt sehen und die großen Bäume des Parks liegen mir zu Füßen. Am meisten liebe ich aber den alten Kirschbaum. Er ist das

Herzstück der kompletten Grünanlage. Seine Krone ist so ausladend, dass ich das Gefühl habe, dass sie sich mir entgegenstreckt. Einfach traumhaft.

Mr. Rottweiler schleppt Jason auf seinen Schultern die Stufen zu meiner Wohnung hinauf. Vor dem Eingang hole ich den Haustürschlüssel aus meiner Handtasche. Kaum ist die Tür offen, marschiert er mit Jason zielstrebig ins Wohnzimmer, wo er ihn sogleich auf die Couch legt. Woher weiß er, wo sich mein Wohnzimmer befindet?

Noch immer darüber grübelnd, stehe ich im Flur und sehe zum Zimmer, in dem sie verschwunden sind. Plötzlich steht mein Aufpasser wieder vor mir. Ich habe ihn nicht mal laufen gehört. Kann der eigentlich zaubern? Oder ist er sogar Flash? Das wäre ja der Wahnsinn.

»Aber Superkräfte haben Sie nicht zufällig?«, platzt es aus mir heraus. Er lacht kurz auf und schüttelt belustigt mit dem Kopf.

»Nein, leider nicht. Soll ich mich vor der Tür positionieren? Falls etwas ist? Ansonsten warte ich im Auto auf der Straße.« Natürlich wird er im Auto schlafen, wäre nicht das erste Mal. Ich schüttele mit dem Kopf und sage mit fester Stimme: »Ich möchte, dass Sie fahren. Ich hasse es, wenn ich beobachtet werde. Ich kenne Jason, er ist … ein Freund. Ich brauche Sie nicht als Beschützer.« Seine Augenbrauen ziehen sich leicht zusammen und seine Augen werden zu Schlitzen.

»Na gut, aber ich bin nur ein paar Straßen weiter, wenn etwas sein sollte, rufen Sie mich jederzeit an.« Er zückt aus seiner Brusttasche ein kleines Heftchen und schreibt etwas darauf, bevor er den Zettel abreißt und mir gibt. Ich schiele auf diesen und entdecke seine Handynummer in fein säuberlicher Schrift. Ohne sich noch mal umzuschauen, verlässt er meine Wohnung.

Erst, als die Tür mit einem ›Klick‹ verschlossen ist, atme ich erleichtert aus. Warum müssen solche Männer so angsteinflößend aussehen? Warum gibt es nicht mal einen Men in Black wie Austin Powers zum Beispiel.

Ich atme noch einmal tief durch und gehe ins Wohnzimmer zu Jason. Er scheint mit meinem Sofa schon Freundschaft geschlossen zu haben, denn er liegt mit einem festumschlungenen Kissen auf dem Bauch.

Kopfschüttelnd setze ich mich auf meinen Couchtisch und beobachte ihn. Jetzt sind seine Gesichtszüge entspannt, sogar ein leichtes Lächeln ziert seinen Mund. Dieser Mann wird noch mein Untergang sein. Wir hatten eine verdammt heiße Begegnung und nun liegt er mit dem Dekokissen im Arm auf meiner Couch. *Bald ist es nicht mehr das Kissen in seinem Arm, sondern du und dein Herz, Schätzchen,* flüstert mir wieder einmal meine innere Stimme zu. So langsam nervt sie mich gehörig.

Ich stehe auf und ziehe ihm seine Schuhe aus, ehe ich die Wolldecke vom Hocker nehme und über ihn lege. Ich bin im Begriff ins Schlafzimmer zu gehen, als mich eine Hand am Handgelenk zurückhält.

Erschrocken schnappe ich nach Luft und schaue geradewegs in sein hübsches Gesicht. Die Stelle, an der er mich festhält, kribbelt und eine Gänsehaut breitet sich auf meinen Armen aus. Wieso reagiere ich nur so auf ihn? Er öffnet seinen Mund, um etwas zu sagen, aber so weit lasse ich ihn nicht kommen. Ich muss die Verbindung zwischen uns kappen, um wieder klarer im Kopf zu werden.

Ruckartig entziehe ich ihm meinen Arm und gehe zur Tür, die das Wohnzimmer von meinem Schlafzimmer trennt. Ohne mich umzudrehen, sage ich in Richtung Tür: »Schlaf deinen Rausch aus. Das Bad ist im Flur die zweite Tür links.«

Fluchtartig ziehe ich die Tür auf und schließe sie hinter mir wieder. Erleichtert ziehe ich die High Heels aus und lasse sie an Ort und Stelle liegen.

Während ich zielstrebig auf mein Bett zusteuere, ziehe ich mein Kleid über den Kopf und das Schlafshirt, das auf dem Bett lag, an. Scheiß drauf, dass ich keine Zähne geputzt habe, aber ich gehe da heute bestimmt nicht mehr raus.

Mit noch immer klopfendem Herzen liege ich unter meiner Decke und streiche genau an der Stelle über mein Handgelenk, die Jason berührt hat. Was hat dieser Kerl nur an sich, dass ich komplett den Verstand verliere? *Okay, Josie, ruhig Blut. Du kannst dich mit dem sexy Kerl im Wohnzimmer morgen noch beschäftigen, jetzt aber brauchst du deinen Schlaf.*

Am nächsten Morgen fühle ich mich geborgen. Beschützt von den starken Armen, die mich umschließen, kuschele ich mich enger in diese. Sie verstärken den Druck, ziehen mich fester an sich. Kein Blatt passt mehr zwischen mich und den Körper, der hinter mir liegt. Dieser Traum fühlt sich so real an. Er ist unglaublich schön. Zum ersten Mal in meinem Leben habe ich das Gefühl von echter Geborgenheit. Zufrieden seufze ich auf.

An meinem Po spüre ich etwas und werde langsam wach. Ich brauche einen Moment, bis ich realisiere, was es ist. Erschrocken schnappe ich nach Luft und drehe mich zur Seite. Heilige Scheiße! So schnell ich kann, springe ich aus dem Bett und blicke in Jasons verschlafenes Gesicht.

»Was machst du in meinem Bett? Spinnst du? Raus hier, sofort!«, kreische ich hysterisch. Verschmitzt grinst er mich an. Am liebsten würde ich ihm das Grinsen aus dem Gesicht schlagen. Der Kerl bringt mich schon am frühen Morgen zur Weißglut.

»Mach, dass du aus meinem Bett kommst, sonst vergeht dir dein Grinsen schneller, als dir lieb ist.« Meine angepisste Stimme wird immer leiser. Jason erhebt sich und steht nur mit Shorts bekleidet neben dem Bett. Was mich aber am meisten ablenkt, ist sein steifer Penis, der sich deutlich unter dem Stoff abzeichnet. Holy Shit. Ich weiß, dass ich nicht so hinstarren soll, aber es ist wie bei einem Unfall. Man will nicht, macht es aber automatisch.

Meine Augen brennen sich regelrecht durch das Stückchen Stoff. Plötzlich räuspert er sich, was mich dazu veranlasst, hoch in seine Augen zu schauen.

»Sind wir fertig mit gaffen? Um ehrlich zu sein, trägt es nicht unbedingt dazu bei, dass er wieder kleiner wird.« Wieder einmal bringt der Kerl mich dazu, mit offenem Mund dazustehen. Selbstbewusst kommt er zu mir geschlendert und hebt mit seinem Zeigefinger mein Kinn an, sodass sich mein Mund wieder schließt. Sanft streicht er über meine Lippen, was mir den Rest gibt. Ich hasse ihn! Abgrundtief. Schnell bringe ich Abstand zwischen uns.

Seine Aufmerksamkeit verlagert sich. Ist nicht mehr auf mein Gesicht gerichtet, sondern auf meine Brüste. Ich schaue nach unten und stelle mit Schrecken fest, dass sich meine Nippel deutlich unter dem Shirt abzeichnen. War ja klar, dass sie Hallo sagen müssen. Diese kleinen Verräter.

Ich verschränke meine Arme vor meinen Brüsten und sage: »Ehrlich, Jason, verschwinde. Du hast offensichtlich deinen Rausch ausgeschlafen, und ich will, dass du jetzt gehst. Du kannst nicht hierbleiben.« Jason setzt zum Protest an, wird aber vom Klingeln seines Handys daran gehindert.

Ich sehe ihm an, dass er überlegt, ob er es klingeln lassen oder doch lieber rangehen soll. Jason geht zurück zum Bett und hebt die Hose auf, die daneben liegt, ehe er sein Handy aus der Tasche fischt und rangeht.

Augenblicklich verspannen sich seine Muskeln. Stocksteif steht er da und hört dem Anrufer konzentriert zu. Eine Falte bildet sich auf seiner Stirn.

»Ja? - Halt, Moment ... Was ist los? Ja, ich bin ihr Enkel. Warten Sie eben kurz.« Er geht mit der Hose in der einen und dem Handy in der anderen Hand ins Wohnzimmer und schließt die Tür.

Verdattert sehe ich auf das Stück Holz. Was ist denn jetzt los? Plötzlich passiert etwas, womit ich nie im Leben gerechnet hätte, ich höre meine Haustür zufallen.

Das ist jetzt nicht sein Ernst? Ich wollte, dass er geht, aber doch nicht ohne irgendeinen Abschied. Ich gehe ins Wohnzimmer und stelle fest, dass nichts mehr von ihm da ist. Er ist weg. Er ist tatsächlich einfach gegangen. Vielleicht ist etwas mit seiner Grandma?

Die Enttäuschung und Wut, die eben noch von mir Besitz ergriffen haben, werden von Sorge abgelöst.

Bevor ich mir weitere Gedanken darüber machen kann, klingelt es an der Tür. Hat er es sich doch noch anders überlegt? Freude erfasst mich. Beschwingt gehe ich zur Haustür und reiße sie auf. Enttäuscht lande ich auf dem Boden der Realität.

Es ist nicht wie gedacht Jason, der wiederkommt, sondern Susan. Mit einer Brötchentüte in der Hand und einem breiten Grinsen im Gesicht steht sie wissend vor mir. Zur Hölle mit dir, Jason.

Jason

Dieses Gefühl werde ich nie wieder vergessen. Der Anruf hat mich komplett aus der Bahn geworfen. Nun sitze ich hier auf dem Krankenhausstuhl, rieche immer noch nach Alkohol und Erbrochenem und bete im Stillen dafür, dass es Leonore gut geht. Sie ist einfach umgekippt und hat sich den Kopf gestoßen. So haben es mir die Mitarbeiter des Heims erzählt. Ich könnte durchdrehen. Wieso zahle ich so viel Geld für eine Einrichtung, die es nicht mal schafft, meine Grandma im Blick zu haben? Ich vernehme klackernde Schritte, die sich mir nähern.

»Mr. Willard?« Abgekämpft hebe ich meinen Blick und schaue zur Person, die mich angesprochen hat.

»Ich bin Mrs. Lores, die Betreuerin von Mrs. Willard. Es tut mir sehr leid, was passiert ist. Ich hatte nur einen Moment nicht aufgepasst und dann lag sie schon am Boden. Es tut mir leid ...« Für eine Sekunde starre ich sie nur an.

Brauche einen Moment, um zu realisieren, wer die Frau ist. Und dann, ohne es zu wollen, entlädt sich meine komplette Wut.

Ruckartig stehe ich auf, der Stuhl klappert und wackelt. Mit bedrohlichen Schritten gehe ich auf sie zu. Sie weicht vor mir zurück, bis sie nur noch die Wand im Rücken hat. *Ja, haben Sie ruhig Angst vor mir, Frau Betreuerin.* Ich baue mich vor ihr auf. Sehe sie mit zu Schlitzen verengten Augen an.

»Mir ist scheißegal, ob es Ihnen leidtut oder nicht. Wenn meine Grandma nicht mehr aufwacht oder Schlimmeres mit ihr passiert, dann mache ich Sie dafür verantwortlich. Ist das klar?«, speie ich ihr entgegen.

Jemand legt mir eine Hand auf die Schulter und ich zucke zusammen. Kochend vor Wut drehe ich mich um und will demjenigen, der es gewagt hat mich anzufassen, eine reinhauen. Morty steht vor mir. Sofort unterbreche ich mein Vorhaben und lasse meine Arme an meinen Seiten herabfallen.

»Alter, lass die arme Frau in Ruhe. Komm mit, wir setzen uns wieder.«

Erleichtert über sein Erscheinen, lasse ich mich von ihm zurück zu den Stühlen ziehen. Kurz sehe ich zu der alten Schabracke. Sie richtet ihr Haar und ihre Augen irren nervös herum. Ich halte das hier nicht aus. Wann kommt der beschissene Arzt?

»Was ist eigentlich passiert?«, fragt Morty und lenkt mich von meinen Gedanken an Leo ab.

»Ich weiß nicht viel. Als sie mich vom Heim angerufen haben, meinten sie nur, dass Leo gestürzt sei und sich dabei den Kopf gestoßen hat. Aber das kann alles bedeuten.« Mein bester Freund legt seine Hand auf meine Schulter und sagt: »Ach, Jason, du kennst deine Grandma. Die wird nichts so schnell aus den Latschen hauen, bevor sie nicht endlich Enkelkinder bekommt. Es ist bestimmt nichts Schlimmes.«

»Aber was ist, wenn es etwas Ernstes ist. Morty, ich kann sie nicht verlieren.«

»Das wirst du auch nicht so schnell.«

»Und wieso dauert es so lange, bis mir jemand sagen kann, was Sache ist?« Ich klinge nicht nur verzweifelt, sondern bin es auch. Die Angst um meine Grandma nimmt einfach überhand. Erneut sind sich nähernde Schritte zu hören.

»Was machst du hier eigentlich?«, frage ich meinen besten Freund.

»Erinnerst du dich an die süße Rothaarige letztens im Charly's? Ich treffe sie ab und zu. Sie ist hier Krankenschwester und ich habe sie zu ihrem Dienst gefahren. Dann sah ich dich hier sitzen und bin sofort zu dir gegangen«, berichtet er mir und für einen kurzen Moment zuckt sein Mundwinkel.

»Mr. Willard?«, fragt plötzlich ein hochgewachsener Mann in einem weißen Kittel.

»Ja, der bin ich. Wie geht es meiner Grandma?«

»Könnten wir uns eben alleine unterhalten?« Alle Farbe weicht aus meinem Gesicht. Es kann nichts Gutes bedeuten, wenn er mir nicht hier sagen will, was mit meiner Grandma ist. Mit hängendem Kopf folge ich dem Arzt.

Morty, der ebenfalls aufgestanden ist, bleibt bei den Stühlen. Ihm steht die Sorge ebenfalls ins Gesicht geschrieben. Der Arzt hält mir eine Tür auf, durch die ich gehe. Sofort weiß ich, wo wir sind und spätestens das Schild an der Wand hätte es mir verraten.

Das rote und fette ›Intensivstation‹ verhöhnt mich regelrecht. Als wir vor einer weiteren Tür stehen bleiben, bildet sich ein Kloß in meinem Hals.

»Mr. Willard, ihre Grandma hatte eine Hirnblutung, die wir stoppen konnten. Allerdings haben wir bei diversen Checks feststellen müssen ... Mr. Willard, wussten Sie, dass Ihre Grandma Krebs im Endstadium hat?« Und von jetzt auf gleich bleibt meine Welt stehen.

Ich taumele gegen die Wand und fasse mir an die Stirn. Krebs ... Deshalb hat sie mich ständig dazu gedrängt, sesshaft zu werden und nicht so viel zu arbeiten. Sie wusste es und hat mir nichts gesagt! Sie wollte nur, dass ich jemanden habe, wenn es so weit ist und sie von der Erde gehen muss. Wut, Enttäuschung und Angst brodeln in mir.

»Mr. Willard ...«, redet der Arzt drauf los, aber ich will nichts hören. In meinen Ohren pfeift es.

»Ich will zu ihr. Jetzt!«, presse ich heraus. Resigniert schüttelt er den Kopf und sagt: »Folgen Sie mir bitte.« Wie viel muss ich denn noch ertragen, verdammt? Erst eine drogensüchtige Mutter, die ihren eigenen Sohn nicht haben will. Und nun soll die einzige Person, die sich je um mich gekümmert hat, mich geliebt hat, an Krebs sterben?

Der Arzt öffnet die Tür vor uns und am liebsten möchte ich einfach nur zusammenbrechen. Mich in Grannys Arme werfen und sie anflehen, dass es nicht stimmen kann, was der Arzt mir erzählt hat. Dass sie nicht an Krebs erkrankt ist. Für immer bei mir bleiben und mich nicht verlassen wird.

Zögernd gehe ich auf ihr Bett zu und setze mich auf den Rand. Leonore sieht so anders aus als sonst. Ihre Haut ist blass, sodass man ihre Adern durchscheinen sieht. Ihre Wangen sind eingefallen und tiefe Schatten liegen unter ihren Augen. Aber am schlimmsten ist der Verband, der ihren Kopf schmückt. Er macht mir klar, dass sie nicht nur einfach in dem Bett liegt und schläft, sondern, dass ich sie beinahe verloren hätte.

Sie ist mit Schläuchen übersät und ihre kleinen Hände liegen auf ihrem Bauch. Ich nehme eine in meine Hand und will sie nie wieder loslassen.

»Warum hast du es mir nicht gesagt, Leo? Warum, verdammt noch mal, hast du es mir nicht einfach gesagt?« Verzweifelt fahre ich mir mit einer Hand durch die Haare.

Tränen steigen mir in die Augen und lassen meine Sicht verschwimmen. Ich zucke zusammen, als mir bewusst wird, was ich gesagt habe. Bilde mir ein, dass Leo nicht ohnmächtig in diesem sterilen Raum liegt, sondern mich rügt.

»Sorry, ›verdammt‹ wollte ich nicht sagen.« Ich sehe sie vor mir, wie sich mich missbilligend ansieht und mit der Zunge schnalzt. Dann würde sie so etwas sagen, wie: »Junge, so habe ich dich nicht erzogen. Man flucht nicht, schreib dir das hinter die Ohren.« Ich hätte gelacht, ihr einen Kuss auf den Kopf gegeben und sie hätte gestrahlt wie die Sonne.

»Deshalb wolltest du, dass ich langsamer mache, oder Grandma? Du wusstest es und wolltest, dass ich mein Leben lebe, statt ständig nur zu arbeiten.« Meine Stimme wird immer kratziger und ich beginne zu zittern. *Nein, ich werde jetzt nicht wie ein Baby heulen. Scheiße, nein! Ich muss stark sein, für Leo.*

»Doc, wie lange hat sie noch?«, frage ich ihn, ohne mich umzudrehen. Er räuspert sich und sagt: »Ich empfehle Ihnen ein gutes Hospiz, in dem sie ihre letzten Wochen verbringen kann. Der Bauchspeicheldrüsenkrebs hat gestreut und ist bereits so weit fortgeschritten, dass wir ihn nicht mehr operativ entfernen können. Es tut mir sehr leid. Wie viel Zeit ihr bleibt, kann man nicht genau sagen. Aber um den genauen Fortschritt zu kennen und eine eventuelle Lebensdauer bestimmen zu können, wäre es von Vorteil zu wissen, wer ihr behandelnder Arzt ist.« *Letzten Wochen …* hallt es in meinem Kopf. Ich habe nur noch Wochen mit ihr. Keine Monate. Keine Jahre. Sondern nur noch wenige verdammte Wochen.

Plötzlich bleibt mir die Luft weg. Ich kann nicht mehr atmen. Meine Lunge ist wie blockiert. Als hätte ich mich verbrannt, lasse ich Leos Hand abrupt los. *Ich muss raus. Brauche Luft zum Atmen.*

Ohne noch einen Blick auf meine Grandma zu werfen, renne ich an dem Arzt vorbei aus dem Zimmer, den Flur entlang und nach draußen. Ich bekomme nichts um mich herum mit. Renne einfach nur weiter, bis ich das Krankenhaus weit hinter mir gelassen habe.

***

Drei Tage. Es sind drei verschissene Tage vergangen, seit ich das Krankenhaus fluchtartig verlassen habe. Ich habe zu verdrängen versucht, was mit Leo ist. Habe mich sogar in der Werkstatt eingeschlossen und nur an Autos geschraubt.

Nicht einmal Anrufe habe ich entgegengenommen, geschweige denn Rechnungen geschrieben. Mir ist alles egal gewesen. Das Arbeiten und die Rennen waren schon immer mein Ventil, wenn mich etwas belastet oder bedrückt hat. Sex hat normalerweise auch dazu gehört, aber in diesem Fall ist mir die Lust darauf vergangen.

Nur Morty ist es zu verdanken, dass ich die Stufen zum Krankenhaus hinaufgehe und mich dabei wie der größte Drecksack auf der Welt fühle. Er hat tausendmal versucht, mich anzurufen. Und erst, als er vor mir gestanden und mich angeschaut hat, als ob er mir den Schraubenschlüssel über den Kopf ziehen möchte, ist meine kleine Blase der Verdrängung geplatzt.

Fassungslos haben wir gemeinsam die Bierflaschen auf dem Boden angestarrt und zum ersten Mal ist mir bewusst geworden, wie ich mich verhalten habe. Ich habe nicht gemerkt, dass ich so abgerutscht bin. Habe nicht bemerkt, dass ich eigentlich gerade dabei gewesen bin, den größten Fehler meines Lebens zu machen.

Ich habe Leo einfach alleine gelassen und das, obwohl sie mich gerade mehr denn je braucht.

Meine Schuhe quietschen auf dem immer perfekt glänzenden Krankenhausfußboden, als ich geradewegs auf die Information zusteuere. Am Tresen sitzt eine süße, kleine Brünette, die eifrig etwas in den Computer tippt. Um ihre Aufmerksamkeit zu erlangen, räuspere ich mich. Sie schaut auf und ihre Augen werden immer größer. *Jaja, es ist ein hübsches Gesicht, Baby, aber was dahintersteckt, ist nicht annähernd so anziehend.*

»Entschuldige bitte, ich bin auf der Suche nach meiner Grandma. Leonore Willard. Auf welcher Etage und in welchem Zimmer liegt sie?« Die Kleine schaut mich immer noch an wie Bambi. Herrgott, gibt es auch nur eine Frau auf diesem Planeten, die nicht ins Schwärmen gerät, wenn sie mich sieht?

»Miss? Bitte, ich muss zu meiner Grandma. Jetzt«, werde ich ungehaltener. Bambi scheint endlich aufgegangen zu sein, dass ich nicht in Flirtlaune bin. Ruckartig steht sie auf. Der Stuhl knallt gegen den Aktenschrank und ein Stift rollt vom Tisch auf den Boden. Sie stottert etwas herum. Ich vermute, es handelt sich um eine Entschuldigung, kann sie aber nicht wirklich verstehen. Sie tippt eifrig auf der Tastatur und erlöst mich schließlich aus meiner Warterei.

»Etage drei, Zimmer dreihunderteinundvierzig. Sie müssen einfach den Gang immer geradeaus. Es ist das letzte Zimmer auf der rechten Seite.« Na bitte, warum nicht gleich so?

»Vielen Dank.« Schnell gehe ich zum Aufzug und lasse mich in die gewünschte Etage fahren.

Der Weg fühlt sich schwer an, so als ob meine Schuhe mit Blei gefüllt sind. Linker Fuß vor, rechter Fuß vor. Da stehe ich nun vor ihrem Zimmer.

Meine Hände sind schwitzig. Mein Puls erhöht. Meine Atmung ist schwer. Nicht zu wissen, was mich hinter dieser

Tür erwartet, macht mich schier wahnsinnig. *Nun sei kein Idiot und mach die Tür auf,* schimpfe ich mich innerlich.

Leicht klopfe ich an und öffne die Tür. Stille empfängt mich. Vorsichtig linse ich ins Zimmer. Leo liegt in einem Bett und schläft. Zögernd trete ich ein, nehme mir einen Stuhl, der an einem Tisch steht, und stelle ihn neben das Bett.

Ich setze mich hin und greife nach Leos Hand. Die Schläuche sind aus ihrem Gesicht entfernt worden. Nur dieser blöde Verband ziert immer noch ihren Kopf. Das schlechte Gewissen frisst mich beinahe auf. Sie so zu sehen, macht es nur schlimmer. Wie konnte ich mich nur so verhalten? Ich drücke vorsichtig Leos Hand, ich brauche ihre Nähe.

»Es tut mir leid, Granny. Ich verspreche dir, ab jetzt wird alles besser. Wenn du wach bist, machen wir eine Bucket List. Wir machen alles, was du schon immer mal machen wolltest. Und ja, ich gehe auch mit dir in diesen einschläfernden Häkelkurs, wenn es sein muss.« Bei dem Gedanken an den Kurs muss ich schmunzeln. Schon länger versucht sie, mich dazu zu überreden, dass ich mal mit ihr dorthin gehe. Jedes Mal habe ich abgesagt, aber nicht diesmal. Diesmal werde ich alles machen, was sie will.

Stunden sitze ich hier auf dem Stuhl, halte Leos Hand und will einfach nicht gehen. Ich will nicht zurück in die Welt, die mich sowieso nicht leiden kann. Irgendwann kommt eine Schwester herein, rüttelt leicht an meiner Schulter und fordert mich sanft, aber bestimmt auf, nach Hause zu fahren. Shit, ich muss in, ich schaue auf meine Handyuhr, drei Stunden die Werkstatt wieder öffnen. Ich gebe meiner Grandma noch einen Kuss auf die Stirn und verspreche ihr, nach Feierabend wiederzukommen. Schnellen Schrittes verlasse ich das Krankenhaus.

***

Ausgelaugt betrete ich meine Wohnung und pfeffere den Schlüssel auf das Sideboard. Ich sehe Morty auf der Couch sitzen. Er hält ein Glas Whisky in den Händen und sieht aus, wie ich mich fühle. Bestimmt hat er ebenfalls kein Auge zubekommen. Wortlos setze ich mich neben ihn.

Morty steht auf, holt ein Glas und schenkt mir ebenfalls ein. Noch immer hat keiner ein Wort gesagt. Wir sitzen einfach auf dem Sofa und trinken unseren Whisky. Irgendwann schaut Morty mich aus müden Augen an, räuspert sich und fragt: »Was hat sie?« Diese Frage reicht aus, dass meine Hände, die das Glas fest umklammern, zu zittern beginnen.

»Krebs. Sie hat beschissenen Krebs im Endstadium.« Plötzlich halte ich es nicht mehr aus.

Ruckartig stehe ich auf. Knalle das Glas mit voller Wucht gegen die Wand. Glasscherben fliegen herum und zerbersten.

»Sie weiß es. Schon die ganze verfickte Zeit, Morty. Deshalb auch ihr ganzes Gelaber, dass sie sich wünscht, dass ich endlich sesshaft werde. SIE WUSSTE ES!« Den letzten Satz schreie ich regelrecht heraus. Ermattet lasse ich mich zurück auf die Couch fallen.

Kopfschmerzen mischen sich mit meinem ohnehin schon schlechten Gemütszustand. Der Geruch nach Desinfektionsmittel steigt mir in die Nase und verschlimmert den Kopfschmerz nur. Na klasse, genau das, was ich gebrauchen kann. Ich stehe vom Sofa auf und sage: »Ich bin eben duschen. Muss gleich die Werkstatt wieder aufmachen und wenigstens einigermaßen fit sein. Ich kann mein Versprechen gegenüber Herb nicht brechen.« Ich fahre mir durch die Haare. Weiß nicht, wie ich die nächsten Tage und Wochen durchhalten soll. Vor der Badezimmertür bleibe ich stehen und wende mich zu Morty um.

»Ich danke dir, Morten. Ohne dich wäre ich aufgeschmissen, wirklich.« Erstaunt reißt er die Augen auf. Nicht wegen meiner Worte unsere Freundschaft betreffend, sondern weil ich ihn bei seinem richtigen Namen genannt habe. Was bisher nur drei Mal in unserer gesamten Freundschaft geschehen ist.

Er steht auf, stellt das Glas ab und kommt zu mir. Seine Hand, die er mir auf die Schulter legt, ist beruhigend.

»Keine Ursache, Alter. Ich ruf mir ein Taxi, okay? Wenn etwas ist, melde dich.« Mein bester Freund zieht sein Handy aus der Hosentasche und verschwindet mit diesem am Ohr. Er lässt mir nicht einmal Zeit zum Antworten.

Kurz schaue ich ihm nach, ehe ich endlich im Bad verschwinde und unter die Dusche steige. Während der Gestank des Desinfektionsmittels und der Dreck der Werkstatt von meinem Körper gespült werden, fühle ich mich plötzlich so unendlich schwach.

Ich schalte den Hahn ab und steige aus der Kabine, nehme mir ein Handtuch und trockne mich ab.

Nur mit diesem um die Hüfte geschlungen, stehe ich vor meinem Spiegel. Leere Augen schauen mich an. Tiefe Schatten liegen unter ihnen und lassen mich älter wirken. Meine Wangen sind eingefallen und meine Haut wirkt fade. Mein Bart ist schon so lang, dass ich bald Zöpfe draus flechten kann. Kurzerhand greife ich nach meinem Rasierer. Versuche, wieder annähernd menschlich und nach mir selbst auszusehen.

Mein Handy auf der Ablage beginnt zu piepen. Ich schiele drauf und sehe, dass es meine Nachrichtenbekanntschaft ist. Bei dem ganzen Trouble habe ich ganz vergessen, dass ich ihr vor Tagen was geschrieben habe.

Weißt du Adrian, das Gleiche könnte ich auch dich fragen. Ihr Männer seid ständig arrogant, so von euch überzeugt und denkt NUR mit dem Schwanz.
Was lernst du eigentlich für Frauen kennen? Nicht alle sind so billig, wie du denkst. Es gibt auch anständige.
Wie ein Mann sein sollte, damit ich mit ihm eine Beziehung eingehen würde? Er sollte einfach kein Arschloch sein. Er sollte wissen, dass keine Frau gerne das Gefühl hat, eine von vielen zu sein.

Schnell ziehe ich mich an, dann geht auch schon mein Arbeitstag los. Vielleicht lenken dieser und Josie mich von dem Drama in meinem Leben ab.

Plötzlich wie aus dem Nichts taucht die Voyeurin aus dem Club vor meinem geistigen Auge auf. Shit! Sie habe ich total vergessen. Wie konnte das nur passieren? Sie war so nett und hat mich bei sich über Nacht aufgenommen und dann haue ich einfach ab, nachdem ich mich wie ein totaler Arsch benommen habe.

Fuck. Wenn ich nur wüsste, wer sie ist, dann könnte ich mich für mein Verhalten bei ihr entschuldigen. Ich weiß nur noch ungefähr, wo sie wohnt. Doch immer mehr Erinnerungen tauchen auf. Die willkommene Ablenkung nehme ich dankend an. Ich habe mich wohl bei ihr gefühlt. Habe es genossen, sie in meinem Arm zu halten.

Normalerweise hasse ich kuscheln, bekomme schon Brechdurchfall, wenn ich nur daran denke. Bei ihr war es anders. Ich habe es gemocht. Habe sie nicht wie die anderen Weiber auf Abstand gehalten, sondern eher den Drang verspürt, sie fester in meine Arme zu ziehen und sie vor jedem und allem zu beschützen. Wenn ich meine Augen fest zusammenkeife und an sie denke, kann ich sie wieder fühlen und riechen. Ihr Geruch nach Orange und Zimt steigt mir in die Nase und beruhigt mich sogleich.

Den halben Tag sitze ich schon an dem alten Chevi von Mr. Bullard und immer noch ist das Schätzchen nicht fertig. Die Klingel am Büro wird betätigt und der Gong ertönt. *Schön, dass die Leute nicht lesen können.* Wenn ich nicht im Büro bin, hängt ein Schild an der Tür, dass sie bitte in die Werkstatt kommen sollen. Aber anscheinend kapiert es nicht jeder. Augenrollend schnappe ich mir einen Lappen, wische mir die Hände sauber und gehe ins Büro. Überrascht bleibe ich auf der Schwelle stehen. Mit dem Kunden habe ich im Leben nicht gerechnet.

»Mr. McGraw, was kann ich für Sie tun?«, frage ich und hoffe inständig, dass er sich gleich wieder verpisst. Er schaut mich von oben bis unten an. Der Kerl geht mir so richtig auf den Sack mit seiner überheblichen Musterung. Da meine Laune sowieso im Keller ist, sage ich auch sogleich: »Mr. McGraw, also bitte, Sie sind verheiratet. Ich fühle mich geschmeichelt, aber denken Sie an Ihre Frau, Sir.« Das Lachen bleibt mir im Hals stecken, als er auf mich zukommt und mit seinem schmierigen Finger auf mich zeigt.

»Treiben Sie es nicht zu weit, Bürschchen. Ich bin hier, weil ich will, dass Sie sich von meiner Tochter fernhalten. Ich will nie wieder hören, dass sie sich in ihrer Gegenwart aufhalten. Atmen Sie am besten nicht mal die gleiche Luft wie sie, verstanden?« Meine Augenbrauen flippen nach oben.

»Ich habe nicht die geringste Ahnung, wovon zum Teufel Sie da sprechen. Ich stehe nicht auf versnobte Weiber, die auf Kosten von Daddy und uns Steuerzahlern leben.« Oh, oh, das war wohl falsch, denn sein Schädel läuft dunkelrot an.

»Mr. Willard, ich schwöre Ihnen, Sie landen da, wo Sie hergekommen sind, wenn Sie sich nicht von ihr fernhalten.«

Plötzlich lässt er den Blick über das Büro und die Werkstatt gleiten. »Ein hübsches Gebäude hier. Warum der alte Herb Ihnen das Kommando übertragen hat, ist mir zwar schleierhaft, aber sei es drum.« Er klatscht in die Hände und grinst diabolisch, bevor er weiterspricht.

»Jeder hat seinen Preis und ich nehme mal an, sie hängen sehr an dieser Werkstatt? Ein Wort und dieses Gebäude ist Geschichte. Ich rate Ihnen also, sich meine Worte zu Herzen zu nehmen. Legen Sie sich nicht mit mir an, Mr. Willard. Sie ziehen den Kürzeren. Ich wünsche Ihnen noch einen schönen Tag, Mr. Willard.«

Ich sehe dabei zu, wie der Fettsack das Büro verlässt und in seine Limousine steigt. Innerlich breche ich ein Stück mehr. Wieso hat sich die ganze Welt gegen mich verschworen? Als hätte ich keine anderen Probleme, als mich an die Tochter des Bürgermeisters ranzumachen. Ich kenne sie nicht einmal.

Ein lauter Schrei löst sich aus meinem Hals. Ich lasse meiner Wut und Frustration freien Lauf. Der Stuhl, der vor mir gestanden ist, kracht gegen die Wand. Das Regal neben mir fege ich mit einem Arm leer.

Schwer atmend stütze ich mich auf dem Schreibtisch ab. Was sollte diese Scheiße, bitte? Selbst wenn ich Interesse an ihr hätte, würde sich eine Bürgermeistertocher nie mit einem Abschaum wie mir abgeben.

Doch trotz alldem zeigt die Drohung Wirkung. Aber anders, als sich er sich das vorstellt. Ich werde es dem Rotz von Bürgermeister und dieser ganzen beschissenen Stadt zeigen, dass ich mehr als nur Abschaum bin.

Josie

Wie jeden Tag stehe ich vor meinem Bett und hadere mit mir. Soll ich die Bettwäsche wechseln oder nicht? Es sind einige Tage vergangen, seit Jason drin gelegen ist und doch bilde ich mir ein, ihn in dem Stoff immer noch riechen zu können. Es ist so armselig. Ich kenne den Typen eigentlich gar nicht. Doch er geht mir so tief unter die Haut, dass ich in Bezug auf ihn nicht mehr klar denken kann.

Susan meint, dass es ein klarer Fall von Liebe nach dem ersten Fingern ist. Aber sie spinnt gerne mal. Ich kann mich doch nicht in ihn verlieben, nur weil ich seine Finger in mir hatte. Das wäre absurd.

Nicht mal an ›Liebe auf dem ersten Blick‹ glaube ich. Meist entpuppen sich die Kerle beim zweiten Blick als Idioten. Außer Adrian.

Seit einigen Tagen schreiben wir uns jeden Abend über mehrere Stunden hinweg. Die anfänglichen Nachrichten haben sich als Vorurteile und Missverständnisse entpuppt. Nun aber hat sich eine Freundschaft zwischen uns entwickelt. Ich genieße es. Er ist immer der kleine Lichtblick am Abend. Lenkt mich von meinem Alltag ab, in dem mein Vater mal wieder durchdreht oder meine Mutter mir Karteikarten mit zukünftigen Schwiegersöhnen präsentiert.

Leider ist sie an dem Punkt angelangt, wo sie der Meinung ist, dass ich dringend heiraten sollte. Vorzugsweise natürlich einen dieser Schleimscheißer, die so aussehen, als wenn sie noch an der Brust ihrer Mutter hängen. Sie wirken so überaus zerbrechlich und sind so krankhaft dünn. Welche Frau steht denn bitte auf ein Fähnchen im Wind? Ich nicht! Ich brauche einen starken Mann, der mit mir umgehen kann und nicht gleich in Tränen ausbricht, wenn er Gegenwind bekommt. Er sollte einen Körper haben, von dem man sich beschützt fühlt, den man gerne anlecken und berühren will. Und das alles, ohne Angst haben zu müssen, ihn aus Versehen kaputt zu machen.

So einen Mann wie Jason, du Idiotin. Nicht nur einmal habe ich überlegt, Susan nach Jason zu fragen. Aber sobald ich den Mund aufmache, kommt etwas ganz anderes hinaus. Jedes Mal mache ich einen verdammten Rückzieher.

Ich schaue erneut auf mein Bett und gebe mein Vorhaben auf. *Morgen ist auch noch ein Tag*, denke ich mir und gehe ins Wohnzimmer. Mein Glas Rotwein von vorhin steht noch auf dem Tisch. Ich setze mich aufs Sofa und greife nach dem Glas. Während ich es schwenke und dabei zusehe, wie der rote Inhalt hin und her schwappt, ertönt endlich der erlösende Ton meines Handys. Eilig stelle ich das Glas wieder beiseite und nehme mein Smartphone.

Kleines, wie war dein Tag? Bitte sag mir, dass er besser war als meiner.

Ich muss grinsen. Was am Anfang noch total flirty bei uns gewesen ist, ist verpufft. Er hat keinen weiteren Versuch in der Hinsicht gestartet. Ehrlich gesagt, bin ich froh darüber. Zurzeit interessieren mich keine anderen Männer.

Jason nimmt zu viel Raum in meinen Gedanken ein, sodass kein Platz für andere ist. Wobei ich natürlich sagen muss, dass das Bild, welches Adrian mir damals geschickt hat, immer noch meinen Hintergrund im Handy ziert. Dieser Körper ist aber auch wirklich zum Niederknien.

Wenn du mit besser meinst, dass ich von meinen Eltern ein Date bei einem Abendessen in ihrem Haus arrangiert bekommen habe? Dann ja, sonst nein. Adrian, ich will nicht. Diese ganzen Typen sind schrecklich elitär und reden auch noch so. Ich fühle mich dabei immer wie der letzte Nichtsnutz.

Keine zwei Minuten später kommt die Antwort.

Fuck! Ehrlich jetzt? Sie wollen das wirklich durchziehen? Das wievielte Date ist es jetzt? Das achte? Kleines, du musst endlich den Mund aufmachen und dich ihnen stellen. Irgendwann wird auch dein Prinz angeritten kommen, versprochen.

Prinz? Ja klar, wir leben leider nicht in einer Märchenwelt. Was uns Disney von klein auf zeigt, ist kompletter Bullshit. Statt Prinzen regnet es nur haufenweise Frösche.

Willst du nicht mein Prinz sein? Mit dir ist alles leichter, du verstehst mich. Du bist ganz bestimmt kein Frosch.

Oh Shit, was habe ich denn da bitte geschrieben? Das geht wieder in die Flirtschiene, das wollte ich nicht. Na gut, nun ist es zu spät.

> Babe, ich bin wahrlich kein Prinz. Frosch trifft es sehr gut. Allerdings unterscheidet mich mein heißer Froschkörper garantiert von den ganzen Luftpumpen. ;) Ich habe leider viel zu viel um die Ohren, als dass ich für irgendeine Frau ein Prinz sein könnte. Es tut mir leid.

Ich lasse meine Hand mit dem Handy sinken. Nachdenklich kaue ich auf meiner Lippe herum. Nur um letztendlich nicht enttäuscht zu klingen und der Nachricht eine Leichtigkeit zu geben, tippe ich:

> Es muss dir nicht leidtun. Dein Froschkörper würde mir fürs Erste reichen. ;)

Es kommt keine weitere Nachricht mehr. Der Abend ist für mich gelaufen und ich könnte genauso gut ins Bett gehen. Ich werde das Gefühl nicht los, dass ich unsere kleine und zarte Freundschaft eben mit der Frage ruiniert habe. Aber wieso? Unsere Geschichte hat doch mit Flirten begonnen, wieso jetzt der Rückzieher? Ich trinke mein Glas Wein aus und mache Schluss für heute.

***

Mit gesenktem Kopf laufe ich neben Susan her. Fünf Läden haben wir schon durchkämmt und doch war bisher nicht das Richtige dabei. Keines der Kleider hat mich bisher aufkeuchen lassen. Es ist ähnlich wie mit meinem Handtaschentick. Ein Kleid muss mich in Beschlag nehmen. Ich muss sofort das Gefühl haben, dass es das ist. Ähnlich wie eine Braut, die ihr Hochzeitskleid sucht. Wir betreten Laden Nummer sechs. Ich male mir auch hier keine großen Chancen aus. Trotzdem sehe ich mich um. Meine Augen bleiben an einem Kleid in der Nähe des Schaufensters hängen.

Augenblicklich setzt der WOW-Effekt ein. Ich bin überwältigt von dessen Schönheit und kann den Blick nicht davon abwenden. Das Kleid schimmert wie ein grüner Smaragd in den Sonnenstrahlen, die durch das Fenster scheinen. Am Oberkörper ist es gerade geschnitten und fällt ab der Hüfte in leichten Falten bis zum Boden. Ich gehe ein Stück näher ran und werde wie magisch von dessen Schimmern angezogen. Auf der rechten Seite entdecke ich einen Schlitz, der an der Mitte des Oberschenkels beginnt und bis zum Saum geht. Es wirkt in keinster Weise billig, sondern eher im Gegenteil, majestätisch und elegant.

Als hätte die Verkäuferin meine Gedanken gehört, kommt sie angestöckelt und fragt sogleich mit ihrer piepsigen Stimme: »Ms. McGraw, es freut mich, dass Sie hier sind. Kann ich Ihnen behilflich sein oder haben Sie schon etwas entdeckt?«

»Ich bin in der Tat schon fündig geworden. Haben Sie dieses Kleid in Größe 38 da?« Ich zeige auf meinen Traum aus Stoff.

»Ja gewiss, ich hole es schnell.« Und schwupp, ist sie weg. Susan neben mir kichert leise und auch ich muss grinsen. Es ist mir immer wieder unangenehm, dass die Leute hier so tun, als wären wir die First Family höchstpersönlich. Im Prinzip hat mein Vater so gut wie nichts zu melden. Er muss sich an Gesetze halten und kann nicht schalten und walten, wie er will. Auch ich bin nur eine Frau, die einfach ein Kleid kaufen möchte. Ich verstehe diesen ganzen Rummel um unsere Familie nicht, das werde ich wahrscheinlich auch nie.

Nachdem die Verkäuferin endlich mit dem Kleid kommt, zeigt sie mir noch die Umkleidekabine. Zügig ziehe ich den Traum an und rufe nach Susan. Sie ist so freundlich und hilft mir dabei, das Kleid auf der Rückseite zu schließen. Der Stoff fühlt sich seidig auf meiner Haut an und es passt wie angegossen.

Mit einem Gefühl, als wäre ich eine Prinzessin, trete ich aus der Kabine. Vor dem Ganzkörperspiegel, der ein paar Schritte vor der Umkleide an der Wand hängt, bleibe ich stehen und betrachte mich. Ich könnte heulen vor Glück. Es ist wirklich das schönste Kleid, welches ich je gesehen habe. Wie eine zweite Haut schmiegt es sich an meine Kurven. Betont meine Vorzüge hervorragend und vertuscht meine kleinen Schwächen.

»Gott, Josie, ich hasse dich. An dir sieht immer alles so fantastisch aus. Warum waren wir gleich noch mal befreundet?« Ich muss lachen, weil Susan neben mir steht und immer wieder diese Mimik mit der zitternden Lippe macht. Ich nehme sie seitlich in den Arm und sage: »Du liebst mich. Ich liebe dich. Es war unvermeidlich, Baby.« Und dann hält uns nichts mehr. Wir gackern wie die Hühner los.

»Ich nehme es«, sage ich zur Verkäuferin und schlüpfe zurück in die Kabine, um mich umzuziehen.

Wir wollen den Laden verlassen, da geht die Tür auf und ein attraktiver Mann betritt ihn selbstbewusst. Kurz mustere ich ihn von unten nach oben. Lange Beine stecken in einer grauen Anzughose. Durch sein weißes Hemd, das er in die Hose gesteckt hat, kann man seine Muskeln erahnen. Die Ärmel des Hemdes sind nach oben gekrempelt und offenbaren sehnige, trainierte Unterarme.

Mein Blick wandert höher und bleibt an seinem schelmischen Grinsen hängen. *Mannoman, was für ein Kerl.* Er bemerkt meine Musterung und grinst.

»Hoppla, ihr Hübschen. Wen haben wir denn hier?«, fragt er und zwinkert uns zu. Er beugt sich vor, greift sich Susans Hand und deutet einen Handkuss an. Sofort schmiert Susan die Hand an ihrem Rock ab. Bevor der Typ nach meiner greifen und mir ebenfalls einen Handkuss geben kann, zieht meine beste Freundin mich weg, schaut ihn grimmig an und zerrt mich hinter sich aus dem Laden hinaus.

Entschuldigend sehe ich ihn über meine Schulter hinweg an. Susan macht nicht halt, schleift mich immer weiter den Gehweg entlang. Währenddessen grummelt sie ein »Schleimscheißer«.

Plötzlich hören wir es hinter uns lachen. Vor Schreck zucke ich zusammen und lege mir meine Hand aufs Herz. Langsam drehen wir uns um. Ich sehe meinen Kleidersack an dem Finger eines Mannes baumeln. Nicht irgendeines Mannes, nein, es ist der aus dem Laden. Shit. Bestimmt hat er Susan gehört. Sie war nicht gerade leise. Er kommt näher und räuspert sich.

»Du hast da was vergessen.« Er zwinkert uns zu und reicht mir mein Kleid.

»Vielen Dank ...«, sage ich und weiß nicht, wie ich ihn ansprechen soll, denn seinen Namen hat er bisher nicht erwähnt. Meine beste Freundin kommt ihm erstaunlicherweise zuvor und knurrt regelrecht: »Morten. Das Arschloch heißt Morten.« Mein Mund klappt auf.

Erstaunt sehe ich zwischen den beiden hin und her. Hoppla, hier sprüht es ja nur so vor Funken.

»Aber, süße Susan, als Arschloch würde ich mich nicht bezeichnen. Du warst diejenige, die gegangen ist. Ich wollte noch mit dir frühstücken gehen, aber Madame musste ja die One-Night-Stand-Karte spielen. Leb damit, Schätzchen.«

Heilige Scheiße, was geht hier bitte ab? Susan schnappt nach Luft und ihr Körper spannt sich an. Sie ist kurz davor auszurasten.

Bevor sie ihm allerdings an die Kehle springen kann, greife ich mir ihren Arm. Schnell bedanke ich mich noch bei Morten, ehe ich Susan mit mir ziehe.

Zu Hause halte ich es nicht länger aus. Den ganzen Weg habe ich geschwiegen und ihr die Zeit gelassen, wieder runterzukommen.

»Kannst du mir das bitte mal erklären? Was ging da eben ab? Ihr wart im Bett, so viel habe ich verstanden, aber was dann?« Abwartend sehe ich sie an. Das chinesische Essen, das vor mir steht und das wir auf dem Heimweg mitgenommen haben, um es nun, vor der Couch sitzend, zu essen, ignoriere ich. Sie fuchtelt mit ihren Essstäbchen hin und her und nuschelt: »Wir hatten Sex, ja. Er wollte frühstücken, ich nicht. Dann hat er mich beleidigt. Mir das Gefühl gegeben, dass ich tatsächlich unerwünscht bin, und ich bin gegangen. Ende der Geschichte.« So ganz kaufe ich ihr diese Story nicht ab und sage deshalb: »Du lügst, aber okay, fürs Erste bist du vom Haken, Schwester.«

Josie

Gelangweilt sitze ich an dem runden Tisch und höre Mrs. Vollum zu. Ihr Parfüm vernebelt mir den Kopf, aber nicht im positiven Sinne. Es riecht abscheulich. Sie beugt sich näher zu mir, will mir etwas Geheimes anvertrauen. Sie öffnet ihren Mund und augenblicklich könnte ich kotzen. Ihr Mundgeruch, der mir zuvor gar nicht aufgefallen ist, trifft mich unvorbereitet. Es ist eine Mischung aus Zigaretten und innerlicher Verwesung. Widerlich.

Hilfesuchend sehe ich zu Trevor, meinem Date am heutigen Galaabend. Dieser scheint mein Dilemma nicht einmal zu bemerken, er ist zu sehr damit beschäftigt, der Kellnerin hinterher zu gaffen.

»Ihr Freund, Trevor, er scheint ein echtes Schmuckstück zu sein«, kichert die alte Dame. *Wenn sie nur wüsste.* Er ist von Beruf Sohn. Und meiner Meinung nach ist er auch das größte Arschloch auf der Welt.

Zuerst habe ich gedacht, dass das Jason sei, aber Trevor toppt ihn um Längen. Den ganzen Abend muss ich schon ertragen, wie er mich begrapscht. Natürlich tut er nur so, als würde er rein zufällig die Seite meiner Brust streifen, wenn er mich am Arm festhält. Oder, dass seine Hand versehentlich meinen Arsch berührt, während er mich über das Parkett dirigiert. Seine Hände lösen nicht das von ihm gewünschte Erschauern der Lust aus, sondern eher das Schaudern des Ekels. Ich bin froh, wenn dieser Abend endlich vorbei ist und ich ihn nie wiedersehen muss.

»Ja, das ist er«, lüge ich mit süßer Stimme und grinse die alte Dame an. Wieso nur konnte Susan nicht mitkommen. Sie hätte mir den Abend wesentlich erträglicher gemacht und mich aus den Fängen von Mrs. Vollum befreit.

Das besagte Schmuckstück ist immer noch dabei, die schwarzhaarige Bedienung mit seinen Augen zu verschlingen. Vorsichtig stupse ich ihn am Arm an. Es wurmt mich, dass er keine Notiz von mir nimmt. Auch wenn ich sein Begrapschen nicht mag, gehört es sich an so einem Abend, seiner Begleitung die volle Aufmerksamkeit zu schenken. Und wie stehe ich da, wenn nicht einmal Trevor es für nötig hält, mir diese zu geben? Ich entschuldige mich bei Mrs. Vollum mit einem: »Bin eben die Nase pudern und sofort zurück«, und stehe auf.

Ohne darauf zu achten, ob mein Date mein Verschwinden mitbekommt oder nicht, gehe ich zwischen den Tischen Richtung Terrassentür. Es ist ein alter Saal mit dunklem Parkettboden und gelblichen Wänden, in dem die Tische eng beieinanderstehen. Dieses Jahr sind weitaus mehr Menschen der Oberschicht gekommen. War es letztes Mal noch eher spärlich besucht, quillt es dieses Jahr vor Gästen fast über. Hoffen wir mal, dass sie auch so spendabel sind wie bei der vorherigen Gala.

Ich schiebe einen der schweren roten Vorhänge, der sich aus der Halterung gelöst hat, ein Stück beiseite und trete aus dem Saal. Ich atme tief durch. Genieße die frische Luft um meine Nase herum und heiße es willkommen, dass der Geruch von Mrs. Vollums Parfüm endlich aus meiner Nase verschwindet.

Ich stütze mich auf einem der Geländer ab und schaue zum Leuchten der Kleinstadt. Die Gala findet etwas entfernt in einem der älteren Herrenhäuser statt. Einst hat hier eine reiche weiße Familie gewohnt, nun ist das Gebäude frei für solche Festlichkeiten.

Es fröstelt mich ein wenig und Gänsehaut überzieht meine Arme. Ich begrüße die Frische. Im Saal war es wegen der ganzen Menschen brütend warm.

Plötzlich räuspert sich jemand neben mir. Ich zucke zusammen und wende mich von dem Leuchten ab. Einen Moment brauche ich, um zu realisieren, wen ich vor mir sehe. Niemand Geringeres als Jason in einem schwarzen Anzug lehnt an dem Geländer und sieht mich mit seinem Tausend-Watt-Lächeln an.

»Dass ich ausgerechnet dich hier treffe, grenzt ja schon fast an ein Wunder.« Sein Blick wandert an mir auf und ab. Seine Augen fangen an zu glühen und sein Lächeln wird breiter.

»Du bist eindeutig mein strahlender Stern bei dieser öden Veranstaltung. Was treibt dich hier her, Prinzessin?«

Jason

Blinzelnd sieht sie mich an.

»Entschuldige, wie bitte?«, fragt sie mit piepsiger Stimme und läuft rot an. Ein Lachen poltert aus meiner Brust. Sie ist zu niedlich, wenn sie verlegen ist. Unsere Iriden treffen sich und ich kann nicht mehr anders.

Ich gehe zwei Schritte auf sie zu, hebe ihr Kinn an und beuge mich ein Stück hinunter. Unsere Lippen berühren sich. Erst zart, dann fester. Ein Schauder erfasst sie und mein Herz fängt an, schneller zu schlagen. Sie eben in diesem grünen Traum von Kleid auf dem Geländer abgestützt zu sehen, hat mich mehr angemacht als irgendwas anderes zuvor.

Am liebsten hätte ich sie mir wie ein gottverdammter Höhlenmensch über die Schulter geworfen und in meine Wohnung befördert. Sie ist mit Abstand die heißeste Frau hier auf der Gala. Nur leider klebt sie schon den ganzen Abend an einem Typen, der beim Duschen von links nach rechts hüpfen muss, um vom Wasserstrahl getroffen zu werden. Was will sie bloß von so einem?

Dieses gekünstelte Lächeln, das sie schon den ganzen Abend auf den Lippen trägt, kaufe ich ihr kein Stück ab. Es wirkt nichts echt an ihr. Die Mimik und auch die Bewegungen nicht.

Morty hat mich immer wieder anstoßen müssen, damit ich die Augen von ihr und zurück zu dem Gesprächspartner vor uns genommen habe. Und als er zu seinem Vater musste, habe ich die Chance ergriffen und bin meiner kleinen Voyeurin gefolgt. Nun stehe ich hier, spüre ihre weichen Lippen auf meinen und könnte nicht glücklicher sein. Sie ist meine Traumfrau, da bin ich mir absolut sicher. Ich hatte schon unzählige Frauen unter mir und doch hat es keine geschafft, mich so fühlen und denken zu lassen wie sie. Nach der ganzen Scheiße in meinem Leben ist sie die Hoffnung auf etwas Besseres. Es ist nicht gelogen gewesen, als ich ihr eben gesagt habe, dass sie der strahlende Stern der Veranstaltung ist. Sie zieht unbewusst die Aufmerksamkeit jedes Mannes auf sich. Und doch ist es nicht das, was mich so an ihr fasziniert.

Es ist das, was sie tut oder besser gesagt getan hat. Sie hat sich um mich gekümmert, als ich es selbst nicht konnte.

Abgesehen von Leo und Morty hat so etwas noch nie jemand für mich getan. Für mich, Jason, den Schandfleck der Kleinstadt.

Ich schüttele die Gedanken ab und vertiefe den Kuss. Stupse ihre Lippen mit meiner Zunge an und bettele um Einlass. Seufzend öffnet sie sich für mich. Zärtlich berühren sich unsere Zungen. Umspielen und necken sich. Ich mag es, sie zu küssen. Liebe es sogar. Ihre Lippen bringen mich um den Verstand.

Kleine Hände legen sich auf meinen Bizeps und drücken mich von sich weg. Schwer atmend lasse ich es zu. Sehnsüchtig schaue ich auf ihren Mund. Ich will ihn noch mal und noch mal kosten. Und am liebsten nie wieder damit aufhören. Ich reiße mich von ihren Lippen los und schaue geradewegs in ihre Augen. Verärgert schaut sie mich an.

»Du Scheißkerl.« Ehe ich kapiere, was sie eben gesagt hat, landet ihre Hand auf meiner Wange. Ein lautes Klatschen ist zu hören, als diese auf meine Haut trifft. Sofort setzt ein Brennen ein und die Stelle, auf der ihre Hand gelandet ist, fängt augenblicklich an zu pochen. Fuck!

»Kannst du mir verraten, was das sollte?«, knurre ich sie an. Sie hat mich tatsächlich geschlagen. Einfach so, ohne Vorwarnung.

»Was das sollte, fragst du mich? Bist du wirklich so blöd oder tust du nur so?« Verwirrt sehe ich sie an. Verstehe nicht, was sie von mir will. Ich bin keineswegs blöd, aber gerade stehe ich mächtig auf dem Schlauch.

»Okay, fangen wir an zu zählen …« Sie hebt ihre Hand und zählt einzeln ab.

»Du hast mich wie eine billige Schlampe mit einem dämlichen Spruch abgespeist, nachdem du mir auf der Toilette in einem Club den besten Orgasmus ever beschert hast.« Sie hebt den nächsten Finger.

»Dann zweitens. Als es dir offensichtlich sehr schlecht ging, nahm ich dich großzügig, wie ich bin, bei mir für die Nacht auf. Und was war der Dank? Du verpisst dich ohne einen Abschied. Nicht einmal bedankt hast du dich.« Ein weiterer Finger hebt sich.

»Und drittens. Du hast dich einfach so in mein Bett geschlichen, als ich geschlafen habe. So etwas tut man nicht du … du ungehobelter Mistkerl.« Holt sie eigentlich auch mal Luft? Ihr Gesicht ist vor Wut ganz verzerrt und ihre Wangen rötlich gefärbt.

»Darf ich vielleicht auch mal etwas dazu sagen?«, frage ich schnell, bevor sie zu einem nächsten Punkt ansetzen kann. Sie schüttelt mit dem Kopf, reckt ihr Kinn und sagt: »Nein, Jason. Ich kann jetzt nicht. Ich muss zurück zu meinem Date«, ehe sie sich abwendet und arschwackelnd in den Saal geht. Ehrlich jetzt? Ich darf mich nicht mal erklären? Na warte, Miststück!

Wütend stapfe ich ihr hinterher und sehe sie auch sofort bei dem kleinen Gollum. Ich will sie aus seinen glitschigen Fingern befreien, da stellt sich mir Morty in den Weg und hält mich auf.

»Alter, wo warst du? Ich habe dich schon überall gesucht. Komm, lass uns was trinken.« Er hat recht, einen Drink könnte ich jetzt gut gebrauchen. Ich muss mich unbedingt beruhigen, bevor ich gleich einen großen Fehler begehe. Ich habe Morty versprochen, dass ich mich benehmen werde.

Wir sitzen seit zwei Stunden an der Bar und unterhalten uns. Immer wieder schweift mein Blick auf der Suche nach der Voyeurin durch den Saal. Für seine Schönheit habe ich kein Auge, nur die Kleine zählt. *Noch eine, die ich mit meiner Art vergrault habe,* denke ich. Erst meine Nachrichtenmaus und jetzt auch noch die Voyeurin. Dabei fällt mir auf, dass sie mir immer noch nicht ihren Namen verraten hat.

Morty erzählt mir gerade etwas von zwei Mädels, die er in der Stadt getroffen hat und eine der beiden kann ihn wohl nicht ausstehen. Ich höre ihm nur mit halbem Ohr zu. Bin mit meinen Gedanken ganz woanders.

Plötzlich knackt es in den Lautsprechern und das gedimmte Licht wird etwas heller gestellt. Der Saal wird leise und die Stimme unseres ach so liebevollen Bürgermeisters ertönt.

»Es freut mich außerordentlich, dass wir heute hier so zahlreich erschienen sind, um dem städtischen Krankenhaus eine saftige Spende zukommen zu lassen. Wir haben heute 450.000,00 Dollar zusammenbekommen. Der Applaus gebührt Ihnen allen, meine Damen und Herren.

Meine zauberhafte Tochter Josie ...« Es steht eine Frau von den vorderen Tischen auf. Ich schaue genauer hin und mein Kopf ist wie leer gefegt.

Die Tochter des Bürgermeisters trägt ein grünes Kleid und hat verdammt viel Ähnlichkeit mit meiner Voyeurin. Sie winkt lächelnd in die Menge. Unsere Blicke treffen sich und für einen Moment bleibt die Welt um uns herum stehen. Nur langsam springt mein Hirn wieder an. Josie ist die Erste, die unseren Blickkontakt unterbricht. Sie setzt sich wieder auf ihren Stuhl und hört ihrem Vater zu. Ich, immer noch geschockt, kann nur weiter zu ihr schauen. *Fuck, ich habe die Tochter des alten Sacks geküsst und befriedigt,* schießt es mir durch den Kopf. Ich glaube, ich muss mich gleich übergeben. Jetzt ergibt auch alles einen Sinn, vor allem der Besuch von Mr. McGraw vor ein paar Tagen. Ich muss hier raus.

Ich knalle mein Glas auf den Tresen. Einige Köpfe drehen sich zu mir um und schauen mich grimmig an. *Scheiß auf die, scheiß auf alles und jeden.* Ich entschuldige mich bei Morty und dann nichts wie weg hier.

Kaum habe ich den Saal hinter mir gelassen, fühlt sich alles nur noch bedeutungslos an. Mir wird etwas klar. Eine Kleinigkeit, die allerdings so präsent wie auch absurd ist. Josie! Diesen Namen habe ich nicht das erste Mal in der letzten Zeit gehört. Die Alarmglocken schrillen in meinem Kopf. Kann es sein, dass die Tochter des Bürgermeisters meine Nachrichtenmaus ist? Es muss Schwachsinn sein, denn wie hoch ist die Wahrscheinlichkeit, dass ausgerechnet die Person, die eine falsche Nummer angeschrieben hat, in derselben Kleinstadt lebt wie ich. Aber ich muss mich vergewissern. Muss herausfinden, ob es nicht vielleicht doch so ist. Es gibt nur einen Weg.

Als hätte das Schicksal einen Plan mit uns, bremst plötzlich ein Auto neben mir und ein »Jason, warte!« hallt durch die verlassenen Gassen.

»Was willst du, Prinzessin? Macht sich dein Papa nicht Sorgen um dich? Fahr wieder zurück, Josie.« Ihren Namen speie ich regelrecht verachtend aus.

Ich höre wie die Tür des Wagens geöffnet und gleich danach wieder geschlossen wird. Ich laufe einfach weiter. Habe keine Lust, mit der verwöhnten Rotznase zu diskutieren.

Klackernde Schritte ertönen hinter mir und keine Sekunde später umklammert eine zierliche Hand mein Handgelenk. Ich halte an und drehe mich zu Josie um.

»Was willst du, Josie?«, frage ich genervt und fahre mir durch meine Haare.

»Jason, bitte. Lass es mich erklären.«

»Ach, so wie du mich vorhin erklären lassen hast? Vergiss es.« Ich reiße mich aus ihrem Griff und laufe weiter. Sie folgt mir tatsächlich bis zur Werkstatt. Hartnäckig ist sie ja, das muss man ihr lassen. Ich schließe die Tür auf und drehe mich zu ihr. Die anfängliche Euphorie und Selbstsicherheit sind wie weggeblasen. Unsicher sieht sie mich an.

»Willst du da etwa Wurzeln schlagen? Du hast nur das Kleid an und dir wird früher oder später kalt werden. Beweg deinen Arsch rein«, fordere ich sie grimmig auf. Sie zuckt zusammen, folgt mir aber ins Innere.

Drinnen entledige ich mich sofort dieser beschissenen Fliege und dem Jackett. Das Hemd öffne ich oben am Kragen und die Schuhe folgen den anderen Sachen in die hinterste Ecke. Erleichtert seufze ich auf. Endlich hat das Verkleiden ein Ende. Mein Weg führt mich direkt zur Bar, wo ich mir ein Glas Whisky einschenken will.

»Willst du auch?« Ich halte die Karaffe mit dem goldenen Getränk hoch. Josie nickt. Ich schenke uns zwei Gläser ein. Bewaffnet mit diesen gehe ich zur Couch und lasse mich darauf fallen, nachdem ich die Getränke auf dem Tisch abgestellt habe.

»Setz dich doch.« Wie eine Puppe nickt sie mechanisch und setzt sich steif neben mich.

»So, du willst reden? Fein, ich höre«, fordere ich sie auf. Sie ringt ihre Hände in ihrem Schoß und schaut mich mit glänzenden Augen an.

»Es tut mir leid, Jason. Ich hätte dir erzählen müssen, dass ich die Tochter des Bürgermeisters bin. Aber es war die Anonymität, die mich gereizt hat. Ständig wollen die Männer mit mir ausgehen und erhoffen sich so einen höheren Status. Gehe ich mit ihnen aus, denken sie gleich, dass sie der Schwiegersohn des Bürgermeisters werden. Dabei bin ich doch eigentlich nur eine ganz normale Frau und niemand Besonderes. Aber sie verstehen es nicht oder wollen es nicht verstehen. Ich weiß es nicht. Aber bei dir war es anders. Du hast nicht die Tochter von, in mir gesehen, sondern nur Josie. Und endlich konnte ich einfach nur eine begehrenswerte Frau sein. Ich hoffe, du kannst mich verstehen, Jason.« Ihre Aussage klingt plausibel und ein stückweit kann ich sie verstehen, aber da ist immer noch diese andere Sache, die mir nicht aus dem Kopf gehen will.

Wenn sie die Josie aus den Nachrichten ist, dann war das hier alles bestimmt nur ein abgekartetes Spiel, um mich um den Finger zu wickeln. Kein Mensch kann so vom Schicksal gefickt werden wie ich. Es kann einfach kein Zufall sein oder anders gesagt: Ich glaube nicht daran, dass es einer ist.. Es wird Zeit, das endgültig herauszufinden.

»Ich verstehe dich, wirklich. Aber ich hätte mir Ehrlichkeit gewünscht. Meinst du, mir geht es nicht ähnlich wie dir? Du glaubst nicht, wie oft ich schon Opfer von Frauen wurde, die es ihren Eltern oder dem Ex heimzahlen wollten.« Sie schaut mich mit ihren immer noch glänzenden Augen an. Langsam löst sich eine Träne aus einem Auge und läuft über ihre Wange. Ich lege meine Hand auf ihre Wange und wische sie weg. Sie so zu sehen, tut mir in der Seele weh. Ich habe nicht gewollt, dass sie sich schlecht fühlt.

»Hey, kein Grund zu weinen, Liebes.« Sie schließt die Augen und beißt auf ihre Unterlippe, die verdächtig zu zittern anfängt. Wie magisch werden meine Augen davon angezogen. Ich weiß, ich sollte diese Situation nicht ausnutzen und doch kann ich nicht anders. Mein Plan, den ich mir in meinem Kopf zurechtgelegt habe, ist hinfällig. *Reden kann ich später noch.*

Meine Lippen finden wie von selbst ihre. Erschrocken keucht sie auf, zieht sich aber nicht zurück. Ich nehme das als Einwilligung und fordere sie mit der Zunge auf, ihren Mund zu öffnen. Sie öffnet ihre Lippen einen Spalt. Sofort nutze ich meine Chance.

Ich schiebe meine Zunge in ihren Mund und liebkose sie. Schnell wird der Kuss wilder. Immer wieder necken wir uns mit kleinen Bissen. Ich stöhne auf, als sie anfängt, zärtlich an meinen Armen entlangzustreichen. Diese Frau macht mich rasend vor Lust. Einerseits will ich sie dafür bestrafen, wie ihre Familie mich behandelt, andererseits will ich sie ans Bett fesseln und besinnungslos vögeln.

Josie wird mutiger. Ihre kleinen Hände gehen auf meinem Körper auf Wanderschaft. Ich lasse vom Kuss ab und streiche zart mit meinen Lippen über ihre Wange bis zum Ohr. Leicht knabbere ich am Ohrläppchen, was sie scharf einatmen lässt. Josie legt ihren Kopf zur Seite und gibt mir besseren Zugang zu ihrem Hals. Küssend wandere ich diesen hinunter bis zu ihrem Schlüsselbein. Sie gibt diese süßen, seufzenden Laute von sich, die jeden Mann in den Wahnsinn treiben. Mit einer Hand fahre ich zu ihrer Brust. Knete sie durch den Stoff des Kleides. Josie drückt sich meiner Hand entgegen. Biegt ihren Rücken durch. Ich brauche mehr. Will mehr.

Kurzerhand lasse ich von ihr ab, stehe auf und hebe sie hoch. Quietschend krallt sie sich an mich.

Mit ihr auf dem Arm laufe ich zum Schlafzimmer und lege sie dort auf das Bett. Sie in diesem zu sehen, ist wie ein Traum. Die blonden Haare fächern sich um ihren Kopf. Ihr Brustkorb hebt sich schnell und aus lustverschleierten Augen sieht sie zu mir hoch. Langsam öffne ich meinen Hosenknopf. Ziehe den Reißverschluss ganz langsam nach unten. Biete ihr eine kleine Show. Josie scheint es sichtlich zu gefallen. Sie beißt sich auf die Lippe und fängt an, sich auf der Matratze zu rekeln. Ich kann meine Augen nicht von ihr lassen. Wie sich ihr Körper auf den Laken bewegt, ist Himmel und Hölle zugleich. Ihr Kleid bauscht sich an ihren Beinen auf. Entblößt mehr von ihrer seidigen Haut, aber noch lange nicht genug.

Ich knie mich vor ihr hin und streife ihre sündhaften High Heels von den Füßen. Mit der Hand fahre ich an dem Schlitz des Kleides entlang, raffe es bis zu ihrer Mitte hoch. Federleichte Küsse tupfe ich erst auf ihren Fußrücken, ehe ich mich an ihrem schlanken Bein bis zum Oberschenkel nach oben arbeite. Zärtlich beiße ich in die Innenseite, was Josie heiser aufkeuchen lässt. Leckend fahre ich bis zu ihrer Mitte fort. Erst an dem spitzenbesetzten grünen Höschen halte ich an. Mit einem Finger streiche ich darüber. Es ist ganz feucht von ihrer Lust.

»Jason, bitte«, wimmert sie und kommt mit ihrer Hüfte meinem Finger entgegen. Noch mehr angeturnt als ohnehin schon, hake ich links und rechts einen Finger ins Höschen und ziehe es langsam ihre Beine runter. Genüsslich lecke ich mir über die Lippen. Ohne den störenden Stoff habe ich den perfekten Blick auf ihre geschwollene Pussy. Ihre Schamlippen glänzen feucht von ihrem Saft. Ich senke meinen Kopf und koste von ihr. Himmlische Süße empfängt mich.

Genießerisch schließe ich meine Augen. Lasse ihren Geschmack auf mich wirken. Meine Zunge gleitet immer wieder zwischen ihre Spalte, fühlt die samtige Haut und umkreist ihre Knospe. Josie keucht auf, hebt ihr Becken noch näher an meinen Mund.

Plötzlich fühle ich ihre Hände in meinen Haaren. Sie ziehen und zerren an diesen. Meine Zunge wandert von ihrer Knospe zur Öffnung. Ich tauche in sie ein, koste dort den süßlichen Geschmack ihrer selbst, ehe ich wieder zurück zu ihrer Perle gleite. Ihr Stöhnen wird nun lauter. Ihre Atmung schneller. *Yeah, Baby, lass dich gehen.*

Josies innere Muskeln ziehen sich weiter zusammen. Ihre Bewegungen werden unkontrollierter. Abgehakter. Sie ist kurz davor zu kommen. Ich lasse von ihr ab. Will mich in ihr versenken. Alles um mich herum vergessen.

Josie

Am nächsten Morgen werde ich durch einen Windhauch wach. Die Sonnenstrahlen kitzeln meine Nase und nur blinzelnd schaffe ich es, die Augen zu öffnen. Nach einem herzhaften Gähnen schaue ich auf mein Handy.

Mit Erschrecken stelle ich fest, dass es bereits Mittag ist und ich nur noch zwanzig Minuten Zeit habe, bevor mein Vater mich zu Hause abholen wird. Kacke.

Schnell stehe ich auf, um noch rechtzeitig in meine Wohnung zu gelangen. Vielleicht könnte Jason mich auch hinbringen, dann hätte ich mehr Zeit mich frisch zu machen. Er liegt nicht mehr im Bett, also mache ich mich, nachdem ich mein Kleid angezogen habe, in der Wohnung auf die Suche nach ihm.

Doch von ihm ist keine Spur zu sehen. Keine Nachricht, nichts. Jason ist weg. *Er hat sich schon wieder verpisst,* schießt es mir durch den Kopf. Wieder fühle ich diesen Stich im Herzen. Ich muss endlich damit klarkommen, dass er ein Arschloch ist, der einer Frau zwar das geben kann, was sie braucht, aber auf emotionaler Ebene ein absoluter Versager. Dieses Mantra bete ich rauf und runter, während ich mir ein Taxi rufe und mit diesem nach Hause fahre.

Zu Hause pfeffere ich alles, was ich anhabe, in eine Ecke und mache mich für den Termin bereit.

Fertig hergerichtet, denn anders kann man diesen verkleideten Zustand nicht nennen, sitze ich im Wohnzimmer und warte darauf, dass mein Vater kommt. Immer wieder frage ich mich, warum ich nicht einfach gehe. Ich bin sechsundzwanzig Jahre alt, kein Kind mehr, warum tue ich mir diesen Kram immer wieder an? Warum packe ich nicht meine Sachen und fliehe? Kanada soll schön sein, habe ich gehört.

Meine Gedanken werden von dem Schrillen der Klingel unterbrochen. Ich stehe auf, pflastere mir ein Grinsen ins Gesicht und gehe dann die Stufen direkt in die Hölle hinunter. Ich lasse mich in das weiche Leder des Autos sinken, schnalle mich an und bevor ich was sagen kann, höre ich schon das tiefe Timbre meines Vaters neben mir.

»Josie, was zur Hölle hast du bei der Gala gemacht? Du warst auf einmal verschwunden. Deine Mutter, dein Bruder und ich haben uns große Sorgen gemacht. Deine Mutter musste mal wieder mit Schlafmitteln ins Bett gehen. Findest du das eigentlich witzig?«

»Vater, ich bin keine zehn mehr. Der offizielle Teil dieser Scharade war vorbei und ich hatte einfach keine Lust mehr. Zudem plagten mich Kopfschmerzen, sodass ich mich nach Hause fahren lassen habe.« Plötzlich liegt seine Hand auf meinem Oberarm und drückt etwas fester zu. Autsch.

»Josie, ich schwöre dir, treib es nicht zu weit. Da draußen lauern Gefahren auf dich, die du nicht einmal erahnen kannst.«

»Echt jetzt? Willst du mich verarschen? Was sind wir, eine Mafiafamilie? Komm schon, Papa. Das ist Schwachsinn. Wir sind eine normale Familie, was soll da schon groß passieren. Du bist nur Bürgermeister einer Kleinstadt und nicht der Pate«, antworte ich ihm und rolle mit den Augen. Sein Kopf läuft rot an und ich denke, dass er jeden Moment platzen wird.

»Ich sag es dir noch ein einziges Mal, bevor ich etwas unternehme, was du ganz sicher nicht willst.« Er beugt sich weiter zu mir vor und hält mich immer noch fest im Griff. *Das gibt garantiert einen blauen Fleck.*

»Du wirst auf das hören, was ich dir sage. Ich habe die Faxen so dicke mit dir. Ich habe Feinde, finde dich damit ab. Mehr musst du nicht wissen.« Ein Kloß bildet sich in meinem Hals. So ernst und mit durchbohrendem Blick habe ich meinen Vater noch nie erlebt. Ja, er war schon immer herrisch, aber so? Nein! Da ich mal wieder nichts dagegen sagen kann, nicke ich nur. Der Klammergriff meines Vaters löst sich augenblicklich. Ich rutsche bis ans Fenster und schaue raus, während meine Gedanken Amoklaufen.

***

Als wir am städtischen Krankenhaus ankommen, wo wir den Scheck übergeben wollen, frage ich mich, wie ich das mit Jason beenden kann. Ich habe keine Lust, immer strammzustehen, wenn er ruft. Ich bin nicht so eine Frau, die nur für Sex gemacht ist.

Das Prozedere ist immer gleich. Scheck an die Krankenhausleitung übergeben, in die Runde lächeln, der Klick einer Kamera, Hände schütteln und dann geht es wieder nach Hause. Doch dieses Mal ist es anders.

Jason

Langsam werde ich von dem Kribbeln in meinem Arm geweckt. Zuerst denke ich, dass ich mit meinem Dickschädel auf diesem liege, aber das kann nicht sein. Ich liege auf dem Rücken und habe den Arm von mir gestreckt. Immer wieder balle ich die Faust. Versuche, wieder Blut in meine Finger zu bekommen.

Etwas bewegt sich neben mir. Verlagert sein Gewicht auf mein Körperteil, das kurz vor dem Absterben ist. Und zum ersten Mal nehme ich wahr, dass jemand mit mir in meinem Bett liegt.

Ruckartig öffne ich meine Augen. Kann nicht glauben, was ich sehe. Noch nie hat eine Frau in diesem Bett neben mir geschlafen. Ich habe es bisher vermieden, überhaupt eine Frau in mein Schlafzimmer zu lassen. Im Gästezimmer okay, aber auch dort haben sie nicht übernachten dürfen.

Dass es ausgerechnet die Tochter des Bürgermeisters ist, die diese Premiere erleben darf, hätte ich nie im Leben erwartet. Aber so ist es. Ich habe anscheinend gestern Abend zugelassen, dass sie nach dem phänomenalen Sex hier schlafen dürfen hat.

Eine gute Sache hat es. Ich kann mir noch einen Fick gönnen, ehe ich zu Leo ins Krankenhaus gehe. Vorsichtig ziehe ich meinen Arm unter Josies Kopf hervor. Dabei drehe ich sie, sodass sie auf dem Rücken liegt. Ihre Augen bleiben weiterhin geschlossen. So wie sie da liegt, sieht sie wie eine Puppe aus. Ihre dichten, langen Wimpern ruhen auf ihrer Wange. Die Gesichtszüge sind entspannt. Selbst die kleine Sorgenfalte, die sich sonst immer auf ihrer Stirn abzeichnet, ist nicht zu sehen.

Etwas scheint sie zu kitzeln oder sie träumt von etwas, was ihre Nase jucken lässt. Sie rümpft sie so niedlich, dass ich nicht widerstehen kann und ihr einen Kuss auf die Spitze hauche.

Ihre Lieder flattern kurz, aber dennoch bleiben ihre Augen weiterhin geschlossen. *Dann versuchen wir es eben anders, sie zu wecken*, denke ich und ziehe die Decke ein Stück von ihrem Körper runter. Ihre nackten Brüste werden entblößt und sofort steht mein Kamerad stramm. Was ist nur los mit ihm, dass er nur von diesem Anblick schon steif wird? Zart streiche ich über ihren Busen, umkreise ihren Vorhof und hoffe, dass sie gleich von meinen Berührungen wach wird.

Josie fängt an, sich zu rekeln und offenbart dabei noch mehr von ihrer seidigen Haut. Oh, Herr im Himmel, wenn das so weitergeht, überfalle ich sie, ehe sie endlich bei Sinnen ist.

Meine Hand wandert weiter nach unten. Zum ersten Mal sehe ich ihren Körper ganz. Gestern haben wir es nicht mehr geschafft, ihr Kleid auszuziehen, bevor ich auch schon in ihr war. Jeder Versuch, das Stück Stoff loszuwerden, endete darin, dass sie entweder über oder unter mir lag.

Ich bin ihr dankbar, dass sie es irgendwann in der Nacht losgeworden ist, denn nun habe ich unbeschränkten Zugang zu ihrem Körper.

Meine Finger streichen über ihre Rippen und Gänsehaut bildet sich auf ihrer Haut. Ausläufer eines Tattoos luschern unter der Decke hervor, die noch bis zu ihrem Bauchnabel geht. Ich schiebe sie beiseite. Will mehr von der Kunst auf ihrer Haut sehen. Mit den Fingerspitzen fahre ich die schwarzen Linien nach. Meine Augen folgen der Bewegung . Die Farbe hebt sich stark von ihrer hellen Haut ab und dennoch passt es perfekt zu ihr. Die Rosenranke mit zwei offenen Blüten und drei Knospen erstreckt sich von ihrer unteren Rippe bis zur Hüfte. Es spiegelt sie wider. Mal ist sie verschlossen und undurchschaubar wie auf der Gala und dann wiederum ist sie offen und zeigt jedem, was sie fühlt.

Ich fahre erneut über die Tinte und starre gedankenverloren drauf. Das Motiv kommt mir bekannt vor. Irgendwo habe ich es schon mal gesehen. Und da fällt es mir wieder ein. Ich wollte schauen, ob das Schicksal wirklich so ein mieses Stück Scheiße ist, wie ich es immer angenommen habe. Und so ist es.

Josie, meine Nachrichtenmaus, ist auch Josie, die Tochter des Bürgermeisters. Sie sind ein und dieselbe Person. Wut wallt in mir auf. Das gibt es doch nicht. Wie konnte sie mich nur so verarschen? Wahrscheinlich hat es ihr noch Spaß gemacht, mit mir zu spielen. Es ist der Gipfel, der ›wie bekomme ich Jason am besten dazu, sich in mich zu verlieben‹ Aktionen. Keine hat es bisher gewagt, mich so zu hintergehen.

Das Klingeln meines Handys unterbricht mein Vorhaben, das Miststück aus meinem Bett zu werfen. Ich war auch noch so dumm und habe sie bei mir schlafen lassen. Habe sie an mich herangelassen.

Ich steige aus dem Bett und greife nach dem Smartphone. Eine mir unbekannte Nummer wird angezeigt. Dennoch gehe ich ran.

»Jason Willard«, melde ich mich barsch. Ich klemme mir das Handy zwischen Ohr und Schulter, während ich mir Klamotten aus dem Schrank fische.

»Friendly Memorial, Mrs. Garner hier. Mr. Willard ...«

»Ist etwas mit meiner Grandma? Geht es ihr gut?«, falle ich ihr ins Wort. Alle anderen Möglichkeiten verdränge ich in den hintersten Winkel meiner Gedanken. Alles andere kann und darf nicht sein. Leo ist zäh, sie packt das.

»Mr. Willard, könnten sie bitte so schnell wie möglich ins Krankenhaus kommen?« Meine Hoffnung fliegt mit ihren Worten dahin. Das hört sich ganz und gar nicht gut an. Zitternd nehme ich das Handy wieder in die Hand und umklammere es fest.

»Mr. Willard, sind sie noch dran?«

»Ja ... ja, bin ich. Ich komme sofort« Meine Stimme bebt, als ich ihr zusage. Die Krankenschwester sagt noch etwas, aber ich lege einfach auf.

Noch bevor ich einen weiteren Gedanken fassen kann, stecke ich mein Handy in die Hosentasche, greife mir meinen Schlüssel und renne aus der Wohnung zum Auto. Es zählt nur noch, so schnell wie möglich zu Leo zu kommen.

***

Das Gespräch mit dem Arzt vernehme ich wie durch Watte. Immer weiter drifte ich ab, höre ihm gar nicht mehr zu. Meine Augen richten sich auf einen Punkt hinter ihm.

Eine leere Hülle, mehr bin ich nicht. Der Chefarzt erzählt mir vom Tod meiner Granny. Er macht das emotionslos. Zählt nur die Fakten auf, wann der Tod eingetreten ist und dass sie nichts mehr für sie tun konnten. Hat er so etwas schon so oft gemacht, dass es ihm nichts mehr ausmacht? Hat er schon so oft Familien die Nachricht überbracht, dass ein geliebter Mensch fortgegangen ist, dass es nur eine Zahl in der Statistik für ihn ist? Kann es sein, dass er das Gefühl nicht kennt, wenn ein geliebter Mensch von einem gegangen ist?

Bis vor ein paar Minuten habe ich dieses Gefühl ebenso wenig gekannt wie den Schmerz. Er breitet sich in meinem Inneren wie ein Lauffeuer aus. Hinterlässt Löcher in meinem Herzen. Schnürt mir die Luft zum Atmen ab.

Ich schnappe nach Sauerstoff. Hoffe, dass dies nur ein Albtraum ist und ich wieder aufwache.

»Mr. Willard? Haben Sie noch Fragen?« *Wozu? Es ändert doch eh nichts an der Situation, oder?* Ich schüttele mit dem Kopf. Schaue ihn immer noch nicht an. Versuche, das Zittern meiner Hände zu unterdrücken. Sage mir immer wieder das Mantra ›Atme, Atme‹ vor, um damit die Tränen daran zu hindern über meine Wangen zu laufen.

»Wollen Sie zu ihr? Dann können Sie Abschied nehmen, bevor wir Mrs. Willard für das Bestattungsunternehmen fertigmachen.« Mein Blick wandert nun doch in seine Augen. Voller Mitgefühl und Mitleid blickt er mich an. *Ich brauche sein scheiß Mitleid nicht.*

»Bringen Sie mich bitte zu ihr«, würge ich heiser heraus. Er nickt. Wir stehen auf und er führt mich aus dem Büro auf den kalten Korridor. Ich friere. Um mein Unbehagen zu verbergen, verschränke ich meine Arme vor der Brust. Unsere Schritte hallen auf dem Boden wider.

Bei jeder Tür, an der wir vorbeigehen, steigt meine Angst. Am liebsten würde ich stehenbleiben. Mich vor der Realität verstecken. Wir halten an und die Zahl ›210‹ auf der braunen Tür verhöhnt mich regelrecht.

»Ich lasse Sie jetzt allein. Wenn Sie irgendwas brauchen, sagen Sie einfach am Empfang Bescheid.« Der Chefarzt drückt meine Schulter. Am liebsten würde ich mich wegdrehen, um der bedeutungsschweren Geste zu entfliehen, die mich vor dem fürchten lässt, was mich hinter der Tür erwarten wird. Der Arzt nimmt endlich seine Hand weg und geht ohne ein weiteres Wort. Ich starre auf das weiß gestrichene Holz und fühle mich in die Zeit zurückversetzt, in der ich als kleines Kind zu Leo gekommen bin. Verängstigt, verunsichert und allein.

Die Ironie an dem Ganzen ist, dass ich jetzt tatsächlich allein bin. Ich habe keine Familie mehr. Denn die einzige Frau, die mich jemals aufrichtig und ehrlich geliebt hat, liegt hinter dieser Tür. Tot. Die Frage ist jetzt, will ich der kleine, verunsicherte Junge von damals sein oder der Mann, zu dem Granny mich erzogen hat.

Meine Atmung geht flach und schnell. Ich drücke den Griff herunter und die braune Tür öffnet sich quietschend. Einen Schritt vor den anderen setzend, bewege ich mich ins Zimmer hinein, schließe die Tür und stehe einfach nur da. Das fröstelnde Gefühl kehrt zurück.

Meine Zähne klappern aufeinander. Meine Hände zittern so stark, während ich auf das Bett zusteuere, dass ich sie nicht mehr kontrollieren kann. Ich setze mich auf einen Stuhl, der neben dem Bett steht, und starre einfach nur auf ihre Hände. Sie sind zusammengefaltet wie in diesem Disneyfilm Dornröschen, den Granny so geliebt hat. Wenn sie sich unbeobachtet gefühlt hat, hat sie mit einem Geschirrhandtuch in der Küche herumgewedelt und dazu dieses eine nervige Lied gesummt.

Ich nehme ihre Hand in meine. Ihre Hände sind schon immer kleiner als meine gewesen. Ich habe mich als Teenager immer lustig darüber gemacht. Jetzt finde ich, könnten sie nicht perfekter sein. Meine Augen schließen sich wie von selbst. Ich lehne mich mit dem Kopf vor und lege meine Stirn auf unsere verschränkten Hände.

Ich spüre wie meine Tränen langsam nach oben steigen. Salziges Wasser rinnt meine Wangen hinab. Benetzt das Laken des Bettes. Mein Körper wird von einem Schluchzer erschüttert, dann gibt es kein Halten mehr. Immer wieder bahnen sich große und kleine Schluchzer ihren Weg aus meinem Mund. Ich kann und will es nicht mehr aufhalten.

»*Granny, warum lässt du mich hier allein zurück?*«, flüstere ich in die Stille.

***

Nach einer Weile und ohne jegliches Zeitgefühl richte ich mich wieder auf. Lasse unsere Hände jedoch nicht los. Schaue ihr stattdessen ins Gesicht. Wie friedlich Leo aussieht, als würde sie nur schlafen. *Gleich wird sie die Augen aufschlagen.* Nein, wird sie nicht. Meine Granny wird nie wieder die Augen aufschlagen. Fuck! Ich kann nicht mehr. Ich muss hier raus.

Ein letztes Mal beuge ich mich über sie und küsse ihre Stirn, bevor ich mit zitternden Fingern die Verbindung unserer Hände löse. *Es ist vorbei.*

»*Lebe wohl, Grandma. Ich liebe dich*«, hauche ich, ehe ich rückwärts Schritt für Schritt Richtung Tür gehe. Das Bett habe ich dabei immer im Blick. Bei der Tür angekommen verschwinde ich aus dem Raum. Lasse Leo zurück.

Im Flur bündeln sich alle Emotionen zusammen. Ich knalle meine Faust mit der Handkante gegen die Wand. Schreie meinen ganzen Schmerz hinaus und lasse mich auf den Stuhl neben der Tür sinken. Vergrabe meinen Kopf in den Händen und schluchze. Heule wie der kleine Junge von damals um meine Grandma und Ersatzmutter.

Plötzlich spüre ich eine Hand auf meinem Bein und erschrecke so heftig, dass ich vom Stuhl aufspringe. Ein spitzer Schrei ist zu hören, gefolgt von einem »Aua, verdammt.«

Moment, die Stimme kommt mir bekannt vor. Ich fokussiere meinen Blick auf die Frau, die dort auf ihrem Hintern sitzt und nun langsam aufsteht. Scheiße! Was macht Josie hier? Ich wische mir schnell die Tränen von den Wangen. Will nicht, dass sie sieht, dass ich geweint habe.

»Was zur Hölle hast du hier verloren? Verschwinde von hier, Josie«, sage ich kalt. Ihr Gesichtsausdruck wechselt von traurig zu wütend.

Sie kommt auf mich zu und steht nun ganz nah vor mir. Drückt einen Finger in meine Brust.

»So redest du nicht mit mir, Jason. Ich hatte hier einen Termin und habe dich schreien gehört. Glaubst du, ich bin so herzlos und schaue nicht nach dir?« Kurz bin ich verunsichert. *Diese Fürsorglichkeit, sie erinnert mich an …* Nein! Schluss jetzt. Ausdruckslos schaue ich sie an.

Verberge all meine Gefühle hinter der starren Maske.

»Ich will dich nicht hier haben, Josie. Fahr nach Hause zu deinen Eltern und lass mich in Ruhe. Das mit uns war nur Sex und je schneller du das verstehst, umso besser. Ich habe keine Lust auf dich und diese ganze theatralische Beziehungskiste, die du so dringend suchst.« Bei jedem Wort, das ich sage, zuckt sie zusammen. Es ist mir egal. Ich will, dass sie verschwindet.

Ihre Augen beginnen zu glänzen und für einen sehr kurzen Moment möchte ich sie in die Arme nehmen. Ihr Blick wird wieder verschlossener. Ihre Stimme kalt wie Eis, als sie spricht: »Du bist ein Arschloch, Jason. Und jedes beschissene Mal sage ich mir das und dann kommst du mit deinem beschissenen Charme und wickelst mich um deinen Finger. Aber okay, du willst mich nicht? Schön. Dann verreck an deinem Schmerz und fahr zur Hölle.« Sie dreht sich um und geht.

Leo hätte sie gemocht, schießt es mir durch den Kopf und der Schmerz ist wieder da. Die Tränen bahnen sich erneut einen Weg hinaus. Es gibt jetzt so viel, um das ich mich kümmern muss.

Meine Gedanken überschlagen sich. Drohen mich zu verschlingen. Ich brauche ... ich brauche ganz dringend einen Eimer. Ich übergebe mich in den nächsten Mülleimer, der auf dem Flur steht. Shit! Jap, der Tag kann eindeutig noch schlechter werden.

Nachdem ich das nächste Klo aufgesucht und mir den Mund ausgespült habe, gehe ich zurück zu Leos Zimmer. Die Tür steht offen und ich sehe, wie sie ein weißes Laken über ihren gesamten Körper legen. Ich kann das hier nicht, wirklich nicht. Ich halte mich noch am Türrahmen fest und dann wird alles schwarz.

***

Drei Tage später darf ich endlich nach Hause. Ich habe einen Nervenzusammenbruch gehabt. Das darf ich niemals jemandem erzählen. Okay, Morty weiß Bescheid. Ich habe ihn angerufen, nachdem ich wieder wach gewesen bin und das Schwindelgefühl nachgelassen hat. Ich habe jemandem von Leos Tod erzählen müssen. Morty hat sich sowieso schon Sorgen gemacht, schließlich ist er dabei gewesen, als sie ins Krankenhaus gekommen ist. Außerdem habe ich dringend frische Klamotten und eine Zahnbürste gebraucht. Wir haben nicht viel geredet, denn ich bin absolut nicht in der Stimmung gewesen, um über irgendwas zu sprechen.

Ich habe mir drei Tage lang den Kopf über alles Mögliche zerbrechen können und bin nun zu einem Entschluss gekommen. Herb kommt morgen wieder, das heißt, ich muss keine Verantwortung mehr für die Werkstatt übernehmen. Ich werde mir Urlaub nehmen, Leos Beerdigung planen und hinter mich bringen und dann wird wieder gefahren.

Morty soll jeden Tag Rennen für mich organisieren. Ich werde auf Partys gehen, mich abschießen und vor allem werde ich mir Josie aus dem Kopf vögeln. Es wird Zeit, dem alten Jason wieder Platz in meinem Kopf zu geben.

Scheiß auf Josie, scheiß auf einfach alles. Adrenalin und Spaß sind jetzt wieder Hauptbestandteil meines Lebens. Es klopft an meiner Tür, sie geht auf und Morty steckt den Kopf hindurch.

»Ach, da ist ja mein Mädchen«, feixt er und kommt auf mich zu. Wichser. Ich zeige ihm den Mittelfinger und er fängt an zu lachen.

»Na komm, Hübsche, dann lass mich dich mal nach Hause bringen.«

»Kannst du damit aufhören? Ich habe genug von der Scheiße hier«, maule ich ihn an. Sein Gesicht wird ernst und er zuckt mit den Achseln.

»Okay, okay, dann lass uns jetzt trotzdem verschwinden. Ich stehe im Halteverbot und du weißt, wie nervig mein Vater werden kann, wenn ich einen Strafzettel bekomme.« Augenrollend stehe ich auf und mache mich fertig.

Gemeinsam verlassen wir das Gebäude. Leonores Papiere werden von dem Krankenhaus an das Bestattungsunternehmen der Stadt übergeben und die werden sich bei mir für alles Weitere melden. Während der Fahrt schaut Morty mich immer wieder von der Seite an.

»Wie geht es dir wirklich, Bro? Wenn du Hilfe bei der Beerdigung brauchst, du weißt, ich bin immer für dich da«, quatscht er mich voll. Ich nicke nur und schaue weiter aus dem Fenster.

An der Werkstatt angekommen, nehme ich meine Tasche und drehe mich nochmal zu meinem besten Freund um.

»Du kannst in der Tat etwas für mich tun. Organisier mir jeden Tag ein Rennen.« Mit diesen Worten steige ich aus und lasse Morty sprachlos zurück. Ich habe gerade meine Haustür erreicht, da höre ich eine Autotür zuknallen.

»Du bist verrückt, Jason, wenn du glaubst, dass ich das mache. Schau dich doch mal an. Du hattest einen Nervenzusammenbruch. Deine Grandma ist tot, du musst eine gottverdammte Beerdigung planen und durchstehen. Ich weiß auch, dass da immer noch die Sache mit Josie ist. Was soll das, Mann?« Ich drehe mich ruckartig um.

»Wage es ja nicht, Morten. Du bist mein bester Freund. Aber auch mein Manager und wenn ich sage, ich will fahren, dann sorgst du dafür, dass ich es kann. Ich scheiße darauf, was du oder jemand anderes für richtig halten. Außerdem geht dich Josie einen Scheiß an. Aber zur Info. Es war Sex und nicht mehr. Komm damit klar, genauso wie sie es muss.« Dann gehe ich endgültig rein und lasse einen fluchenden Morty draußen stehen.

Jason

Zwei Wochen später

Leos Beerdigung ist genau so gewesen, wie sie es sich hoffentlich gewünscht hätte. Selbst ein paar der Heimbewohner sind anwesend gewesen. Morty und ich haben uns von ihr in Ruhe verabschiedet. Eine Rede habe ich weder halten noch hören wollen. Der Pfarrer hat ein paar nette Worte über Leonore Willard gesprochen, hat unsere Beziehung einfließen lassen, das war es auch schon. Ich bin, noch bevor jemand meine Hand schütteln oder mich mitleidig ansehen konnte, mit Morty vom Friedhof verschwunden.

Das Leben, welches ich nun seit zwei Wochen führe, pisst meinen besten Freund ordentlich an. Es interessiert mich aber nur minimal.

Heute Abend findet endlich wieder ein Rennen statt und danach steigt eine Party in meiner Wohnung. Ich habe noch nie viel von Housepartys gehalten, aber das war ja auch vor ... *Nein!* Schnell schiebe ich den Gedanken beiseite und schnappe mir den Schlüssel meiner einzig wahren Liebe. Meines Audi R8 GT. Wie einer wahren Schönheit streiche ich ihr über die mattschwarze Haube. Als ich den Knopf auf dem Schlüssel betätige, zwinkert sie mir zu. Perfekt.

Ich steige ein und starte mein Baby. Der Motor schnurrt, erwacht zum Leben. Mein Ziel ist das verlassene Werksgebäude eines Autoherstellers, außerhalb von Friendly Falls. Ich drehe das Radio voll auf und summe zu *›Want you bad‹ von The Offspring* mit.

Ich passiere das Gelände und sehe schon von Weitem Vladimir und seinen metallicblauen BMW I8. *Er wird auch heute wieder Staub fressen.*

Ich suche mir meinen Platz, parke mein Baby und steige aus. Sofort kommen Barbie eins und Barbie zwei, mit denen ich vor drei Tagen einen sehr aufschlussreichen Dreier hatte, angewackelt. Ihre Brüste werden nur von kurzen Tanktops bedeckt, unter denen sich ihre Nippel deutlich abzeichnen.

»Hallo Ladys«, erwidere ich, als sie mich mit Küssen auf die Wange begrüßen. Mit beiden Miezen im Arm gehe ich zu Morty und einem Mädchen, das mir irgendwie bekannt vorkommt. *Woher kenne ich sie?*

»Morty, mein Freund, willst du mir nicht deine Begleitung vorstellen?«, frage ich augenzwinkernd. Doch ehe mir dieser antworten kann, kommt Vladimir um die Ecke und nimmt die Kleine von hinten in den Arm.

»Ooookay, da ist mir offensichtlich was entgangen. Vlad, seit wann hast du denn ein Mädchen? So besitzergreifend kenne ich dich gar nicht«, necke ich meinen Kontrahenten. Noch nie habe ich ihn so mit einem Mädel gesehen. Normalerweise ist er ein Fan von ficken und weiterschicken.

»Halt die Fresse, Willard.« Irgendwie habe ich den Verdacht, dass hier eine Spannung in der Luft liegt. Vlad schaut Morty mit Argusaugen an und seine Schnalle wirkt gehetzt. *Okay, nicht meine Baustelle.*

»Morty, wir müssen reden«, fordere ich meinen Freund auf, mitzukommen und sage zu den Ladys an meiner

Seite: »Ich bin in einer Minute zurück.« Mit meinem besten Freund gehe ich ein wenig außerhalb des Treibens.

»Was ist los mit dir? Ich höre und sehe nichts mehr von dir. Lächerliche einsilbige Nachrichten und mehr nicht?« Er zieht seine Augenbraue hoch.

»Dein Ernst? Du fährst einen Trip, den ich nicht mitgehen will, Jason. Zerstör dich ruhig selbst, aber ohne mich.« Morty dreht sich um und geht. Lässt mich einfach so stehen. *Das ist ja hervorragend gelaufen.* Na schön, dann sollen sie doch alle wegbleiben. Ich brauche niemanden.

Eine leise Unruhe erfasst die Menschenmenge. Für mich ist es das Zeichen, dass es gleich losgeht.

Ich gehe zu meinem Baby und setze mich hinein. Fahre zur Startlinie und fokussiere die Süße, die das Startzeichen geben wird.

Nach kurzer Zeit hebt sie ihre Arme in die Höhe, wartet einen Augenblick und lässt sie blitzschnell neben ihrem Körper hinabfallen. Meine Finger kribbeln, ich spüre, wie das Adrenalin in meinem Körper ansteigt. Das Gaspedal durchtretend, kralle ich mich fester an das Lenkrad. Die Beschleunigung drückt mich in den Sitz. Vorfreude wallt in mir auf.

Fokussiert und konzentriert blicke ich auf die Straße und fixiere mein Ziel mit den Augen. Mein irres Lachen hallt in meinem Auto wider. Das Lenkrad vibriert, als ich einen weiteren Gang hochschalte. Nun bin ich vollends mit Glückshormonen und Adrenalin überschüttet. Tatsächlich fühle ich mich gerade unbesiegbar. Vor mir kommt eine Links- und gleich darauf eine scharfe Rechtskurve.

Geschickt schlängele ich mein Baby hindurch. Bremsen, lenken, Gas geben und das im Wechsel. Die Straße wird holpriger und ist von Schotter bedeckt. Kleine Steine donnern gegen meine Karosserie. Bei jedem einzelnen

Schlag blutet mir mein Herz. Mein Baby wird nach dem Rennen eine Politur nötig haben, wenn nicht sogar eine neue Folie. Verdammt!

Vlad ist genau vor mir. Es fehlt nicht mehr viel und ich klebe ihm am Auspuff.

In der nächsten Rechtskurve bin ich nicht mehr ganz so vorsichtig wie am Anfang. Ich gebe mehr Gas und lasse das Bremsen komplett weg. *Ich muss dieses Rennen gewinnen. Eine Niederlage ist keine Option.* Ich komme Vladimir verdächtig nahe, schere dann rüber und fahre nun an seiner Seite. Wie schon so oft liefern wir uns ein Kopf-an-Kopf-Rennen. Ich muss es irgendwie schaffen, an ihm vorbei zu ziehen. Daher schalte ich einen Gang hinunter, trete das Gaspedal bis zum Anschlag durch und überhole ihn mit einem aufheulenden Motor.

Die Drehzahlnadel geht in den roten Bereich und ich schalte wieder hoch. Ich hasse es, mein Baby so zu vergewaltigen, aber es muss sein. Anders kann ich nicht gewinnen. Vlad ist niemand, der einem den Sieg schenkt. Mein Vorsprung vergrößert sich. Ich habe es geschafft. Habe Vlad mal wieder im entscheidenden Moment überholt und er ist machtlos dagegen gewesen.

Meine Euphorie darüber muss allerdings warten. Erst wenn ich das Ziel überquert habe, wird gefeiert. Und dann aber richtig.

Blaue und rote Lichter tanzen plötzlich überall herum. Ich schaue in den Rückspiegel. Hinter Vladimir taucht ein Wagen auf, der definitiv nichts mit dem Rennen zu tun hat.

Fuck! Die Polizei. Kurz überlege ich, ob ich bremsen oder doch weiterfahren soll. Mein Fuß drückt das Pedal runter. Ein Ruckeln geht durch mein Baby. Plötzlich kommt von vorne ein Streifenwagen auf uns zu gefahren.

Heilige Scheiße sind die lebensmüde? Ich trete das Pedal kontinuierlich weiter nach unten. Die Bullen vor mir stellen sich quer. Sperren die Straße. Shit, das schaffe ich nie. Die Bremse bis zum Anschlag tretend, klammere ich mich regelrecht ans Lenkrad, um es gerade zu halten. Bitte nicht ausbrechen, bitte nicht ausbrechen, bete ich im Stillen. Ich komme der Sperrung näher und näher, bis ich schließlich halte. Mein Oberkörper wird mit einem Ruck nach vorne geschleudert. Schweiß perlt auf meiner Stirn und mein Brustkorb hebt und senkt sich schnell. Ich höre es quietschen. Hebe meinen Kopf, den ich gegen das Lenkrad gelehnt habe, und sehe wie die Officer panisch hinter ihr Auto rennen.

Mein Blick wandert zum Rückspiegel. Meine Augen weiten sich. Haarscharf schlittert Vlad an mir vorbei in den Grünstreifen und kommt dort zum Stehen. Erleichtert atme ich aus. Das hätte mir noch gefehlt, wenn er in mich reingefahren wäre.

Ich schlage auf das Lenkrad ein. Verfluchte Scheiße! Ich hätte es beinahe geschafft. Das Ziel war schon zum Greifen nahe. Wieso mussten sie auch ausgerechnet jetzt auftauchen?

Jemand klopft an mein Seitenfenster. Ich schließe die Augen, zähle innerlich bis drei. Mein Puls schlägt schwer in der Halsschlagader. Ich drehe mich zu dem Störenfried um. Ein Officer steht lächelnd da. So ein Hurensohn. Ich finde das hier ganz und gar nicht witzig. Und dann auch noch *der* Idiot. Ich fahre das Fenster herunter.

»Ach, wen haben wir denn da? Willard, auch mal wieder mit von der Partie? Aussteigen! Sofort! Und schön die Hände an den Kopf.« Mist. Ich leiste dem Gesagten Folge und stelle mich mit dem Gesicht in Richtung meines Wagens. Die Hände halte ich natürlich schön nach oben. Nicht, dass er mir gleich noch ne Kugel in den Kopf jagt, weil er denkt, ich hätte eine Waffe, oder so.

Der Pisser schiebt mich näher an meinen Wagen, sodass ich mich auf der Motorhaube abstützen muss, wenn ich diese nicht mit meinem Gesicht küssen möchte.

»Barnes, darfst du endlich mal wieder frische Luft schnuppern? Ist bestimmt langweilig, nur im Büro zu sitzen, oder?« Seine Hand in meinem Rücken drückt mich stärker gegen das Auto. Auch Vladimir steht wie ich am Wagen. *Willkommen im Club, Bro.* Sein Gesichtsausdruck zeigt alles andere als Begeisterung. Wir wissen beide, was jetzt folgen wird. Zweimal haben sie uns schon erwischt. Von Geldstrafen bis zum Beschlagnahmen unserer Autos ist alles schon dabei gewesen. Dies war auch bisher die Höchststrafe gewesen, die wir verhängt bekommen haben. Aber dieses Mal wird es damit bestimmt nicht getan sein. Die Strafe wird höher ausfallen, wenn es nicht sogar mit Arrest endet. Fuck! Barnes durchsucht mich nach eventuellen Waffen, ehe er von mir ablässt.

»Nicht bewegen«, mahnt er mich und beugt sich in das Innere meines Babys. Nein, nicht das auch noch. Freudestrahlend kommt er wieder hervor, meinen Autoschlüssel am Finger baumelnd. Ich will protestieren, doch in dem Moment spüre ich, wie der andere Officer etwas um meine Handgelenke legt.

Das kalte Metall zieht sich enger an meine Haut, schnürt sie ein. Ich drücke dagegen, aber es ist zu spät. Das Klicken der Handschellen ist zu hören. Verdammt!

Josie

Ich muss mir leider eingestehen, dass ich mich in Jason verliebt habe. Dieser innere Schmerz, fühlt sich tatsächlich wie schlimmer Liebeskummer an. Susan versucht alles, um mich aus meinem Elend zu holen.

Sie schleift mich zu irgendwelchen Partys, um mich auf andere Gedanken zu bringen. Ich lasse mich von fremden Typen anmachen und es ist mir egal. Es löst einfach nichts in mir aus. Nicht einmal Lust zum Zurückflirten habe ich. Ich heuchele den Typen nicht einmal Interesse vor. Meine Gedanken sind einfach woanders. Bei ihm! Ich hasse ihn dafür, dass er mir nicht aus dem Kopf geht.

Ich liege abwesend auf meinem Bett und starre an die Decke. Noch immer trage ich das rote Cocktailkleid, welches ich auf dem Empfang eines Freundes meines Vaters getragen habe. Ich lebe den Albtraum einer fucking Disneyprinzessin. Einer Puppe. Immer zurechtgemacht und fröhlich lächelnd. Dabei würde ich viel lieber ausrasten, sobald sich mal wieder eine Hand an meinen Arsch verirrt. Aber nein, ich muss diese kleinen Wichte, die Söhne der Freunde meines Vaters, nett angrinsen.

Zum Kotzen. Sie hätten es eher verdient, meine Hand in ihrem Gesicht zu spüren. Ich bin dieses Leben leid. Immer muss ich tun, was andere sagen. Wer will so existieren? Ich nicht, ich habe die Nase gestrichen voll davon! Mit einem Ruck stehe ich vom Bett auf und gehe zum Kleiderschrank, wo ich mir Kleidung raushole und anziehe.

Im Bad wische ich mir die Schminke aus dem Gesicht und befreie meine hochgesteckten Haare, ehe ich sie zu einem lockeren Dutt binde. Zufrieden sehe ich in den Ganzkörperspiegel in meinem Bad. Die kurze Jeansshorts mit Löchern, das weiße Tanktop und die roten Chucks stehen im völligen Kontrast zu dem Kleid, welches ich bis eben getragen habe. Nur jetzt fühle ich mich nicht verkleidet, sondern wohl und bereit für das, was ich vorhabe.

Ich werde zu Jason fahren und ihm endlich in seinen perfekten Arsch treten. Das bin ich meinem Herz schuldig.

Ein Klingeln unterbricht meine Begutachtung. *Okay, dann verschieben wir eben die ganze Aktion auf später.* Gerade als es ein weiteres Mal an der Tür läutet, mache ich die Tür auf. Susan und der Typ aus dem Kleidergeschäft stehen vor mir. *Nanu, was macht der denn hier?* Ich hebe eine Augenbraue und sehe meine beste Freundin fragend an.

»Wir müssen dringend mit dir reden«, kommt sie gleich zum Punkt und schiebt mich zur Seite. *Ja, das müssen wir wohl,* denke ich und sehe dabei zu, wie der Kerl Susan ins Wohnzimmer folgt.

Ich schließe die Tür und gehe ebenfalls in den Raum. Die beiden haben es sich auf dem Sofa bequem gemacht, also setze ich mich auf den Boden vor dem Tisch.

»Also, was ist los? Worüber müsst ihr mit mir reden? Seid ihr nun zusammen oder wieso bringst du ihn mit?« *Sehr subtil, du Dussel.* Susan schaut mich argwöhnisch an. Der Typ grinst nur breit. Und ich bin noch um keine Information reicher.

»Nein, wir sind nicht zusammen und das weißt du auch«, giftet Susan mich an, während der Kerl zeitgleich sagt: »Ich bin noch zu haben, keine Sorge. Bist du jetzt erleichtert, Süße?« Ich verdrehe die Augen. War ja klar, dass so ein Spruch von ihm kommt. Aber es beantwortet immer noch nicht meine anderen Fragen. Und es klärt nicht, wieso sie zusammen hier auftauchen. Klar weiß ich, dass Susan mit Vladimir zusammen ist und deswegen verstehe ich auch nicht, wieso sie mit jemand anderem kommt. *Josie, Fokus! Es geht hier anscheinend um etwas anderes.*

»Leute, was ist denn los?«, frage ich diesmal nachdrücklicher und ignoriere dabei die Anmache, mit der das Mitbringsel mich beeindrucken will. Er räuspert sich und kratzt sich verlegen an dem Hinterkopf.

»Ähm ... Ja. Wie soll ich das sagen? Jason und Vladimir sind verhaftet worden«, platzt es endlich aus ihm heraus.

Erstaunt reiße ich die Augen auf. Sehe fragend zu meiner besten Freundin, die nur mit dem Kopf nickt. Okay, das scheint zu stimmen, aber was geht mich das an?

»Mein Vater ist zwar der Captain auf der Wache, aber dieses Mal kann er nichts tun. Diesbezüglich ist Jason zu oft mit dem Gesetz in Konflikt geraten, deshalb sind ihm die Hände gebunden. Josie, ich brauche jemanden, der ihn da rausholt. Ich weiß von dir und ihm und da dachte ich ... Kannst du nicht irgendwie einen Anwalt deines Vaters herbeizaubern?« Plötzlich ist das arrogante Mitbringsel von vorher ganz kleinlaut geworden. Susan haut ihm daraufhin einen Klaps auf den Hinterkopf.

»Aua! Was denn? Sie ist jetzt die Einzige, die etwas tun kann. Natürlich hätte er es verdient, so arschig wie er sich die letzten Wochen benommen hat, aber er ist wie ein Bruder für mich. Ich kann ihn einfach nicht ins Gefängnis gehen lassen. Wir hängen da im Prinzip alle mit drin.«

Ich lehne mich zurück. Meine Gedanken rasen. Ich kenne den Typen vor mir nicht einmal, höre nur aus seinen Worten, dass Jason und er beste Freunde sind. Soll ich ihm wirklich glauben? Susan scheint es, sonst wäre sie nicht mit ihm hier. Er weiß auch, dass Jason und ich was miteinander gehabt haben. Also muss er Jason kennen, denn ich habe es nicht erwähnt.

»Bitte, Josie, er braucht wirklich deine Hilfe, sonst geht er in den Knast. Willst du das? Ich schätze dich nicht so ein. Dir liegt etwas an ihm, das sehe ich dir an. Bitte rette ihn, bevor er seine Zukunft gänzlich gegen die Wand fährt.« Ich kann ihm ansehen, wie verzweifelt er ist. Er sieht müde und traurig aus. Es scheint ihn wirklich zu treffen, dass Jason eventuell hinter Gitter kommen soll.

Will ich, dass Jason für immer aus meinem Leben verschwindet? Will ich wirklich, dass er eingesperrt wird?

Nein! Ich schnappe mir das Handy vom Tisch und wähle eine Nummer, die ich eigentlich niemals wählen wollte.

Hopper ist ein verdammt guter Anwalt, aber auch ein mieses Schwein. Es geht aber nicht anders. Er ist der Beste auf seinem Gebiet und wenn ich Jason da rausholen will, muss ich mich verkaufen. Schweren Herzens wähle ich die Nummer und schildere ihm den Fall. Als Gegenleistung fordert er ein Date mit mir. Im Normalfall würde ich mich lieber erhängen, als mit ihm essen zu gehen, aber mir bleibt mal wieder keine andere Wahl, als das zu tun, was von mir verlangt wird. Ich stimme dem Deal zu. Verkaufe mich an ihn und schlucke meine Bedürfnisse hinunter. Einen Abend werde ich seine Gesellschaft wohl aushalten.

Susan und Jasons bester Freund haben alles mitbekommen. Susan schaut mich traurig an, sie weiß, dass ich Hopper nicht abkann und gerade gegen all meine

Prinzipien verstoße. *So wie ich erzogen wurde,* schießt es mir durch den Kopf. Eine Stunde habe ich noch Zeit, um mich gedanklich auf eine Begegnung mit Hopper vorzubereiten.

Wir haben abgemacht, dass wir uns direkt vor dem Police Department treffen werden. Hopper ist guter Dinge, dass es schnell gehen wird, Jason dort rauszuholen. Je schneller es geht, umso schneller bin ich Hopper wieder los.

Jason dagegen wird sich wünschen, doch lieber in den Knast gegangen zu sein, denn ich werde mein Vorhaben von vorhin definitiv in die Tat umsetzen.

***

Unser Familienanwalt steht wie abgemacht vor dem Department und schaut immer wieder auf seine Armbanduhr. Abgehetzt und außer Atem kommen wir vor ihm zum Stehen.

Morty, der mir seinen Namen inzwischen gesagt hat, hat noch keinen Parkplatz gefunden und uns schon einmal losgeschickt.

»Da seid ihr ja endlich. Süße, ich habe nicht den ganzen Tag Zeit«, brummt Hopper mir zu. *Süße, wenn ich das schon höre. Aber er muss Jason da rausholen, also lächeln und freundlich sein, Josie.*

»Wir haben keinen Parkplatz gefunden«, rechtfertigt sich meine beste Freundin.

»Natürlich«, grinst der Spacko uns süffisant an.

»Können wir jetzt bitte Jason hier rausholen?«, werde ich ungeduldig. Ich will nicht, dass noch mehr Zeit verplempert wird. Hopper nickt, öffnet die Tür und hält sie uns gentlemanlike auf. *Wenigstens hat er gute Manieren.*

Wir gehen direkt in einen großen Raum, in dem viele Schreibtische stehen. Überall sind Sideboards mit Bildern und Notizen. Fotos stehen auf den Tischen. Telefone klingeln und das Getippe auf Tastaturen ist zu hören.

Hopper bewegt sich, als würde er hierhergehören. Schnurstracks laufen wir an den vielen Arbeitsplätzen vorbei, bis wir von einem Officer mit Glatze und Schnurrbart aufgehalten werden. Misstrauisch mustert er uns.

»Was wollen Sie hier? Kann ich Ihnen helfen?«

»Das können Sie bestimmt. Mein Name ist Hopper Murray. Ich bin der Anwalt von Mr. Willard. Führen Sie mich bitte zu ihm.« Der Officer zieht die Augenbrauen zusammen und brummt etwas Unverständliches, während er uns per Handzeichen zu verstehen gibt, ihm zu folgen.

Wir biegen in einen kleinen Korridor ab, wo er eine Tür öffnet und wir in einen Raum treten. Wie in Serien und Filmen befinden wir uns vor einer Scheibe. Durch diese sehen wir Jason mit vor der Brust verschränkten Armen an einem Tisch sitzen. Süffisant grinst er den Officer vor sich an. Dieser scheint das Ganze nicht so lustig zu finden, denn seine zu Schlitzen verengten Augen und die wilden Gesten, die er mit seinen Händen macht, sprechen Bände. *Oh Jason, du Trottel.*

Hopper drückt an der Wand neben der Tür auf einen Knopf. Plötzlich ertönt ein Knacken und wir können das Gespräch mithören.

»Genau so ist es. Entweder Sie glauben das, oder nicht. Meine Frage haben Sie dennoch nicht beantwortet. Wo ist mein Wagen und wann kann ich diese Bude endlich verlassen?« Er lehnt sich zurück in den Stuhl.

»Sobald du meine Fragen beantwortet hast, kannst du gehen und ...« Weiter kann ich mir das nicht anhören. Ich nehme Hopper am Arm und zerre ihn hinter mir her zum Raum. Ich öffne die Tür, schiebe den Anwalt vor mir hinein und stelle mich neben ihn.

Der Officer hält in der Bewegung inne und sieht wütend über die Unterbrechung zu uns.

»Bei allem Respekt, Sir, aber Mr. Willard wird ab jetzt nichts mehr sagen. Alles Weitere können Sie gerne mit seinem Anwalt klären. Mr. Murray hier ...« Ich zeige auf Hopper

»...wird nun Ihr Ansprechpartner sein. Sie entschuldigen uns.« Der Blick des Officers wird noch finsterer. Seine Hand klatscht mit voller Wucht auf den Tisch.

Jason, der anscheinend nicht glauben kann, was hier eben geschehen ist, steht langsam auf und kommt zu uns.

Hopper hat noch kein Wort gesagt. Was ist er nur für ein Anwalt? Wie hat er nur so lange dabei zusehen können, wie Jason verhört wird? Hopper geht zu dem Officer und redet leise auf ihn ein.

Da für mich alles gesagt ist, nehme ich Jason am Arm und ziehe ihn mit mir hinaus aus dem Raum und weiter aus dem Präsidium. Auch wenn ich eben Hoppers Können angezweifelt habe, wird er schon wissen, was er zu tun hat. Dabei wird er uns garantiert nicht mehr brauchen.

Als wir aus dem Gebäude kommen, steht Morty mit seinem Wagen vor der Tür. Susan muss ihm entweder geschrieben haben oder er ist zufällig vorgefahren, weil er keinen Parkplatz gefunden hat. Wir gehen zu ihm.

»Ich muss wieder rein. Vlads Anwalt kommt gleich. Ich will dabei sein, wenn er hier raus kann«, hält mich Susan auf und schaut betreten auf den Boden. Ich kann sie verstehen, nehme sie in den Arm und danke ihr. An Jason gewandt, brumme ich: »Steig ein, wir fahren dich nach Hause.«

»Spinnst du? Was willst du hier?« Klingt er allen Ernstes angepisst?

»Jason, steig in das beschissene Auto. Sofort!« Jetzt bin ich diejenige, die vor Wut schäumt. Was bildet er sich eigentlich ein? Wir kommen und helfen ihm daraus und er ist angepisst? Jason steigt in den Wagen und rutscht durch, sodass ich ebenfalls einsteigen kann.

»Danke«, sagt er leise neben mir, was mich kurz erstarren lässt. Ich schließe die Tür und richte meinen Blick nach vorne.

Morty schaut im Rückspiegel zu uns und grinst. *Verräter.* Er startet den Motor und fährt los.

Betretenes Schweigen füllt den Fond des Wagens. Ich schaue weiterhin stur aus dem Fenster, um ja nicht auf die dumme Idee zu kommen, Jason anzugaffen.

Kurze Zeit später halten wir an. Dankbar lächele ich Morty zu, steige aus, gehe zu seiner Haustür. Jason folgt mir zögerlich und bleibt vor der Tür stehen. Ich nicke zur Tür.

»Schließ endlich auf und dann reden wir.« Meine Wut will einfach nicht vergehen. Ich bin sauer, enttäuscht und gleichzeitig möchte ich ihn einfach nur küssen. Jason kommt meiner Aufforderung nach und schließt endlich die Wohnung auf. Wir gehen rein.

Ich drehe mich zu ihm um. Hebe meine Hand an seine Wange und streichele diese. Kurz zuckt er zusammen, entspannt sich allerdings schnell. Ungläubig schaut er mich an. Ich kann die Tränen nicht länger zurückhalten.

»Jason«, hauche ich traurig. Er legt seine Hand auf meine. Beugt sich vor und küsst mich.

Jetzt stehe ich hier und lasse mich von besagtem Arsch in den Himmel küssen. Nein, so war das nicht geplant. Ich will reden. Entschlossen schubse ich ihn ein Stück von mir weg. Ein süffisantes Grinsen tackert sich an seinen Mund. *Diese Lippen ... Nein, Fokus!*

»Josie, komm her.« Doch ich schüttele den Kopf und gehe zum Fenster. Abstand. Hormone wieder in die richtigen Bahnen lenken und durchatmen. Ich will mich umdrehen und loslegen, da spüre ich ihn hinter mir. Meine Nackenhärchen stellen sich auf und ich bin kurz davor zu seufzen. Dieser Kerl macht mich schwach.

Er schlingt seine Arme um mich. Zieht mich an seine Brust und ich habe das Gefühl, gleich vor Glückseligkeit zu platzen. Wie oft habe ich mir diesen Moment schon vorgestellt?

»Was ist los?« Ich erstarre. Die verliebte Josie in mir flippt aus und tanzt gerade Samba, lässt Konfetti regnen. *Okay, gib dich cool, Josie,* bringe ich mich zur Ruhe. Ich atme tief ein und aus, spanne meine Schultern an. Dann drehe ich mich in seinen Armen um und schaue in seine strahlenden Augen. Wie Magneten ziehen sie mich immer wieder an.

»Jason, wir müssen reden. Und zwar wirklich reden. Kein Gefummel und kein Geknutsche.« Entgegen meiner Ansprache fährt mein Finger sein Kinn nach. Kacke, ich bin so im Arsch.

»Süße, wenn du nur reden willst, dann solltest du deine Finger auch bei dir behalten, sonst garantiere ich für nichts.« Seine Stimme wird schlagartig dunkler und jagt direkt in meine Mitte.

»Okay, lass uns reden, jetzt! Bitte!« Flehend schaue ich auf seine Brust und spüre, wie seine Arme um mich herum verschwinden.

»Okay, komm mit.« Er nimmt meine Hand und zieht mich aus seiner Wohnung.

»Jason, wo gehen wir hin?«, gluckse ich hinter ihm, bekomme aber keine Antwort. Wir betreten eine Werkstatt unter seiner Wohnung. Dort stehen drei Autos. Ein blauer

Kleinwagen mit einem Wackeldackel auf der Heckablage, ein gelber Chevrolet mit schwarzen Streifen und ein alter, rostiger, schwarzer Pick-Up, auf den wir zusteuern.

Jason öffnet mir die Beifahrertür und fordert mich auf, einzusteigen. Nachdem er den Schlüssel vom Brett geholt hat, steigt auch er ein und startet den Motor. Das Radio ist leise und auf unseren Regionalsender eingestellt und die Töne eines Liedes füllen den Wagen. Geschickt fährt er den Wagen aus der Halle auf die Straße und folgt dieser.

An einer Ampel schleicht sich Jasons Hand vom Lenkrad auf meinen Oberschenkel und hält ihn fest. Er ist so heiß. Alles an ihm ist heiß. Sogar so etwas Banales wie das, was er gerade tut. So etwas Besitzergreifendes, hat noch nie ein Mann getan und ich fühle mich wie ein verliebter Teenager. Ich schaue mit rosigen Wangen aus dem Fenster und betrachte die Landschaft. Eigentlich ist es in unserer Gegend sehr schön.

Wir fahren an vielen Weiden vorbei, auf denen Pferde und Kühe grasen. Die Sonne scheint und der Himmel ist so blau wie der Ozean. Ein Maler könnte aus unserer Idylle ein hübsches Bild anfertigen.

Nach ungefähr vierzig Minuten scheinen wir am Ziel angekommen zu sein. Wir halten an einem Maisfeld und ich verstehe immer noch nicht, was Jason vorhat. Er steigt aus und umrundet den Wagen. Wie ein Gentleman öffnet er mir die Tür und hilft mir beim Aussteigen.

Er schnappt sich eine Wolldecke, die auf der Rückbank liegt, und greift nach meiner Hand. Läuft mit mir schnurstracks in das Maisfeld hinein. Immer wieder muss ich glucksen, denn ab und zu hauen uns die Stängel ins Gesicht.

Plötzlich bleibt Jason stehen und bringt mich ebenfalls zum Halten. Ich staune nicht schlecht. Mitten im Maisfeld ist ein Kreis komplett unbepflanzt. Jason breitet die

Decke auf dem Boden aus. Er setzt sich hin und zieht mich sofort vor sich. So aneinander gekuschelt sitzen wir da. Ich lasse meinen Blick schweifen. Es ist der absolute Wahnsinn.

»Woher weißt du, dass es so etwas gibt? Noch nie habe ich so was Einzigartiges gesehen.« Ich nehme seine Hand und verflechte unsere Finger miteinander.

»Als Morty und ich noch jünger waren, sind wir oft hier gewesen. Rupert, dem Besitzer des Maisfeldes, haben wir als Kinder beim Äpfel pflücken geholfen. Hinter dem Maisfeld ist sein Haus und im Garten sind bestimmt zehn oder fünfzehn Apfelbäume. Wir wurden Teenager, rebellischer und machten oft Späße. Eines Tages holten Morty und ich den alten Trecker von Rupert aus der Scheune. Wir wollten nur ein bisschen damit über sein Land fahren. Das Lenkrad klemmte und die Bremse funktionierte nicht mehr, denn das Teil war bestimmt schon hundert Jahre alt. Der Trecker fuhr immer wieder im Kreis. Für uns war das alles superwitzig, allerdings nicht für Rupert. Irgendwann kam er zu uns angerannt und hat uns gesagt, was wir machen müssen. Keiner von uns hat daran gedacht, dass man bloß den Schlüssel aus dem Schloss ziehen muss. Morty hat es dann gemacht und endlich blieb der Trecker stehen.« Jason lacht leise und schüttelt bei der Erinnerung mit dem Kopf.

»Da sich der Boden durch das ewige Kreisen so immens verfestigt hat, kann hier nichts mehr gepflanzt werden. Also bleibt dieser Kreis für immer.«

Nun muss auch ich lachen. Die Vorstellung von den zwei Jungs, wie sie mit einem im Kreis fahrenden Trecker umherirren, ist echt zum Schießen.

Jason

Ihr Lachen ist im Augenblick das Größte für mich. Es ist so unfassbar kitschig und wenn mich jemand danach fragt, werde ich es leugnen. Ich räuspere mich und spiele mit ihren Fingern.

»Du wolltest reden, Josie. Dann lass uns endlich reden.«

Ich drücke ihre Hand einmal. Will sie dazu ermutigen, freiheraus alles zu sagen.

Ein paar Minuten ist es still. Jeder hängt seinen Gedanken nach. Doch dann spricht Josie leise: »Ich kann nicht mehr so weitermachen, Jason. Ich habe das Gefühl, jeden Moment innerlich kaputtzugehen. Deine Worte haben sich wie Messerstiche in mein Herz gebohrt. Du bist ein Arsch und ein Idiot, Jason Willard, und dennoch ...« Sie dreht sich zu mir um. Schaut mich mit ihren wahnsinnig hübschen Augen an. Sie steht auf, nur um sich dann auf meinen Schoß zu setzen. Fassungslos sehe ich sie an.

»... habe ich mich in dich verliebt. Ich habe nur den Mut dazu, es dir zu sagen, weil ich genau weiß, dass es dir genauso geht. Es ist nie nur Sex gewesen und das weißt du.«

Fuck! Natürlich weiß ich das. Aber es gibt so vieles, was sie nicht weiß, was sie aber erfahren muss, und dann? Ich bin einfach nicht gut genug für sie.

Ihr Vater hat damals in der Werkstatt genau die richtigen Argumente gehabt. Sie spielt in einer anderen Liga als ich und wenn sie das erkennt, wird sie mich verlassen. Mein Herz, welches sie sich vom ersten Moment an genommen hat, würde in ihren zarten Händen zu Staub verfallen.

»Jason. Sag was, bitte«, fleht sie. Nervös knetet sie ihre Hände, in ihren Augen zeigt sich ihre Unsicherheit. Ich kann nicht. Ich hebe sie von meinem Schoß, setze sie auf die Decke und stehe auf. Ich laufe hin und her. Rauf und runter.

»Josie, ich kann nicht, verdammt. Ja, du hast recht, da ist etwas zwischen uns. Meine Gedanken kreisen ständig um dich. Aber siehst du denn nicht, dass es niemals zwischen uns funktionieren kann? Du bist die Tochter des Bürgermeisters, ich bin ein einfacher Mechaniker, der ständig mit einem Bein im Knast steckt. Willst du dir das jedes Mal antun? Ich werde nicht aufhören, Rennen zu fahren. Es gehört zu mir. Das bin ich. Jason fucking Willard, bester Rennfahrer der Gegend. Ich bin der ungeschlagene Champion und das gebe ich nicht einfach auf. Nicht mal für dich. Dann wären da noch deine Eltern. Sie werden bestimmt nicht vor Freude in die Luft springen, wenn du mich mit zu ihnen nimmst. Willst du dich gegen deine Eltern stellen? Gegen deine Familie? Und das für mich? No way. Dann wäre da noch etwas ...«

Okay, jetzt muss auch das auch noch raus. *Mach es wie bei einem Pflaster. Schnell abziehen.*

»Ich kenne dich bereits und du mich auch. Ich habe dir aus Selbstschutz aber nicht meinen richtigen Namen genannt. Du kennst mich unter dem Namen Adrian. Wir haben die ganze Zeit geschrieben.« Ich grinse fies und hoffe, dass sie nun sauer wird. Mir eine scheuert und ich sie nach Hause fahren kann. Es würde einiges einfacher machen. Doch ihre einzige Reaktion ist, dass sie mich mit ihren großen Augen anschaut, langsam aufsteht und vor mich hinstellt.

Langsam fahren ihre Hände über mein T-Shirt nach unten, ehe sie sich darunter stehlen und das Stück Stoff hochschieben. So weit hoch, dass sie mein Tattoo zu sehen bekommt. Ihr entfährt ein Schluchzer.

»Wieso habe ich das nicht vorher wahrgenommen? Es ist so groß und so wunderschön. Du wusstest es die ganze Zeit, dass ich die Josie bin?« Fassungslosigkeit schwingt in ihrer Stimme mit.

»Nein, erst nachdem du bei mir geschlafen hast. Ich wollte Morgensex. Doch dann sah ich dein Tattoo.«

»Und du hältst es nicht für nötig, mich darüber aufzuklären, du Mistkerl? Hast du nur mit mir gespielt, verdammt?« Beschwichtigend hebe ich meine Hände nach oben. Ihre Hände rutschen von meinem Körper, als ich mich ein Stück von ihr entferne. Das Shirt rutscht nach unten und bedeckt wieder meine nackte Haut.

»Willst du mich verarschen? Am Anfang war es Sex, ja. Ich wollte dich vögeln und dich bestrafen. Denn für mich sieht es nach einer Verschwörung aus, wenn ich bei deinem Vater auf der Abschussliste stehe, von ihm Besuch erhalte und mir gedroht wird, die Finger von dir zu lassen. Selbst mit meiner Grandma hat er mir gedroht. Mich wie den letzten Abschaum behandelt. Und dann auf einmal taucht die Tochter auf, macht mir schöne Augen und wickelt mich um den Finger. Wonach sieht es denn bitte aus? Willst du mir etwa erklären, dass das nicht nach einer Rebellion der Tochter gegen den Vater riecht? Willst du?« Nun schreie ich, denn ich bin außer mir vor Wut. All die Gefühle kehren zurück.

Die Wut, die Verzweiflung und dann der Schmerz als ich Leo erwähne.

»Spinnst du jetzt vollkommen? Ja klar, ich habe nichts anderes in meinem Leben zu tun, als mir einen unwürdigen und armen Mechaniker auszusuchen. Ihn heißzumachen und darauf zu warten, dass er sein Ding in mich steckt, um ihm dann sein Herz rauszureißen? Und das alles nur um meinen Vater zu ärgern? Klar, mache ich jeden Tag, Jason.« Nun wird auch sie lauter und verleiht ihrer Stimme Ironie. Wir stehen uns wutschnaubend gegenüber. Nase an Nase.

»Ich hasse dich«, flüstert sie mir hasserfüllt zu. Ich fange laut an zu lachen.

»Babe, du hast mir gerade deine Liebe gestanden. Ein bisschen theatralisch jetzt mit Hass zu kommen, oder?« Schneller als ich blinzeln kann, kracht ihre Handfläche auf meine Wange. Mein Kopf schnellt zur Seite. Sie will erneut ausholen, aber dieses Mal bin ich vorgewarnt und fange ihre Hand im Flug ab.

»Wage es ja nicht, Prinzessin«, knurre ich sie an. Ich lockere meinen Griff und dann brechen die Dämme.

Sie heult auf, trommelt immer wieder auf meine Brust ein. Ich lasse sie gewähren. Nach etlichen Minuten und einigen Schluchzern hört sie auf und weicht einen Schritt zurück. Sie sieht mich mit rot unterlaufenen Augen an. Ihre Nase sieht aus wie die von Rudolph, dem Rentier. Ich beuge mich vor und hauche einen Kuss auf ihre Stirn.

»Josie, merkst du nicht, wie verrückt diese Geschichte hier zwischen uns ist? Wir sind beide so verdammt impulsiv, schaffen es mit Leichtigkeit, uns gegenseitig zu verletzen, und von unserem Umfeld will ich gar nicht erst anfangen. Wir sind quasi schon zum Scheitern verurteilt.«

Ich schaue wieder in ihr Gesicht, hebe meine Hände an ihre Wangen und streiche die Tränenspuren fort. Sie schmiegt sich in meine Handflächen.

»Was ist im Krankenhaus passiert, dass dich zum absoluten Arsch mutieren lassen hat?«, fragt sie mich mit brüchiger Stimme.

Ich schließe resigniert die Augen und antworte: »Meine Granny ist an dem Tag gestorben. Sie ist in einem Heim untergebracht gewesen, dort ist sie gestürzt und hat sich den Kopf gestoßen. Sie lag im Koma und die Ärzte erzählten mir von dem Krebs. Und ich Idiot wunderte mich die ganze Zeit, warum sie auf Teufel komm raus wollte, dass ich eine Freundin finde. ›Sesshaft werden‹, so nannte sie es. Sie hat vom Krebs gewusst und es mir nie erzählt. Sie starb und du bist aufgetaucht. Wolltest für mich da sein. Doch bisher war stets Leo diejenige, die sich um mich gekümmert hat und es nun nicht mehr konnte. Meine Gefühle dir gegenüber waren so verworren, dass ich dich einfach nicht in meiner Nähe ertragen konnte. Ich wusste, dass du nur gehen würdest, wenn ich dich verletze, was ich letzten Endes auch getan habe. Es tut mir leid, Josie.« Wieder laufen ihr Tränen übers Gesicht und ich nehme ihr Gesicht in meine Hände und wische sie erneut weg.

»Nicht weinen.«

»Ich weine um deine Granny, um dich, um das, was du verloren hast. Es tut mir leid.«

»Nein, Josie, kein Mitleid, bitte. Ich will und brauche es nicht«, antworte ich ihr schnell.

Sie lehnt ihre Stirn an meine und flüstert: »Jason, ich will dieses Risiko. Ich will ein uns und es ist mir egal, ob ich mich gegen alle Mächte des Bösen stellen muss, aber ich will dich.«

»Bist du dir sicher? Deine Eltern werden uns Unmengen von Steinen in den Weg legen.«

»Lass meine Eltern meine Sorge sein. Kümmere du dich nur darum, dass ich dich haben und dich lieben kann. Und dass du nach jedem Rennen heil zu mir zurückkommst, Jason. Mehr verlange ich nicht.« Ich antworte ihr nicht, sondern lege endlich meine Lippen auf ihre. Sie seufzt und auch ich kann es mir nicht verkneifen.

Haben wir gerade tatsächlich die erste Seite für unser Happy End geschrieben? Obwohl ich in diesem Moment nicht glücklicher sein kann, ist da immer noch eine Stimme in meinem Kopf, die mir sagt, dass wir untergehen werden.

Josie

Zwei Monate später

Seit zwei Monaten sind Jason und ich nun zusammen. Es ist immer noch so surreal. Es läuft ausgezeichnet zwischen uns. Klar streiten wir uns oft, aber danach gibt es den heißesten Versöhnungssex, den ich je hatte. Selbst jetzt, wo ich verträumt am Esstisch meiner Eltern sitze, werde ich rot, wenn ich nur daran denke. Dieser Mann bringt mich total durcheinander.

»Josaline!«, donnert die Stimme meiner Mutter durch den Raum. Wie ich den Namen hasse.

Seit ich denken kann, heiße ich Josie, meinen vollen Namen nutzt sie nur, wenn sie mal wieder sauer auf mich ist.

»Ja Mutter?«, frage ich zuckersüß.

»Dein Vater redet mit dir. Vielleicht solltest du nicht so viel Zeit mit diesem Schmarotzer verbringen. Ich erkenne dich gar nicht mehr wieder.«

»Mutter, würdest du bitte aufhören, meinen Freund so zu nennen? Ich liebe ihn und nun schau nicht so entsetzt, du wusstest es schon die ganze Zeit. Ich wette, deine Freundinnen haben es dir schon vor Wochen beim Lunch erzählt, dass ich mit Jason zusammen bin.«

»Ja, und was glaubst du, wie ich mich gefühlt habe, als mich Carol darauf angesprochen hat, mit welchen Leuten du jetzt verkehrst.«

»Das ist mir egal, Mutter. Es ist mir generell gleichgültig, was ihr von uns haltet.« Ich zucke mit den Schultern und spieße eine Bohne mit der Gabel auf.

Aus dem Augenwinkel sehe ich, wie meine Mutter nach Luft schnappt und entrüstet dreinblickt.

Mein Vater sagt seltsamerweise gar nichts und das beunruhigt mich viel mehr. Er hat immer etwas an mir oder meinen Freunden zu meckern gehabt und da Jason mir erzählt hat, dass mein Vater bei ihm gewesen ist, bin ich doch stark verunsichert.

»David, nun sag doch auch mal was dazu«, schimpft meine Mutter drauflos.

»Was soll ich dazu sagen? Josie ist alt genug, um ihre Fehler zu machen.« Meine Mutter will protestieren, aber das Handy meines Vaters klingelt. Nach einem kurzen Blick auf das Display, steht er auf und entschuldigt sich.

David McGraw

Zur selben Zeit im Arbeitszimmer des Bürgermeisters

Ich setze mich an meinen Schreibtisch und nehme das Telefonat an.

»Warum dauert es so lange, bis Sie rangehen, Herrgott. Ich habe nicht nur Sie als Auftraggeber, McGraw. Warum wollten Sie einen Rückruf von mir?«, murrt die Stimme durchs Handy.

»Ich will, dass Sie den Freund meiner Tochter im Auge behalten, und wenn ich Sie wieder kontaktiere, dann sorgen Sie dafür, dass er sich ab sofort von meiner Tochter fernzuhalten hat.«

»Name?«, fragt die Stimme direkt.

»Jason Willard. Er wohnt hier in der Stadt über der Autowerkstatt eines gewissen Herbert Finnigan.«

»McGraw, diesmal wird es teurer als die letzten Male. Ich bin kein beschissener Babysitter-Service, damit das klar ist.«

»Ich verstehe das, aber Sie sind der Beste, und ich will, dass dieser Schandfleck ausradiert wird. Ich melde mich wieder.« Umgehend beende ich das Gespräch. Zufrieden lehne ich mich zurück, nicht mehr lange und alles läuft genau nach Plan.

Josie

Zurück im Esszimmer der Familie McGraw

Noch zwanzig Minuten dann holt Jason mich endlich von hier ab. Jedes Mal, wenn ich über diese Türschwelle trete, kommt es mir so vor, als wenn ich geradewegs in die Hölle hinabsteige.

Immer wieder schiele ich auf die antike Standuhr.

Fünfzehn Minuten. Plötzlich durchdringt ein Klingeln die endlos erscheinende Stille. Erschrocken zucke ich zusammen. Jason wird doch nicht zu früh sein? Ich bin dabei mich zu erheben, als meine Mutter breit grinst, aufsteht und zur Tür geht.

»Oh, schau mal, Schatz, wer hier ist. Hopper ist meiner Einladung zum Essen gefolgt. Ist das nicht fantastisch?« Shit.

»Fantastisch«, presse ich heraus.

»Oh, Josie. Schön, dich hier zu treffen.« Natürlich setzt er sich neben mich, während meine Mutter schnell losgeht und ein neues Gedeck holt. Seit wann holt sie die selbst?

»Ja, freut mich ebenfalls«, lüge ich und setze mein Fake-Lächeln auf.

»Es trifft sich gut, dass du hier bist, dann können wir die Einzelheiten unseres Dates besprechen, findest du nicht?«

Natürlich muss er das ausgerechnet jetzt erwähnen und natürlich in einer Lautstärke, damit meine Mutter es auch sicher mitbekommt. Freudestrahlend steht sie am Tisch. Dass ihr das gefällt, ist mir klar, schließlich ist ihr Jason ein Dorn im Auge.

»Oh, wie wundervoll. Dein Vater wird begeistert sein. Er ist schon immer der Meinung gewesen, dass ihr beide ein schönes Paar abgeben würdet.«

»Stopp, Mutter. Ich habe einen Freund. Jason. Ich schulde Hopper lediglich ein Essen, mehr wird nicht passieren.« Den Satz richte ich bewusst an Hopper, denn für meinen Geschmack glänzen seine Augen viel zu sehr. Auch dieses über die Lippen lecken schreckt mich eher ab, als dass es anziehend wirken würde.

»Du hast einen Freund? Etwa den Versager, den ich vor dem Knast retten musste? Ernsthaft?«

»Oh Himmel, dieser Abschaum war im Knast? Oh Gott, ich glaube mir wird schwindelig«, haucht meine Mutter theatralisch und setzt sich auf einen Stuhl. Ich will es richtigstellen, aber da steht mein Vater schon wieder im Raum.

»Oh Hopper, wie schön, dich zu sehen. Wie geht es deinem Vater?«

»Vielen Dank, ich freue mich sehr über die Einladung. Du weißt doch, Unkraut vergeht nicht. Er ist ein zäher Hund«, sagt er. Beide lachen auf. *Was geht hier ab?*

Als ich meinen Blick wieder zur Standuhr schweifen lasse, sehe ich, dass es bereits zehn Minuten nach der vereinbarten Zeit ist. Scheiße, ich muss los.

Galant und ohne Hast stehe ich auf, lege meine Serviette auf den Teller und wende mich meinen Eltern zu.

»Ihr entschuldigt mich, ich werde abgeholt.« Ich stehe auf und lasse mir von der Haushälterin meine Sachen geben. Sie ist so freundlich und öffnet mir sogar die Tür.

Mein Held steht wartend an seinen Audi gelehnt. Seine Arme sind vor der Brust verschränkt, es fehlt nur noch, dass er ungeduldig mit dem Fuß auf dem Boden tippt. Sein Gesicht hellt sich auf, als er mich erblickt.

Ich sehe ihm an der Nasenspitze an, dass er darauf wartet, dass ich mich in seine Arme werfe und wir einen heißen Zungentango vor dem Haus meiner Eltern vollführen.

Doch irgendwie wird es dann doch anders als in meiner Vorstellung, denn plötzlich werde ich am Ellenbogen zurückgehalten. Hopper steht hinter mir und raunt mir ins Ohr: »Der Scheißer kann dir nichts bieten, Honey, und das weißt du genauso gut wie deine Eltern und ich. Werde erwachsen und wähle die richtige Seite.« Mit gerunzelter Stirn sehe ich ihn an. Er lässt mich los und tritt mit Worten noch einmal nach.

»Ich freue mich schon sehr auf unser Date, Josie.« Hopper verschwindet so schnell, wie er aufgetaucht ist, wieder ins Innere des Hauses.

Ich schüttele meinen Kopf. Versuche, die Verwirrung, die sich dank Hopper eingenistet hat, abzuschütteln und laufe zu Jason.

Ich will ihm einen Kuss geben, doch er dreht seinen Kopf weg und schiebt mich ein Stück beiseite. Was ist denn nun los? Er umrundet das Auto und sagt: »Steig ein. Ich will hier nicht eine Minute länger bleiben«, ehe er auf dem Fahrersitz Platz nimmt. Toll, ganz großes Kino. Im Auto herrscht Totenstille und dieses Mal ist es keine angenehme.

Josie

Als wir seine Wohnung erreichen, steigt er aus und geht rein. Lässt mich einfach wortlos sitzen.

»Danke, fürs Abholen«, rufe ich ihm noch hinterher. So ein Arschloch.

Niedergeschlagen trotte ich nach ihm in die Wohnung und ziehe erstmal diese blöden Pumps aus.

Auch wenn es gerade nicht hierher passt, das Bild von meinen Schuhen neben seinen gefällt mir ausgesprochen gut. Ich schüttele den Kopf, lege meine Handtasche auf den Esstisch und gehe in die Küche, um mir ein Glas Wasser einzuschenken. Ich drehe den Wasserhahn auf und spüre, wie Jason den Raum betritt.

Ich fühle seine Erscheinung sofort. Ich drehe mich um. Jason kommt auf mich zu und kesselt mich zwischen seinen Armen und der Arbeitsplatte ein. Er beugt sich vor und spricht ganz nah an meinen Lippen.

»Hat es dir gefallen, dass der Wichser dir etwas ins Ohr geflüstert hat? Und vor allem, meine Schöne, was meint er damit, dass er sich auf euer Date freut? Rede, und zwar jetzt!« Seine Lippen berühren beinahe meine. Meine Lider senken sich. Gehen auf halbmast. Der Mund spitzt sich, aber statt mich wie gedacht zu küssen, entfernt er sich von mir.

Frustriert stöhne ich laut. Scheiße, jetzt werden wir streiten, ich weiß es ganz genau. *Augen zu und durch, Josie.*

»Erinnerst du dich noch daran, als du bei den Cops gesessen hast? Morty und Susan waren bei mir und baten mich um Hilfe, weil dein bester Freund wohl am Ende seines Lateins war.

Also habe ich unseren Familienanwalt angerufen, Hopper. Er ist gut in seinem Job und hat dich da ja auch erfolgreich rausgeboxt. Leider musste ich als Gegenleistung zustimmen, mit ihm zum Essen zu gehen.«

»Du hast bitte was getan?«, presst er heraus und ich sehe, wie seine Zähne aufeinandermahlen. Ich verdrehe innerlich die Augen. Ich wusste, dass wir streiten würden.

»Hör zu, ich hatte keine andere Wahl. Ich wollte ein gemeinsames Leben mit dem Mann, den ich liebe, und ihn nicht ständig hinter Gittern besuchen müssen.«

»Man hat immer eine Wahl, Josie. Genau das meine ich bei unseren ständigen Gesprächen. Ich ziehe Scheiße magisch an. Ich bin einfach nicht gut für dich. Herrgott, du musstest dich verkaufen, um einen Bastard wie mich vor dem Gefängnis zu bewahren.«

»Nun stell dich nicht so an und vor allem mach dich nicht immer schlechter, als du in Wirklichkeit bist. Es ist nur ein Essen mit dem Freund der Familie. Ich bin mit dir zusammen und das wird sich auch nicht ändern. Mach dir keine Gedanken deswegen.«

Ich nähere mich ihm. Lege ihm eine Hand auf die Brust und streichele diese durch das T-Shirt hindurch.

»Dir vertraue ich ja, aber ihm nicht. Wenn der seine Wichsgriffel nicht bei sich lässt, Josie, dann lernt er mich kennen und gibt mir einen Grund, in den Knast zu wandern«, grollt er. *Ah, da liegt also das Problem.*

Meine Hände wandern über den Stoff höher und legen sich schließlich um seinen Nacken. Leicht ziehe ich Jason zu mir nach unten. Drücke meinen Mund auf seinen und zeige ihm, dass ich nur ihm gehöre.

»Mhhh… ich liebe es, wenn du eifersüchtig bist«, schnurre ich in den Kuss.

***

Am nächsten Morgen werde ich von Küssen auf meiner Schulter geweckt.

»Aufstehen, mein Herz. Ich habe mir heute freigenommen. Wir fahren weg«, haucht Jason zart an meinem Hals. Wohlig seufzend genieße ich die Zärtlichkeiten. Es dauert einen Augenblick bis seine Worte zu mir durchdringen. Auf einmal bin ich hellwach und fahre wie ein Klappmesser hoch. Strahlend schaue ich ihn an: »Wir fahren weg?«

Er nickt und lächelt über das ganze Gesicht.

»Also zieh dich an. Kaffee wartet in der Küche auf dich.« Er küsst mich auf die Nasenspitze und steht vom Bett auf.

Ich lasse mich noch einmal in die Kissen fallen. Zappel und quieke herum. Ich bin so verdammt glücklich, ich könnte die ganze Welt umarmen.

»Josie. Anziehen. Jetzt«, kommt es aus der Küche. Lachend stehe ich auf, gehe ins Bad und mache mich frisch.

Als ich in den Spiegel schaue, erkenne ich mich gar nicht mehr wieder. Meine Wangen sind rosig, die Augen strahlen und das Grinsen will auch nicht verschwinden.

Auch die Tatsache, dass ich tatsächlich nackt hier stehe, ist für mich wie ein Weltwunder. So oft habe ich mir den Kopf zerbrochen, was andere über mich denken. Ich habe immer genau auf mein Aussehen und mein Äußeres geachtet. Erst seit Jason weiß ich genau, wie ich sein will. Wild, frei und so glücklich wie jetzt. Während ich mir die Zähne putze, fasse ich einen Entschluss.

Ich will nicht mehr nur die Tochter des Bürgermeisters sein, ich will Josie sein und vor allem selbst über mein Leben bestimmen. Aber alles zu seiner Zeit. Da ich mir mal wieder zu lange Gedanken gemacht habe, sehe ich meinen Freund im Spiegel. Seine starken, tätowierten Arme vor der Brust verschränkt und auf meinem Hintern starrend lehnt er am Türrahmen. Laszív leckt er sich über die Lippen.

»Also, wenn ich mir das hier so anschaue, denke ich, dass der Ausflug und der Kaffee noch eine Weile warten können. Oder was meinst du?« Wie ein Raubtier kommt er auf mich zu.

Ich erzittere und klammere mich am Waschbecken fest.

Jason steht ganz dicht hinter mir und streicht mein Haar zur Seite.

Sein heißer Atem trifft auf die freigelegte Haut und sofort überzieht mich ein wohliger Schauer. Seine andere Hand umfasst mich und bleibt auf meinem Bauch liegen, wo er Kreise um meinen Bauchnabel zeichnet.

»Ich glaube, wir müssen noch duschen, oder? Körperhygiene ist schließlich sehr wichtig.« Jason lässt von mir ab. Ich drehe mich um und sehe mit Freuden, wie er dabei ist, sich auszuziehen. Wieder hat er dieses freche Grinsen im Gesicht.

Nackt, so wie Gott ihn schuf, geht er in die Dusche und stellt sie an. Bei jeder Bewegung wippt sein steinharter Penis hoch und runter. Ich kann meinen Blick nicht von dem Schauspiel wenden. Es macht mich viel zu sehr an. Meine Pussy kribbelt voller Vorfreude auf das, was unweigerlich gleich geschehen wird.

Jason testet die Wassertemperatur und fordert mich auf, in die Kabine zu kommen, als diese warm genug ist. Er greift nach dem Duschschwamm, den ich mal mitgebracht habe und träufelt etwas Duschgel drauf.

Sachte seift er mich ein. Er fängt bei meinem Hals an, dann wandert das weiche Teil zuerst zu meiner linken, dann zu meiner rechten Brust. Genießerisch schließe ich die Augen. Das Wasser prasselt angenehm auf meine Haut. Ich spüre seine Lippen dort, wo zuvor der Schwamm entlanggefahren ist.

Während er dem Pfad mit seinen Küssen folgt, wandert der Schwamm weiter gen Süden. Holy Shit.

»Weißt du, dass du mich noch zur Nymphomanin machst?«, hauche ich heiser. Jason lacht laut auf und drückt mich gegen die Kacheln.

»Und was ist, wenn das mein Plan ist? Alles Berechnung«, feixt er und lässt den Schwamm fallen. Seine Finger berühren die Stelle, wo das Teil zuvor war. Langsam sinkt Jason auf die Knie. Seine Finger streichen mein Bein hinunter, bevor sie es anheben und über seine Schulter legen. Ehe ich mich versehe, drückt er seinen Kopf in meine Mitte. Seine Zunge schnellt hervor, trifft auf meine wild pochende Perle und lässt mich alles um mich herum vergessen.

***

»So könnte ich jeden Tag duschen«, lache ich mit noch immer roten Wangen, als wir endlich angezogen am Küchentisch sitzen. Meine Hände um die Kaffeetasse geschlungen, sehe ich zu meinem absoluten Traummann.

Ich kann es immer noch nicht fassen, dass ich meinen Prinzen gefunden habe. Er zwinkert mir zu und deutet eine kleine Verbeugung an.

»Stets zu Diensten, Mylady.« Lachend schüttele ich den Kopf. Manchmal ist er ein Spinner. Aber meiner. Ein Blick nach draußen und ich bin voller Tatendrang. Die Sonne scheint, es ist strahlend blauer Himmel. Beschwingt stehe ich auf und stelle meine leere Tasse in die Spüle.

»Los, nun komm schon, lahme Schnecke. Du hast mir noch einen Ausflug versprochen«, necke ich meinen Freund. Lachend steht er vom Stuhl auf, kommt zu mir und haucht mir einen Kuss auf die Nasenspitze.

»Dann lass uns gehen, Prinzessin.«

In der Werkstatt herrscht reges Treiben. Jason geht gerade auf das Brett mit den Schlüsseln zu, da kommt Herb durch eine der Türen gelaufen.

»Mein Junge, ich dachte, du hast frei?«

»Habe ich auch, aber Josie und ich haben noch was vor, alter Mann«, erwidert mein Freund und erntet von seinem Chef einen Klaps auf den Hinterkopf.

Ich stehe nur da und grinse selig vor mich hin. Als Jason mich ihm damals als seine Freundin vorgestellt hat, hat das Gesicht des Mannes wie eine Tausend-Watt-Lampe gestrahlt. Er hat sich sofort für uns gefreut und mich fest in den Arm genommen.

Ich weiß, dass Jason in ihm so etwas wie einen Vater sieht, deshalb war ich super erleichtert, dass er so reagiert hat.

»Dann habt mal viel Spaß. Ach und, Jason, komm doch bitte morgen nach Feierabend noch zu mir ins Büro. Wir müssen über etwas sprechen«, setzt Herb hinterher. Jason nickt. Gemeinsam steigen wir in den Pick-up und fahren los.

Die komplette Fahrt über ist mein wunderschöner Freund angespannt. Seine Knöchel an den Händen sind ganz weiß vom krampfhaften Festhalten des Lenkrades.

Zu gerne würde ich ihn fragen, was los sei, traue mich aber nicht. Er wird sich schon melden, wenn etwas nicht stimmen sollte.

Nach einigen Meilen klärt sich meine Frage von allein. Jason parkt den Wagen und wir steigen aus. Ohne ein Wort laufen wir nebeneinander den Weg zum Friedhof. Nach ein paar Abzweigungen haben wir unser Ziel erreicht.

Jason nimmt meine Hand in seine und umklammert sie fest. Beruhigend drücke ich sie. Vor einem noch relativ frischen Grab bleiben wir stehen. Viele bunte Blumen liegen darauf. Es sieht aus wie eine Decke, die die Person, die dort drunter liegt, komplett einhüllt. Es ist wunderschön. Jason lässt mich los und geht auf den Grabstein aus Marmor zu.

Seine Finger streichen zitternd über die Inschrift. Und zum ersten Mal lese ich den Namen, der auf dem Stein steht: Leonora Willard.

Jason

Die eingemeißelten Buchstaben fühlen sich so falsch unter meinen Fingern an. Leo sollte nicht in einem Grab liegen, sondern hier bei mir stehen. Es ist erst das zweite Mal seit der Beerdigung, dass ich sie hier besuche. Und das erste Mal, dass ich jemanden dabeihabe.

Ich bin mir nicht sicher, ob es die richtige Entscheidung ist, Josie mitzunehmen, doch es ist mir wichtig, dass die beiden sich kennenlernen. Leo soll vom Himmel aus sehen, dass tatsächlich eingetroffen ist, was sie sich so sehr für mich gewünscht hat.

»Hey Grandma, ich weiß, ich hätte öfter vorbeischauen sollen ... Ach, das ist doch bescheuert.« Mitten im Satz höre ich auf und lege meinen Kopf in die Hände. Schließe die Augen und versuche, die Wut und die Trauer weg zu atmen. Wie habe ich nur denken können, dass ich einfach so mit Leo sprechen könnte? Ich bin so ein Depp.

Ich blicke auf, drehe mich vom Grab weg und will gehen, doch Josies zierliche Hand hält mich davon ab. Aufmunternd drückt sie meinen Arm, ehe sie zu sprechen anfängt.

»Hallo Mrs. Willard, ich bin Josie, die Freundin von Jason. Zwar hatten wir nicht mehr die Chance, uns kennenzulernen, aber Jason erzählt mir sehr viel von Ihnen, dadurch habe ich das Gefühl, dass wir uns schon seit Ewigkeiten kennen. Bitte entschuldigen Sie seinen Ausbruch eben. Sie wissen ja, wie er manchmal sein kann, wenn er mit etwas nicht zurechtkommt.« Josie lacht leise und dennoch kann ich Traurigkeit in ihrer Stimme hören.

In dem Augenblick wird mir klar, dass ich diese Frau nie wieder gehen lassen darf. Ich drehe mich wieder um. Gemeinsam sehen wir auf das Grab und endlich finde ich meine Stimme wieder.

»Es tut mir leid, Granny. Ich bin ... ich bin einfach überfordert. Es gibt so viel, was ich dich fragen, dir sagen möchte, aber nun muss ich mit einem beschissenen Stein reden. Das ist nicht fair.« Meine Stimme zittert und ich bin den Tränen nahe.

Josie zuckt neben mir leicht zusammen und ich merke selbst, wie scheiße sich das gerade angehört haben muss.

»Fuck! Es tut mir leid«, fluche ich und fahre mir mit beiden Händen verzweifelt durch die Haare. Das gibt es doch nicht, wieso kann ich nicht einfach normal mit Leo reden? So wie früher, ohne Fluchen, ohne zittrige Stimme und ohne diese beschissenen Tränen, die sich einen Weg rausbahnen wollen.

Ich lasse mich vor dem Grab nieder. Sitze nun da und zupfe an einer Blume, die in meiner Nähe wächst.

Josie setzt sich neben mich und lehnt ihren Kopf an meine Schulter. Wir schweigen.

Jeder hängt seinen eigenen Gedanken nach. Vogelgezwitscher und das Rascheln der umliegenden Bäume ist zu hören. Es wirkt alles so friedlich hier und doch ist es ein Ort, dem so viel Trauer innewohnt. Immer wieder wischt Josie sich über die Augen. Dass sie diese Situation hier genauso mitnimmt wie mich, zeigt mir nur, wie sehr sie mich liebt.

»Leo hätte dich für deine Art vergöttert«, unterbreche ich flüsternd das Schweigen.

»Granny hat mich immer darauf hingewiesen, dass ich nicht nur arbeiten, sondern mir eine liebe Freundin suchen soll. Es hat ja keiner ahnen können, dass ich tatsächlich mal in Erwägung ziehen würde, eine Beziehung zu führen und mich zu verlieben«, lache ich leise und greife nach Josies Hand, um sie an meine Lippen zu führen und zu küssen.

»Sie war bestimmt eine ganz tolle Frau, immerhin hat sie es geschafft, dass du zu einem wunderbaren und liebevollen Mann herangewachsen bist.« Ich schaue sie an und ziehe eine Augenbraue hoch.

»Okay, okay, manchmal bist du ein Arsch.« Ja, das trifft es schon eher. Der Damm in mir ist gebrochen und ich rede drauf los. Abwechselnd erzählen wir Leo, was alles in letzter Zeit passiert ist.

Immer wieder müssen wir lachen oder auch weinen. Perfekter könnte es in dem Augenblick für mich nicht sein.

***

Bei der Rückfahrt hängt noch jeder seinen Gedanken nach. Nur die Songs im Radio sind im Auto zu hören.

Ich beobachte im Rückspiegel einen schwarzen Geländewagen. Seit dem Friedhof hat er hinter uns geklebt, aber nicht überholt. Selbst als ich die Geschwindigkeit gedrosselt habe, ist er strikt hinter uns geblieben.

Merkwürdig, da ist doch was faul. *Du guckst zu viele Actionfilme, Jason,* ermahne ich mich. Trotzdem behalte ich das Auto weiterhin im Auge. Wir biegen in die Straße zu Josies Wohnung ein.

Erleichtert atme ich auf, als der SUV weiterfährt statt ebenfalls abzubiegen. Seit wann bin ich eigentlich paranoid? Derjenige hätte ja genauso gut auf dem Friedhof gewesen sein und nun nach Hause wollen können.

***

Am Abend liegen wir auf Josies Sofa, als es an der Tür klingelt. Sie drückt die Pausetaste des Streamingdienstes und geht zum Eingang.

»Ach, leben wir auch noch?«, höre ich eine angepisste Susan rufen und muss lachen. Ja, wir haben in den letzten Wochen unsere Freunde reichlich vernachlässigt. Zwischen Morty und mir steht auch noch eine Aussprache aus. Josie sagt etwas, was ich aber nicht verstehen kann. Gemeinsam kommen Josie, Susan und Morty ins Wohnzimmer.

Morty? Was macht er denn hier?

»Gibt's euch zwei jetzt eigentlich nur noch im Doppelpack?«, zickt Susan gleich weiter. Und da ich diesen Ton gar nicht leiden kann, antworte ich ihr: »Und ihr zwei? Wird das jetzt auch zur Gewohnheit?« Susan schnappt nach Luft. Ihre Wangen färben sich rot, ob aus Verlegenheit oder Wut kann ich nicht deuten.

Morty hingegen zuckt bei meinen Worten zusammen und fasst sich nervös an den Nacken.

»Es tut uns leid, dass wir uns nicht gemeldet haben. Wir brauchten ein wenig Zeit für uns«, versucht Josie, die Wogen zu glätten, ehe ein Streit ausbricht. Da ich irgendwie alle Blicke auf mir spüre, verdrehe ich die Augen und frage meinen besten Freund, ob er mit auf den Balkon kommen möchte.

Er willigt mit einem Nicken ein und so verkrümeln wir Männer uns, damit die Frauen in Ruhe reden können. Ich lehne mich ans Geländer und warte auf die Standpauke, die unweigerlich kommen wird. Morty aber steht nur da und schaut auf den Park.

»Komm schon, Morty, lass alles raus«, stachele ich ihn an und breite die Arme weit aus.

Schmerz durchzuckt meinen Kiefer, und ich brauche einen Augenblick, um zu realisieren, was geschehen ist. Den Kinnhaken habe ich nicht kommen sehen. Wer rechnet denn auch damit, dass er mir eine verpassen wird? Wie ein Mann nehme ich es hin. Nach meinen ganzen Aktionen habe ich den Schlag mehr als verdient. Ich war kein guter Kumpel, sondern ein abgewrackter Arsch.

»Jetzt habe ich alles rausgelassen, mein Freund.« Er hält mir seine Hand hin und ich schlage ein.

»Wenn du noch mal so eine Scheiße abziehst oder Josie in irgendeiner Weise schlecht behandelst, dann ist der Kinnhaken dein kleinstes Problem, ist das klar?« Er dreht sich um und geht wieder in die Wohnung. Ich habe mit einer größeren Standpauke, aber keinem Kinnhaken gerechnet.

»Ehrlich jetzt? Du bist mein bester Freund. Solltest du nicht eher zu mir halten?«, rufe ich ihm hinterher. Ich höre ihn nur auflachen, sehe aber in meinen Gedanken, wie er den Kopf schüttelt.

Das Wissen zaubert mir ein Grinsen ins Gesicht. So sind wir Männer. Scheiß auf das ewige Gequatsche um Gefühle. Einmal eine Faust in die Fresse bekommen und alles ist wieder in Ordnung.

Unbekannt

Eine Straße weiter in einem schwarzen SUV

In Zeiten wie diesen hasse ich meinen Job. Ich hasse es, als beschissener Babysitter abgestellt zu werden. Normalerweise mache ich die Ansagen und scheiße auf das Gelaber meiner Auftraggeber. Allerdings ist die Sachlage hier eine andere.

McGraw zahlt immens gut und wie sagt man so schön: Geld regiert die Welt. Wenn der Wichser von Bürgermeister anruft und mit den Dollarscheinen wedelt, wäre ich ein Narr, wenn ich dies nicht annehmen würde.

Er beauftragt mich ja nicht zum ersten Mal, um Dinge zu erledigen, damit er sich seine Hände nicht schmutzig macht. Ich zücke mein Handy und wähle seine Nummer.

»Was wollen Sie? Ich habe nicht viel Zeit.«

»Ich will endlich wissen, was ich hier machen soll. Ich habe keinerlei Bedarf, den Stecher ihrer Tochter weiter zu beschatten, wenn nichts passiert«, knurre ich ins Handy.

»Ja, ja, ist ja gut. Kommen Sie heute Abend in mein Büro, dort besprechen wir alles Weitere. Und denken Sie dran, niemand darf Sie sehen.« Der Bastard legt einfach auf, ohne auf eine Bestätigung von mir zu warten. Ich hasse so was.

Er ist nicht mein einziger Kunde, auch wenn er sich so aufführt. Vielleicht sollte ich ihm das mal deutlich machen. Wenigstens geht es mal voran. Dieses ständige auf der Stelle stehen wird allmählich ziemlich langweilig.

Jason

Entnervt lassen Josie und ich uns in die weichen Kissen der Couch fallen.

»Ist es seltsam, wenn ich mir unter Susans Blick vorgekommen bin, als wenn ich mit deiner Mutter sprechen würde? Das ist gruselig. Ich hatte Gänsehaut«, sage ich erschöpft und massiere mir meine Nasenwurzel.

Plötzlich lacht sie und gluckst: »Das war noch harmlos. Warte mal ab, bis du wirklich mit meiner Mutter sprechen musst, dann darfst du dich beschweren, mein Lieber.« Ich kneife die Augen zusammen.

»Wollen wir nicht abhauen? Komm, wir verlassen dieses Kaff und bauen uns woanders etwas auf.« Kaum gedacht, spreche ich die idiotische und gleichzeitig geniale Idee aus. Für mich fühlt es sich an, als wäre das die Lösung für alle unsere Probleme. Woanders sind wir nicht der Loser und die Tochter des Bürgermeisters, woanders sind wir einfach nur ein Paar, das sich eine Zukunft aufbaut. Je länger ich darüber nachdenke, desto verlockender wird die Idee für mich. Aber als ich Josie anschaue fühlt es sich an, als würde ein Eimer kaltes Wasser über meinem Kopf ausgeleert werden. Sie hat die Augen weit aufgerissen und sieht aus wie ein gehetztes Reh.

»Wo kommt das denn jetzt her? Was hast Du auf einmal für komische Gedanken?«, fragt sie völlig entgeistert.

»Ich bin es leid, an jeder Ecke angestarrt zu werden. Jeder Idiot glotzt mich an. Ist dir nie aufgefallen, wie sie uns beobachten? Wie sie nur darauf warten, dass unsere Beziehung in die Brüche geht, weil es nicht sein kann, dass du dich in mich verliebt hast? Ich hasse es hier.« Entnervt schließe ich die Augen und möchte am liebsten die ganze Welt ausblenden.

»Jason, bist du verrückt? Niemand starrt uns an. Keinen interessiert es, ob wir zusammen sind oder nicht. Und wenn doch, ist mir scheißegal, was andere von uns denken.«

Nun öffne ich doch die Augen und schaue auf. Ihre Stirn ist mit dieser Falte verziert, die sie immer hat, wenn sie sich aufregt und auf die ich normalerweise total abfahre. Aber jetzt sagt mir die Falte, dass Josie überhaupt nicht meiner Meinung ist und nicht verstehen kann, was ich meine. Unsere Handys fangen gleichzeitig an zu klingeln. *Was ist denn heute nur los?* Wir schauen uns noch einmal an, ehe ich mich zu ihr vorbeuge und ihre Stirn glatt streiche. Ich greife zum Handy, das auf dem Tisch liegt, und stehe vom Sofa auf. Durch einen Blick auf das Display stelle ich fest, dass es Morty ist. Während ich auf den Balkon gehe, nehme ich den Anruf entgegen. Im Hintergrund höre ich, wie Josie ebenfalls das Telefonat annimmt.

»Alter, hast du solche Sehnsucht nach mir? Du bist erst dreißig Minuten weg.«

»Ja, Jason, ich verzehre mich nach dir. Schade, dass es Josie gibt. Ich hätte dir jetzt gerne meine unsterbliche Liebe gestanden«, feixt er. Lachend schüttele ich den Kopf.

»Was willst du wirklich?« Ich drehe mich so hin, dass ich durch das Fenster Josie beobachten kann, die ebenfalls ihrem Gesprächspartner zuhört.

»Erde an Jason. Bist du noch bei mir?«, reißt Morty mich aus meiner Beobachtung.

»Oh, was hast du gesagt?«

»Boah, ehrlich jetzt? Mann, du nervst. Ich sagte, morgen Abend ist ein Rennen. Vlad will unbedingt wieder fahren. Offensichtlich hat auch er einen guten Anwalt gehabt. Er ist ebenfalls draußen und will nun eine Revanche.« Ach ja, da war ja was. Ich warte auch immer noch auf eine Antwort von diesem Wichser Hopper. Hoffentlich ist er wirklich so gut, wie er Josie versprochen hat. Ich will nicht in den Knast, wo es mit uns gerade so gut läuft.

»Jason!«, donnert es durch mein Smartphone.

»Jaaa, ich bin noch da. Schrei doch nicht so, Herrgott.«

»Also morgen. Zwanzig Uhr. Gleiche Strecke.« Ich stimme zu und verabschiede mich von ihm.

Josie ist immer noch am Telefonieren. Trotzdem gehe ich wieder rein. Ich schlinge meine Arme um sie und tupfe ihr zarte Küsse auf den Hals.

»Okay, Hopper. Dann hol mich halt am Samstagabend ab. Ja, zwanzig Uhr ist in Ordnung.« Moment mal, Hopper? Der Schlipsträger ruft sie an? Fuck! Sie beendet das Gespräch und ich löse mich von ihr.

»Was wollte er?«, frage ich gepresst. Sie zuckt mit den Schultern. »Unser Date abstimmen. Jason, ich muss das hinter mich bringen, dann nervt er nicht mehr und wir haben Ruhe vor ihm«, versucht sie, mich zu beschwichtigen. Scheiße, nein. Das gefällt mir ganz und gar nicht.

»Ich komme mit. Setze mich einfach ein paar Tische weiter weg von euch und wenn ihr gegessen habt, fahren wir wieder. Ganz einfache Logik.« Ein grandioser Einfall von mir. In Gedanken klopfe ich mir dafür auf die Schulter.

»Nein. Du wirst schön bei dir zu Hause bleiben und dort auf mich warten«, nimmt sie mir den Wind aus den Segeln.

»Ich lasse dich doch nicht mit diesem Idioten allein. Ich bin nicht dumm, der will dir an die Wäsche. Wenn er das wagt, dann ist Feierabend für ihn.«

»Nun komm mal runter, Jason. Dazu gehören immer noch zwei und ich lasse mich ganz sicher nicht befummeln. Was hältst du bitte von mir?« Entrüstet sieht sie mich an. Streiten wir ernsthaft wegen diesem Gnom? Das ist doch beschissen. Ich raufe mir die Haare. Themenwechsel. Sofort!

»Ich habe morgen ein Rennen. Willst du mitkommen?«, frage ich sie in der Hoffnung, dass sie den Wink versteht und das Thema Hopper gut sein lässt. Mein Mädchen versteht und nickt leicht.

»Du willst echt wieder fahren? Was ist, wenn ihr wieder erwischt werdet? Jason, noch mal krieg ich dich da nicht raus«, gibt sie ihre Bedenken preis und kaut auf ihrer Unterlippe herum. Ich streiche ihr eine Strähne hinters Ohr.

»Es wird gut gehen. Und so was nennt man Risiko. Es kann immer irgendwas passieren. Mach dir keine Gedanken. Komm mit und genieß den Augenblick. Feier mich danach.« Ich zwinkere ihr zu und sie lacht. Da ist ja wieder dieses wunderbare Lachen. Schon sind alle Sorgen wie weggewischt und die Sonne geht wieder auf.

***

Der nächste Tag ist stressig. In der Werkstatt ist die Hölle los. Alle wollen bis Freitag noch unbedingt ihre Autos fertig gemacht haben. Als wenn sie nicht schon die ganze Woche wüssten, dass ihr Auto kaputt ist. Aber nein, sie müssen warten bis zur letzten Minute. Dann kommen sie und machen uns Hektik. Die Menschen werden immer bekloppter.

Endlich läutet Herb den Feierabend ein und reicht mir mit einem Nicken zu seinem Büro eine Limo. Schweigend folge ich ihm und setze mich auf den Stuhl vor seinen alten, überfüllten Schreibtisch.

»Junge, du bist der beste Mechaniker, den ich habe. Wer hätte geahnt, dass der Junge von damals, der bei meiner Frau und mir ein- und ausging, sich so machen würde? Ich ganz sicher nicht.« Herb schmunzelt und schwelgt in der Vergangenheit.

»Du warst so ein rebellischer Junge, hast dir nie etwas sagen lassen und uns oft zur Weißglut getrieben. Dann fingst du hier zu arbeiten an und bist regelrecht aufgeblüht. Eigentlich hast du den Laden zu dem gemacht, was er heute ist. Aber ich bin nicht dumm. Ich weiß von deinen illegalen Rennen.« Vielsagend schaut er mich über den Rahmen seiner Brille an. Shit. Er weiß es?

Ich schlucke kräftig und drehe gedankenverloren die Limo zwischen meinen Fingern.

»Seit wann?« Als Antwort bekomme ich nur ein verschmitztes Grinsen.

»Worauf ich eigentlich hinauswill ... Zuerst habe ich mit dem Gedanken gespielt, dir irgendwann den Laden zu überschreiben. Doch ich habe noch mal gründlich drüber nachgedacht und bin zu dem Entschluss gekommen, dass du viel mehr verdient hast, als in dieser Kleinstadt zu versauern.« Was wird das jetzt hier? Ich stehe komplett auf dem Schlauch. Soll das heißen ich bekomme die Werkstatt doch nicht? Wofür reiße ich mir dann jeden Tag den Arsch auf? Herb merkt zwar, dass ich langsam sauer werde, lässt sich dadurch aber nicht aus der Ruhe bringen. Er macht einfach weiter.

„Jason, jeder Jugendliche spricht hier über dich. Zwar unter vorgehaltener Hand, aber alle reden darüber.

Du sollst der Beste sein. Ich will, dass du deinen Traum leben kannst, so wie ich meinen hier verwirklicht habe. Und zwar ohne, dass ich dir im Weg stehe oder du Angst wegen dem Gesetz haben musst.« Er macht eine Pause und spannt mich noch ein bisschen auf die Folter.

»Also habe ich ein paar Anrufe bei alten Bekannten getätigt und dir ein Probetraining beim California Racing Team verschafft."

Mir rutscht fast die Flasche aus den Händen. Er hat was getan? Sprachlos sitze ich da und kann nur den Mann anstarren, der an mich glaubt und mich in allem unterstützt. Ich kann es nicht fassen, was er da eben gesagt hat. Ich soll nicht sein Nachfolger werden, dafür hat er mir aber ein Probetraining besorgt. Aber nicht irgendeins, sondern eines bei der Nummer zwei der besten Racingteams in ganz Amerika.

Heilige Scheiße! Das kann nur ein Traum sein, oder? Ich muss noch schlafen, ganz sicher.

»Junge, hast du mir zugehört? Hast du verstanden, was ich gesagt habe?« Ich kann nur nicken. Irgendwie komme ich mir wie der größte Volldepp vor.

Herb kritzelt etwas auf ein Blatt Papier. Steht auf, legt mir den Zettel hin und die Hand auf die Schulter.

»Ich bin unfassbar stolz auf dich, mein Junge. Ruf da an und zeig es allen.« Wie in Trance schaue ich auf das Blatt Papier vor meiner Nase. Heilige fucking Scheiße! Ich springe auf. Der Stuhl wackelt bedrohlich. Nehme den Zettel an mich, der für meine komplette Zukunft steht. Ich muss zu Morty. Ganz schnell!

***

Seit zwei Stunden sitzen wir auf seiner Couch und starren auf dieses beschissene Blatt Papier.

»Alter, das ist verrückt. Das ist absolut verrückt«, murmelt er immer wieder vor sich hin. Kann ebenfalls nicht fassen, was Herb für mich getan hat.

»Ja, oder? Scheiße, Morty. Kalifornien, Mann. Und dann das verdammte Racingteam. Nie mehr die Polizei im Nacken haben, ich kann fahren, kann richtige Preise gewinnen, kann jeden gottverdammten Tag das tun, wofür ich lebe.«

»Du musst mit Josie sprechen. Ich meine, Kalifornien ist nicht mal eben um die Ecke«, bringt mein bester Freund mein einziges Problem zur Sprache und bohrt damit in eine tiefe Wunde. Vor dem Gespräch würde ich mich am liebsten drücken.

Gestern haben wir kurz darüber diskutiert, ob wir abhauen sollen. Jetzt ist die Möglichkeit da, dass es tatsächlich Realität wird, aber ihre Reaktion hat mir schon gezeigt, dass sie nicht bereit dazu ist.

»Mach ich bald«, verspreche ich ihm, als ich seinen mahnenden Blick auf mir spüre.

»Okay, dann lass uns dein letztes illegales Rennen bestreiten. Was sagst du dazu?« Innerlich zieht sich alles in mir zusammen. Mein letztes Rennen hört sich so endgültig an. Was ist, wenn es mit dem Training nicht klappt? Wenn ich es versaue, werde ich als Looser zurückkommen. Ich schüttele mit dem Kopf, um die negativen Gedanken zu verdrängen.

»Nein, wir wissen doch noch gar nicht, ob das klappen wird. Wenn sie mich nicht nehmen, habe ich wenigstens die Rennen hier noch. Warten wir einfach ab und erzählen es erst mal niemandem«, sage ich mit Nachdruck. Morty ist nicht begeistert, das sieht man ihm an der Nasenspitze an. Er würde die illegalen Rennen lieber heute als morgen beenden. Ich habe schon immer gewusst, dass er nichts von ihnen hält. Sie bringen durch die Wetten viel Geld, aber es ist auch immer ein Drahtseilakt zwischen Leben und Tod.

***

Wieder zu Hause sehe ich Josie vor meiner Wohnungstür stehen. Heute ist sie verdammt heiß angezogen. Sie trägt ein rotes Top, welches einen tiefen V-Ausschnitt hat und die Ansätze ihrer Brüste freigibt. Dazu die Hotpants mit den Fransen und Löchern. Ihre leicht gebräunte Haut schimmert in der Sonne. Und das alles ist MEINS. Ich gehe auf sie zu, nehme sie in den Arm und küsse sie innig. Dann löse ich mich von ihr und grinse. Ich bin so ein verdammtes Glücksschwein.

»Ich habe dich vermisst.«

»Es waren nicht mal zehn Stunden, Jason.« Aber das Funkeln in ihren Augen straft ihre Worte Lügen. Natürlich hat sie mich ebenfalls vermisst. Ich hau ihr leicht auf den Po, was sie empört aufschnappen lässt.

Gemeinsam steigen wir in mein Baby, das mir eventuell meinen letzten Sieg auf den Straßen von Friendly Falls schenken wird.

***

Es rumort in meinem Bauch, als ich erneut auf dieses beschissene Werksgelände fahre. Josie scheint meine Unruhe zu bemerken und greift nach meiner Hand.

»Dieses Mal wird alles gut gehen.« Mit meinen Worten versuche ich, sie und auch mich zu beruhigen.

»Ich schwöre dir, wenn ich dich hinter Gittern besuchen muss, dann werde ich dir niemals etwas mitbringen. Schreiben werde ich dir auch nicht, damit du es weißt«, knurrt sie. Ich lache und zwinkere ihr zu. Und wie sie mir schreiben würde.

Wir kommen dem Ziel näher. Die Menschentraube ist schon zu sehen. Verdammt! Das passt mir gar nicht, nachdem wir das letzte Mal hochgenommen worden sind. Wieso wurde dieses Rennen nicht geheim gehalten? Nur ein Rennen zwischen Vlad und mir.

***

Bei der Startlinie bleibe ich stehen, steige aus und umrunde mein Baby. Josie sieht mich lächelnd durch die Scheibe an. Sie liebt es, wenn ich den Gentleman raushängen lasse. Ich öffne die Tür und halte ihr meine Hand hin. Sie nimmt sie und steigt aus.

Wir begrüßen einige der Leute und es gibt tatsächlich Tussis, die es nicht verstehen, dass Josie meine Freundin ist. Die beiden Zwillinge vom letzten Rennen sind in Position, um sich an mich zu krallen. Josie scheint dies nicht zu entgehen, denn sie wirft den beiden Zicken mörderische Blicke zu, ehe sie mir eine Hand in den Nacken legt und mich vor aller Augen küsst.

Sie stellt klar, dass ich ihr gehöre. Pfiffe und Gejohle ertönen um uns herum. Einige klatschen sogar. Ich grinse an ihren Lippen und sage: »Ich glaube, jetzt hast du dein Revier genug markiert. Anpinkeln willst du mich hoffentlich nicht auch noch, oder?« Josie drückt mich von sich und sieht mich aus zusammengekniffenen Augen an.

»Einer muss es ja tun. Du hast scheinbar den Biss verloren, Willard.« Gespielt entsetzt schnappe ich nach Luft.

»Na warte. Wenn wir zu Hause sind, dann zeige ich dir gerne meinen - wie hast du es genannt - Biss«, grolle ich, was sie erschaudern lässt.

Vlad kommt mit Susan im Arm auf uns zu und reicht mir seine Hand. »Auf dass du dieses Mal Zweiter wirst, Willard. Es wird langsam Zeit abzudanken.« Ich lache über seinen Scherz, schlage aber trotzdem ein. Als wäre es abgesprochen, gehen wir zu unseren Wagen und steigen ein. Ab jetzt heißt es, dass ich mich vollkommen konzentrieren muss.

Meinen Blick auf die Bitch vor uns gerichtet, warte ich darauf, dass sie das Startsignal gibt. Mein Körper ist zum Zerreißen angespannt. Meine Finger sind fest ums Lenkrad geschlungen.

Es dauert nicht mehr lange, ich sehe es an dem Zucken ihrer Arme. Die Beifahrertür öffnet sich und jemand setzt sich auf den Sitz.

Verärgert wende ich mich zu der Person und reiße die Augen auf, als ich Josie dort sitzen sehe. Das kann doch nicht ihr beschissener Ernst sein?

»Bist du bescheuert? Raus hier, sofort!«, schreie ich sie an.

»Jason. Mein Leben, meine Entscheidung. Und jetzt Augen nach vorne.« Ich bin kurz davor zu platzen und sie aus dem Wagen zu schmeißen. Die Alternative, das Rennen nicht anzutreten, kommt nicht in Frage, aber sie kann nicht im Wagen bleiben.

Aus dem Augenwinkel sehe ich, dass die Bitch die Arme hebt. Fuck! Verdammte Scheiße! Ich setze mich richtig hin und versuche, mich wieder zu konzentrieren. Versuche, Josie neben mir auszublenden. Es ist zu spät für den Rausschmiss.

Die Arme der Bitch senken sich. Ich trete das Gas nicht voll durch, will nicht, dass die Reifen durchdrehen und ich dadurch kostbare Sekunden verliere. Wir preschen nach vorne. Ein spitzer Freudenschrei löst sich aus Josies Kehle und macht mir wieder bewusst, dass ich nicht alleine im Wagen sitze.

***

Es ist wie bei jedem Rennen. Vlad und ich liefern uns ein Kopf-an-Kopf-Rennen. Nur dieses Mal bin ich nicht so risikofreudig wie sonst. Achte mehr darauf, nicht zu nahe an den Straßenrand zu kommen und mehr Abstand zu Vlad zu halten. Dieser unterschätzt mal wieder die Kurve und kommt meinem Wagen mit seiner Schnauze gefährlich nahe. Schnell gebe ich mehr Gas. Erhöhe den Abstand und achte weiter darauf, dass dieser auch so bleibt.

Josie ist von dem Adrenalinkick so aufgedreht, dass sie kaum ruhig sitzen kann. Ich muss drauf achten, dass sie mich nicht ablenkt. Und doch weiß ich genau, wie sie sich gerade fühlt. Mir geht es nicht anders. Aber ich kann mich beherrschen und zeige es nicht.

»Das ist der absolute Wahnsinn. Das ist wie Fliegen, Jason. In meinem Bauch kribbelt es. So was habe ich noch nie erlebt«, schreit Josie voller Euphorie.

Ich lache kurz auf, lege meinen Fokus dann aber sofort wieder auf die Straße. Wenn wir hier durch sind, dann kann sie was erleben. So eine Horrorfahrt mache ich nie wieder mit. Nicht einmal Morty war so dreist, sich einfach in meinen Wagen zu setzen.

Endlich kommt wieder eine gerade Strecke. Ich gebe mehr Gas. Aber der Wagen wird nicht schneller. Ich trete das Pedal bis zum Anschlag durch, aber es kommt kein Schub. Nichts passiert. Der Zeiger des Drehzahlmessers schlägt plötzlich aus. Pendelt zwischen dem roten Bereich und der zehntausend Linie hin und her. Fuck!

Irgendwas stimmt hier gewaltig nicht. Mein Baby fängt an zu ruckeln. Nein, nein, nein, das darf jetzt nicht wahr sein. Immer wieder spiele ich mit dem Gaspedal, bis der Wagen endlich einen Satz nach vorne macht. Die Anzeige reguliert sich wieder und zeigt mir die richtigen Umdrehungen an. Puh. Glück gehabt.

Dennoch muss ich nachher schauen, was los gewesen ist.

Vlad rauscht an uns vorbei und erdreistet sich sogar, uns den Mittelfinger zu zeigen, wie ich von Josie lautstark erfahre. *Das kriegst du wieder, Schlappschwanz.* Ich trete das Pedal bis auf den Boden. Will den riesigen Abstand verringern, den Vlad aufgebaut hat und ihn noch kurz vor dem Ziel überholen. Josie neben mir fängt an zu kichern, als sie in den Sitz gedrückt wird. Ich schaue zu ihr. Nur eine Sekunde.

Noch nie habe ich mich vollkommener gefühlt als in diesem Augenblick. Sie sieht so hübsch aus mit ihren glänzenden Augen und den vor Aufregung rötlichen Wangen.

»Jason, pass auf«, schreit mein Mädchen plötzlich und krallt sich an den Griff der Tür. Es dauert einen Moment, bis ihre Worte in meinen Kopf dringen, doch dann wende ich schnell meinen Blick auf die Straße vor uns.

Sofort drücke ich auf die Bremse, aber es tut sich nichts. So wie eben mit dem Gas geht mein Tritt ins Leere. Fuck! Immer wieder trete ich auf das Scheißteil und hoffe, dass der Wagen endlich bremst.

»Jason, brems, verdammt noch mal!« Josies Stimme wird immer schriller.

Mit Schrecken sehe ich dabei zu, wie wir Vladimir, der mittlerweile die Ziellinie passiert hat und seinen Wagen mitten auf der Straße parkt, rasant näher kommen. Mein Puls schnellt in die Höhe und Panik macht sich in mir breit. *Das schaffen wir nicht*, denke ich, doch dann merke ich einen klitzekleinen Widerstand unter meinem Fuß. Hoffnung blitzt auf.

Die Geschwindigkeit reduziert sich, aber nur minimal. Vlad steigt aus seinem Wagen, will sich von der Menge am Rand feiern lassen. Er sieht uns auf sich zu rasen.

Für einen Moment bleibt er stehen, rennt dann aber von der Straße. Mir wird bewusst, dass wir es keineswegs schaffen werden, vor seinem Auto zum Stehen zu kommen.

»Tu doch was!«, heult Josie. Mir tut es in der Seele weh, sie so zu hören.

Der Widerstand verschwindet wieder. Meine Hoffnung ebenso. Kurz vor dem stehenden Wagen weiche ich aus und lenke rüber auf den Grünstreifen. Ein fataler Fehler, wie ich im nächsten Moment feststelle. Es ruckelt und wackelt alles. Ich habe den Wagen nicht mehr unter Kontrolle und er bricht aus.

Ich versuche gegenzulenken, aber es bringt nichts. Ein lauter Knall ist zeitgleich mit Josies Horrorschrei zu hören. Metall quietscht. Glas zersplittert. Abrupt kommen wir zum Stehen. Ich werde nach vorne gegen den Lenker geschleudert, um im nächsten Moment vom Airbag zurück in den Sitz gedrückt zu werden. Ich höre mich schwer atmen. Verstehe nicht, was eben passiert ist.

Ich versuche, nach Josie zu greifen, aber ich kann meinen Arm nicht anheben. Ich bin zu schwach und so unendlich müde. Ein letztes Mal denke ich an meine wunderbare Freundin, dann wird alles schwarz um mich herum.

Josie

Friendly Memorial
2 Tage später

Manchmal geht das Leben merkwürdige Wege. Du bist glücklich, willst die ganze Welt umarmen und dann kann es sein, dass deine kleine Seifenblase, deine eigene heile Welt zu platzen beginnt.

Der Moment des Aufpralls ist genau so ein Moment gewesen. Ich glaube mittlerweile allen Menschen, die das Sprichwort »Man sieht sein ganzes Leben an sich vorbeiziehen« als wahr ansehen.

Ich habe einfach alles gesehen, sogar die Zukunft. Jason, wie er mich das erste Mal angelächelt hat, unseren ersten Kuss. Und dann, Jason, wie er in seinem Auto sitzt und Runde um Runde dreht. Während ich unseren kleinen Sohn auf dem Arm halte und wir seinen Papa anfeuern. Jason und ich abends auf unserer Terrasse, Händchen haltend, und unsere Eheringe glitzern in der Sonne um die Wette. Es ist einfach alles perfekt. Und dann wird alles schwarz und ich höre Menschen schreien. Mit mir reden. Ich will ihnen sagen, dass ich sie hören kann, aber kein Ton verlässt meine Lippen. Was willst du da auch anderes tun, als innerlich zu zerbrechen?

Jeden Tag höre ich dieses monotone Piepen, höre wie meine Eltern sich streiten, wie Susan mir von ihrem Tag erzählt, mir beruhigende Dinge ins Ohr flüstert. Nur eine Stimme höre ich nie. Seine.

Josie

Lobsin City, Kalifornien

5 Jahre später

»Wenn du etwas erreichen willst, musst du nur ganz fest daran glauben, dann schaffst du alles.« Dieser Spruch kommt aus meinem wöchentlichen Glückskeks.

Es ist Freitag und mein Freund hat es mal wieder nicht nötig, sich zu melden, wann ich mit ihm zum Essen rechnen kann. Somit hole ich mir wie jede Woche das gleiche Menü beim Chinesen um die Ecke. Chun Ing sieht mich zwar immer mit demselben mitleidigen Blick an, aber was soll's.

Gefrustet schmeiße ich diesen blöden, kleinen Schnipsel auf den Tisch und schaue zum hundertsten Mal auf mein Handydisplay. Natürlich ist keine Nachricht gekommen.

Wäre ja auch zu schön, wenn Hopper sich endlich mal an Abmachungen halten würde. Abzusagen wäre auch einmal eine schöne Abwechslung. Wenn ich ehrlich bin, ist die dreijährige Beziehung zwischen Hopper und mir kaum noch existent. Es ist mehr zu einem Muss, statt einem Wollen geworden.

Wie konnte ich nur so tief sinken? Wie konnte ich Liebe gegen eine Beziehung eintauschen? Meine Gedanken wandern zurück. Als ich nach zwei Wochen aus dem Koma aufgewacht bin und … *nein, ich werde diesen Namen nie wieder erwähnen, nicht einmal in Gedanken!* … Das Arschloch ist nicht an meiner Seite gewesen. Hat mich nie besucht. Er ist wie vom Erdboden verschluckt gewesen. Ich bin in ein tiefes Loch gefallen und wusste nicht mehr, wie ich da jemals wieder hinauskommen sollte.

Es gibt Frauen, die fangen nach einer Trennung an zu trinken oder schneiden sich die Haare ab, ich aber bin da ganz anders gewesen. Meine Veränderung hat sich im Inneren vollzogen. Ich bin gefühlskalt geworden, habe eine Mauer um mein Herz gebaut und niemanden mehr an mich rangelassen. Nach außen bin ich aber immer super drauf und am Feiern gewesen. Partys, Flirts ich habe alles mitgenommen. Anders ausgedrückt, ich bin zur Bitch geworden. Die Veränderung ist sogar meiner Mutter aufgefallen. Und zwar so sehr, dass sie mich in der Hoffnung, ihre kleine, süße Marionettentochter zurückzubekommen, zu sämtlichen Therapeuten geschleift hat. Es ist vergebens gewesen.

Und dann habe ich eines Morgens, als ich von einer Party gekommen bin, Hopper getroffen.

Er hat mir sein Jackett um die Schultern gelegt und mich nach Hause gebracht. Von da an ist es irgendwie ein Selbstläufer gewesen. Ich habe seine Art gemocht, denn er ist so ganz anders als der Arsch. Er ist nett, zuvorkommend und ganz und gar kein Bad Boy. Er behandelt mich gut. Er ist eine sichere Partie, das sage ich mir auf jeden Fall immer wieder.

Und weil es einfach läuft und meine Eltern Hopper blind vertrauen, bin ich mit ihm nach Kalifornien gezogen. Er hat in Lobsin City einen neuen Job angenommen. Mir ist es egal gewesen, wo ich wohne.

Nie wieder werde ich einen Mann in mein Herz lassen. Die einzigen Menschen, die ich durch meine Mauer lasse, sind die süßen Mäuse aus der Bärchengruppe im Kindergarten.

Nach dem Umzug habe ich dringend einen Job benötigt und mich auf eine Anzeige beworben.

Meine Chefin und ich haben uns auf Anhieb verstanden. Ich habe mich weitergebildet und bin jetzt eine Erzieherin.

***

Mein Handy gibt einen Ton von sich. Die Nachricht, die folgt, kann ich schon fast auswendig.

> Es tut mir leid, Schatz. Wird später, ich hänge noch an einem Fall fest. Ich liebe dich.

»Fick dich, Hopper!«, rufe ich in die leere Wohnung und tue endlich das einzig Richtige. Ich hole einen Karton hinter dem Schrank hervor und schmeiße alles, was Hopper gehört hinein. Seine geliebte Comicsammlung packe ich ganz oben drauf.

Gott sei Dank habe ich auf getrennte Wohnungen bestanden, denn wir waren noch nicht lange zusammen, als ich ihm hierher gefolgt bin.

Als der Karton fast überquillt und alle seine Sachen verstaut sind, ziehe ich ihn nach draußen vor die Tür. Klebe noch einen Zettel mit den Worten »Zu verschenken« drauf und schicke Hopper ein Foto davon.

Keine zehn Sekunden später klingelt mein Handy.

»Du kleine Schlampe, bist du übergeschnappt? Was hast du vor?«, schreit er mir ins Ohr. Ich muss lachen. Die Situation ist so grotesk und witzig zugleich.

»Hopper, ehrlich jetzt. Du glaubst doch nicht, dass ich dir diese wöchentlichen ›Überstunden‹ auch nur noch einmal abkaufe. Komm, sag mir, wen fickst du? Ist es Tara aus der Buchhaltung? Oder doch deine Sekretärin Stacy? Los, Hopper. Hab einmal im Leben Eier und sag die Wahrheit«, provoziere ich ihn gelangweilt.

Ich weiß schon länger, dass er ein Verhältnis mit irgendeiner dahergelaufenen Schlampe hat, aber angesprochen hat es keiner von uns. Es tut mir nicht weh. Ich bin weder eifersüchtig noch hysterisch oder irgendwas Vergleichbares. Ich habe nur endlich einen Grund, den Schlappschwanz loszuwerden. Er geht mir schon seit Monaten auf die Eierstöcke.

Den mittelmäßigen Sex gibt es auch nur noch sporadisch, also kann man sagen, ich bin frustriert und gelangweilt.

»Du verwöhnte Bitch. Es geht dich gar nichts an, mit wem ich ficke. Unsere ganze Beziehung ist doch nur eine einzige Farce. Nur weil deine erbärmliche Mutter mich angefleht hat, habe ich dich genommen«, schlägt er um sich. Mir ist klar gewesen, dass er so reagieren würde. Ich bin nur ein bisschen überrascht, dass er so tief sinkt und mir die Sache mit meiner Mutter steckt. Als ob ich das nicht gewusst hätte. Mir ist schon immer klar gewesen, dass Mutter irgendwie die Finger im Spiel gehabt haben muss. Deshalb kann er mich mit der Aussage nicht treffen. Schließlich ist meine Beziehung zu ihm mein Ticket in die Freiheit gewesen.

»Tschüss, Hopper. Ach, und Liebling? Ich würde mich mit dem Höhepunkt beeilen, sonst sind all deine Comics weg, wenn Du zu lange brauchst.« Mit dem Satz beende ich das Gespräch.

Den restlichen Tag verbringe ich damit, meine Bettwäsche zu waschen, Geld an eine gemeinnützige Organisation zu spenden und die restlichen Sachen zu entfernen, die dieser Wicht mir im Laufe unserer Beziehung geschenkt hat.

***

Seufzend lege ich mich auf mein frisch bezogenes Bett und atme zum ersten Mal richtig durch. Ich bin frei. Nach dem Hochgefühl folgt aber schnell das Tief. Die Dunkelheit klopft an und mit ihr die Einsamkeit. Ich kenne das Gefühl schon zur Genüge und tue das, was ich in den letzten fünf Jahren jedes Mal in so einer Situation gemacht habe.

Ich krieche unter mein Bett und hole einen kleinen Karton hervor. Als ich den Deckel abnehme, kommt mir sofort ein nur allzu vertrauter Duft entgegen. Ich nehme das T-Shirt, welches ganz oben liegt, heraus und presse es dicht an mein Herz. Dann sitze ich einfach da und schließe die Augen, damit sie nicht zu tränen beginnen, während die Erinnerungen an die Oberfläche kommen. Es sind Momente wie diese, in denen ich mir für genau fünf Minuten gestatte, zu trauern und in Gedanken in die Vergangenheit zu reisen.

Josie

Vor 5 Jahren

Das monotone Piepen wird zum ersten Mal hektisch. Meine Augen brennen unerträglich. Ich spüre, dass ich sie einen Spalt öffnen kann und dann trifft es mich wie ein Schlag. Ich bin wach. Endlich! Nun wird das Piepen zu einem schrillen Ton. Ich schaue hektisch hin und her. Wo bin ich? Jemand drückt meine Hand. Ein Mann kommt zu mir und entfernt etwas aus meinem Mund. Blinzelnd versuche ich, die Orientierung zu finden, aber meine Augen schließen sich gegen meinen Willen wieder und die Dunkelheit empfängt mich erneut.

Irgendwann verspüre ich wahnsinnigen Durst. Ich öffne blinzelnd meine Augen und schaue geradewegs in Susans verheultes Gesicht.

»Durst«, krächze ich leise, sie scheint mich aber verstanden zu haben. Kurze Zeit später hält sie mir einen Becher mit Strohhalm hin, aus dem ich trinke. Sie ermahnt mich, langsam zu machen. Noch nie ist Wasser so erfrischend gewesen wie jetzt.

»Josie«, haucht Susan, nachdem sie den Becher weggestellt hat. Wieder glitzern Tränen in ihren Augen.

»Hey. Wo bin ich?«, frage ich sie irritiert und schaue mich um.

»Du bist im Krankenhaus. Weißt du noch, was passiert ist?« Ich schließe wieder die Augen und die Bilder prasseln auf mich ein. Jason, der Unfall und dieser schreckliche Knall.

»Wo ist Jason? Wie geht es ihm?«, stelle ich die einzigen Fragen, die mich die ganze Zeit beschäftigen, seit ich das erste Mal wach gewesen bin. Sie schluckt kräftig und knetet die Hände in ihrem Schoß.

»Wir wissen es nicht. Morty hat auch keine Ahnung, wo er ist. Nach dem Unfall seid ihr beide eingeliefert worden. Jeden Tag haben wir nach euch gesehen, aber nach drei Tagen war er nicht mehr da. Die Empfangsdame sagt, dass er sich selbst entlassen hat. Josie, es tut mir so leid.«

Meine Welt, in die ich gerade zurückgekehrt bin, bleibt stehen. Er hat mich nicht besucht? Er ist einfach verschwunden? Es ist ihm egal gewesen, dass ich im Koma gelegen bin?

»Was? Warum? Ich versteh das nicht«, sage ich mit bebender Stimme. Er hat mich hier einfach alleingelassen? Ich muss es wissen, zitternd frage ich: »Er ist nie hergekommen?« Als sie mit dem Kopf schüttelt, beginnt mein ganzer Körper zu beben und ich schluchze laut auf. Japse nach Luft, die auf einmal nicht mehr in meine Lungen dringen will.

Sofort ist Susan bei mir, nimmt mich in den Arm und wiegt mich wie ein kleines Kind hin und her. Unbändiger Schmerz befällt mich und ich schreie. Ich schreie und weine gleichzeitig, kann nicht damit aufhören. Ich kann nicht aufhören, um mein Leben, um mein Glück und um meine Liebe zu trauern. Die erlösende Schwärze setzt ein und reißt mich von Susan weg, sodass ich mich der Realität nicht mehr stellen muss.

Josie

Gegenwart

Schnell wische ich mir die Träne von der Wange und schmeiße das T-Shirt wieder in den Karton. Deckel drauf und ab unter das Bett. Männer sind alle gleich. Ich habe viele Enttäuschungen einstecken müssen, aber von allen Männern hat mir das Arschloch am meisten wehgetan.

Okay. Schluss jetzt mit der Gefühlsscheiße.

Aufstehen und Krone richten, das ist zu meinem Motto geworden.

Der nächste Morgen startet wie jeder andere von Montag bis Freitag. Mit meinem Kaffeebecher in der Hand sitze ich auf meiner Terrasse und surfe ein wenig auf meinen Social-Media-Kanälen umher. Ich habe mit allen Bekannten aus Friendly Falls gebrochen, wollte zu niemandem mehr Kontakt haben. Der Bruch mit Susan hat mir am meisten wehgetan. Auch heute noch ist da diese Leere, die sich nicht füllen lässt. Dennoch war ein kompletter Cut genau das Richtige für mich.

Mein Arbeitsweg beträgt exakt eine halbe Stunde. Ein Auto benötige ich nicht. Entweder habe ich Hoppers Wagen genommen oder ich bin mit dem Fahrrad gefahren. Apropos, Hopper scheint seine Sachen geholt zu haben, denn der Karton vor der Tür ist weg. Falls nicht, freut sich jetzt bestimmt jemand über neue Schuhe, Hemden und Hoppers geliebte Comics.

Beschwingt schließe ich mein Fahrrad am Kindergarten ab und betrete das mit Efeu bedeckte Haus. Zusammen mit meinen Arbeitskolleginnen bauen wir alles auf, halten unseren morgendlichen Tratsch und essen die herrlichen Muffins der Bäckerei um die Ecke, die unsere Chefin uns immer mitbringt.

Es ist acht Uhr und die Tür zum Reich für Kinderfantasien wird geöffnet.

»Josie, Josie!«, kreischt das wundervollste Mädchen der Welt durch den Gang und tapst mit ihren winzigen Füßen über den Linoleumboden. Ich komme aus der Küche und kann Emma gerade noch so auffangen, bevor sie auf den Boden gefallen wäre.

»Emma, Liebes, mach langsam. Darüber haben wir schon wie oft gesprochen?«, frage ich die kleine Zuckermaus. Sie legt ihren Finger an ihr Kinn und überlegt.

»Unendlich oft«, sagt sie schließlich mit altkluger Stimme und ich muss grinsen.

»Das ist doch nicht zu fassen. Emma, so langsam bin ich traurig. Jedes Mal, wenn wir hier sind, werde ich ignoriert. Nicht mal einen Abschiedskuss bekomme ich? Mein Herz bricht«, ruft Nathan, der Vater der Zuckermaus, theatralisch und fasst sich an die Brust. Emma und ich schauen uns an und kichern.

»Aber Papa, du holst mich doch bald wieder ab. Los, geh arbeiten und Geld verdienen.« Sie sieht ihren Vater eindringlich an und macht eine wegscheuchende Bewegung mit der Hand. Ich muss mir eine Hand vor den Mund halten, damit ich nicht gleich vor Lachen auf dem Boden liege.

»Wo hast du das denn her, junge Dame?« Nathan ist mittlerweile zu uns gekommen und kniet sich vor seine Tochter hin.

»Das sagt Mama immer«, antwortet sie und zuckt mit den Schultern.

»Ich geh jetzt spielen. Tschüss Papa.« Und weg ist sie.

»Tja, Nathan, ich bin eben beliebter als du«, necke ich ihn zwinkernd.

»Ich glaube auch«, seufzt er. »Apropos, Emma hat doch am Freitag Geburtstag und sie würde sich bestimmt freuen, wenn ihre Lieblingskindergärtnerin zur Feier kommen würde. Wenn die Kindermeute weg ist, kommen noch Freunde von Sally und mir. Wir wollen ein Barbecue veranstalten. Hast du Lust?« Überrascht sehe ich ihn an. Mit dieser Frage habe ich nicht gerechnet. Bin ich denn schon bereit dafür? Ich habe, seit ich in Kalifornien bin, keinen Anschluss gesucht und auch bisher nicht gewollt.

»Okay, wann soll ich da sein und soll ich etwas mitbringen?«, höre ich mich sagen.

Sein Gesicht erhellt sich und er schüttelt mit dem Kopf.

»Nein, brauchst du nicht. Sally ist schon ganz aus dem Häuschen und will alles vorbereiten. Sei einfach um fünfzehn Uhr da und genieß.«

***

Der Tag war anstrengend. So lieb ich die Kinder habe, aber erst wenn sie alle abgeholt sind, kann ich wieder richtig durchatmen. Ich will einfach nur noch mit einem Glas Rotwein und einem guten Buch auf meine Couch. Ich betrete den Hausflur und sehe meinen Ex-Freund neben meiner Wohnungstür sitzen. Na wunderbar.

Leider muss ich an ihm vorbei. Ich kann also nicht einmal so tun, als hätte ich ihn nicht gesehen.

»Hopper, was willst du hier?«, frage ich genervt und reibe mir mit Daumen und Zeigefinger über die Nasenwurzel. Er rappelt sich vom Boden hoch und hält mir einen Blumenstrauß, der neben ihm gelegen hat, vor die Nase. Rosen. Erbärmlicher geht's nicht mehr. Ich hasse Rosen, das müsste er eigentlich wissen.

»Schatz, wollen wir diesen dummen Streit nicht vergessen? Ich meine, du liebst mich doch, oder? Lass uns einfach reingehen und wir vergessen alles. Wir resetten quasi unsere Beziehung.« Ich kann nicht anders und lache.

»Bist du bescheuert? Als wenn ich dich jemals wieder anfassen würde. Hat sie dich abgeschossen, Hopper? Bist du deshalb hier? Nimm dein Grünzeug mit und verschwinde. Wir beide sind fertig miteinander.« Was für ein Trottel.

Kopfschüttelnd gehe ich an ihm vorbei und schließe meine Haustür auf. Schnell schlüpfe ich in meine Wohnung und schließe die Tür, ehe er auf die Idee kommt, ebenfalls einzutreten.

***

Es ist Freitag und der Tag von Emmas Geburtstag ist gekommen. Im Kindergarten ist sie heute ganz besonders aufgeregt und erst recht, als wir Erzieherinnen und die anderen Kinder für sie singen. Selbst einen Kuchen haben wir für sie besorgt. Leuchtende Kinderaugen sind das Größte, sie schenken uns Erwachsenen in Momenten der Traurigkeit einen Lichtblick.

Da der Kindergarten heute schon mittags schließt, fahre ich in die Mall, um nach einem geeigneten Geschenk für meinen Lieblingsschützling zu schauen. Nachdem ich etliche Geschäfte abgelaufen bin, finde ich das ultimative Geschenk. Eine Schneekugel mit einer Meerjungfrau darin. Statt Schnee ist Glitzer in der Kugel und der Kegel ist mit Muscheln verziert. Da Emma leidenschaftliche Arielle Liebhaberin ist, ist dies das perfekte Geschenk.

Ich bezahle meine Errungenschaft und gehe zum Ausgang.

An der Tür rempelt mich ein Mann an und die Tüte mit meinem Geschenk fällt mir beinahe aus der Hand. Was für ein Arsch.

»Ey, passen Sie doch auf«, fauche ich den Übeltäter an und sehe zu ihm hoch. Ich schaue geradewegs in grüne Augen. Augen, die mir nur allzu vertraut sind.

»Nein«, hauche ich und meine Beine beginnen zu zittern.

Jason

Jeder macht Fehler im Leben. Sogar viele davon. Für einige müssen wir büßen, für andere nicht. Mein größter Fehler ist gewesen, die Liebe meines Lebens zu verlassen. Aber, dass das Schicksal mir den Mittelfinger zeigen möchte und mir meine Traumfrau wieder vor die Nase setzt, damit habe ich nicht gerechnet. Scheiße! Sie ist es wirklich. Und noch immer ist sie so wunderschön wie damals.

Um ihre Augen, unter denen Schatten liegen, haben sich ein paar Fältchen gebildet. Dennoch ist sie mit ihren langen blonden Haaren und den grauen Augen die schönste Frau der Welt.

»Josie«, hauche ich auch und kann es nicht fassen, sie vor mir zu sehen.

Fuck! Wie oft habe ich angefangen, Briefe zu schreiben. Wie oft habe ich mein Handy in der Hand gehalten, um sie anzurufen oder ihr zu schreiben. Ich wollte sie um Verzeihung bitten, mich erklären. Und doch habe ich immer wieder wie ein jämmerlicher Versager den Schwanz eingezogen.

Was hätte ich auch sagen sollen? Ich habe damals keine Wahl gehabt. Es hat ganz einfach geheißen: ›friss oder stirb‹.

Jason

Vor 5 Jahren

Schuld. Das Wort beschreibt meinen Gemütszustand gerade am besten. Mich plagen unendliche Schuldgefühle, während ich in diesem Bett liege, mich nicht wirklich bewegen kann und ich am liebsten wie so ein winselnder, kleiner Junge losheulen möchte, denn die Schmerzen sind unerträglich. Man hat mir vorhin nicht gesagt, was mit Josie ist. Ich wäre kein Verwandter, bin ich abgespeist worden. Mühsam versuche ich, mich in eine sitzende Position zu befördern, als Morty ins Zimmer gestürmt kommt.

»Oh, Gott sei Dank. Du lebst«, stottert er und umarmt mich fest.

»Ich bekomme keine Luft mehr, Bro«, krächze ich.

»Oh, sorry.« Sein Griff lockert sich. Er dreht sich um und holt sich einen Stuhl zum Bett.

»Hast du etwa geheult?«, necke ich ihn grinsend. Leugnen kann er es nicht. Ich habe ganz genau gesehen, wie er sich über die Augen gewischt hat.

»Ach, halt die Klappe, Willard.« Er hebt die Hand und zeigt mir den Mittelfinger. Ich will lachen, aber mein ganzer Körper tut scheiße weh. Ich werde wieder ernst und frage ihn: »Wo ist Josie? Wie geht es ihr? Mir will hier keiner was

sagen, Morty. Hast du sie gesehen?« Er lehnt sich im Stuhl zurück und fährt sich mit beiden Händen über das Gesicht.

»Susan ist draußen noch am Diskutieren. Wir versuchen auch schon die ganze Zeit, etwas rauszubekommen. Sobald sie Infos hat, will sie Bescheid geben.«

Das ist mehr als unbefriedigend und wäre ich nicht hier ans Bett gefesselt, würde ich höchstpersönlich die alte Schabracke an der Information zur Sau machen.

»Was ist passiert, Jason? Du hast Vlads Wagen doch gesehen, oder nicht?« Danke, mein Freund, dass du mich noch mal daran erinnerst, wie großartig ich reagiert habe.

Natürlich habe ich das Auto gesehen, nur leider haben die Bremsen nicht funktioniert. Ich hätte vorher auch nicht zu Josie schauen, hätte mich nicht ablenken lassen dürfen.

Ich schweige, denn innerlich zerbricht etwas in mir. Wenn ihr ernsthaft etwas passiert ist, werde ich mir das niemals verzeihen können.

Ich wende den Blick von meinem besten Freund ab und schaue Richtung Fenster. Ich höre, wie Morty seufzend aufsteht.

»Ich gehe mal schauen, ob Susan etwas erreicht hat. Wir kommen nachher noch mal vorbei. Ruh dich aus.«

***

Seit zwei Tagen bin ich hier in diesem sterilen, nach Desinfektionsmitteln stinkenden Raum und vegetiere vor mich hin. Das einzig Gute ist, dass ich wieder aufstehen kann. Ich habe großes Glück gehabt, so beschreibt der Arzt meinen Zustand bei der Morgenvisite. Prellungen, Blutergüsse und ab und zu fällt mir das Atmen schwer, aber ansonsten ist nichts passiert. Nein, nur, dass mein fucking Herz ein paar Zimmer neben mir liegt und ich nicht zu ihr darf. Sie liegt im Koma, hat Susan mir gestern erzählt. Und dann faselt der Arzt heute Morgen etwas davon, dass ich Glück gehabt habe? Ich hätte im Koma liegen sollen und nicht sie.

Und weil es mich jetzt ankotzt wie Sau, dieses Wissen, dass sie vielleicht meine Anwesenheit spüren will und ich nicht da bin, stehe ich auf, ziehe mich an und betrete den langen Krankenhausflur. Jeder Schritt ist wie ein Nadelstich, aber Josie braucht mich.

Entschlossen gehe ich weiter und als ich endlich ihre Zimmertür sehen kann, will ich erleichtert heulen. Ich lege meine Hand auf die Klinke und will sie runterdrücken, da gibt sie auch schon nach und die Tür geht von innen auf. Niemand Geringeres als ihr Vater kommt heraus und bleibt vor mir stehen.

»Was wollen Sie hier? Verschwinden Sie, Mr. Willard.«, raunt er angepisst und sieht mich wütend an.

»Ich gehe hier nicht eher weg, bis ich bei Josie war.« So gut es geht, stelle ich mich aufrecht hin und erwidere seinen Blick. Ich habe keine Lust auf diese Grütze. Ich will nur zu meinem Mädchen. Plötzlich lacht er laut los und schiebt mich mit seinen Wichsgriffeln vor sich her. Die Schmerzen, die er dabei verursacht, schlucke ich herunter. Will ihm keine Schwäche zeigen. Wenn er die Hände nicht augenblicklich von mir nimmt, breche ich sie ihm. Meine Hände verkrampfen sich zu Fäusten.

»Sie hören mir jetzt genau zu, Sie kleines Stück Scheiße. Sie werden jetzt in Ihr Zimmer gehen, Ihre Sachen packen und sich selbst entlassen. Sie werden diese Stadt, meine Tochter und jeden anderen Menschen in dieser Kleinstadt endgültig verlassen. Keiner will Sie hier. Josie ist wach und hat nicht ein Mal nach Ihnen gefragt. Warum wohl? Sie hätten aufhören müssen, Rennen zu fahren, hätten sie nicht in Gefahr bringen dürfen. Ihnen ist Josie doch scheißegal«, zischt er eiskalt. Ich bin versucht, ihn auszulachen. So eine Scheiße habe ich ja noch nie gehört. Und Josie ist wach? Diese Information muss ich erst mal verdauen. Ich habe die

ganze Zeit gedacht, dass sie noch im Koma liegt. McGraw scheint meine Unsicherheit zu spüren, denn er grinst mich siegessicher an.

»Wissen Sie, wir können das hier ganz einfach erledigen. Ich möchte Ihnen kurz von einem Treffen erzählen, das ich letzte Woche mit dem Direktor der Bank und dem Besitzer einer kleinen Werkstatt hatte.« Sein Grinsen wird kälter, ich kann ihm die Vorfreude ansehen. »Herbert Finnigan wird wohl seine Werkstatt und sein Grundstück verlieren. Tja, wie das Leben manchmal spielt. Es hat Spaß gemacht, mit anzusehen, wie Herb gebettelt und gefleht hat.« Er sieht aus wie eine Katze, die kurz davor ist, die Maus zu fressen. Tja, die Maus bin wohl ich. Ich bin am Arsch. »Es gibt natürlich eine Lösung: Sie gehen für immer, vielleicht lasse ich Herbert Finnigan dann sein Anwesen und baue stattdessen kein Ferienhotel darauf. Keine leichte Entscheidung. Josie oder Herb.« Er hat mich. Er weiß, dass ich Herb so viel zu verdanken habe. Ich könnte niemals damit leben, wenn er wegen mir seine Werkstatt verliert. Und Josie ist wach und hat sich nicht mal nach mir erkundigt.

»Ahhh, nun macht es endlich Klick bei ihnen, sehr schön. Also noch mal, sie verschwinden für immer aus dem Leben meiner Tochter und bekommen sogar ein Startkapital von mir. Sagen wir 5.000 Dollar? Müsste für einen Neuanfang doch reichen, oder nicht?« Er zückt aus seiner Hemdtasche das Scheckbuch und einen Kugelschreiber und beginnt, etwas auf einen Blankoscheck zu kritzeln. Scheiße nein, so tief werde ich nicht sinken.

»Ich will Ihr verdammtes Geld nicht«, presse ich hervor, drehe mich um und gehe zurück in mein Zimmer. Dort vergrabe ich mein Gesicht in meinen Händen und lasse all meinen Gefühlen freien Lauf. Trauere um mein Glück. Was soll ich bloß tun?

Jason

Gegenwart

Mit riesigen Kulleraugen sieht sie mich an. Etwas löst sich in mir und ich würde sie am liebsten in meine Arme ziehen und nicht mehr loslassen. Nie wieder!

Doch ihre Überraschung wandelt sich schnell in Wut und ehe ich es begreifen kann, klatscht ihre Hand gegen meine Wange. Fuck! Ich reiße die Augen auf, hebe meine Hand an die nun pochende Stelle und schaue sie fassungslos an.

»Du beschissener Wichser«, faucht sie, dreht sich um und rennt davon. Erst als sie schon aus meinem Blickfeld verschwunden ist, fällt mir auf, dass ich ein Vollidiot bin.

Ich hätte nach ihrer Nummer fragen sollen. Okay, ihrer Reaktion nach zu urteilen, hätte sie die mir sowieso niemals gegeben. Aber ich hätte ihr hinterherlaufen und sie davon abhalten sollen, wieder aus meinem Leben zu verschwinden.

Erst als ich erneut von einer Frau angerempelt werde, wird mir bewusst, dass ich noch immer im Eingangsbereich des Spielzeugladens stehe.

***

Die Begegnung mit Josie wühlt mich auf. Was macht sie hier? Lebt sie hier? Besucht sie nur eine Freundin? Wie ist es ihr in den letzten Jahren ergangen? Okay, die letzte Frage sollte ich vielleicht nicht stellen. Ich muss sie wiedersehen, muss sie wiederfinden, irgendwie. Ich lasse diese Frau nie wieder aus meinem Leben verschwinden. Werde ihr beweisen, dass ich es dieses Mal nicht verbocke. Mein Finger legt sich gerade auf die Klingel von der Wohnung meines Freundes und Teamkameraden, da vernehme ich auch schon Tippelgeräusche, die sich der Tür nähern. Da kann es wohl jemand kaum abwarten, seinen Patenonkel zu sehen. Ich gehe in die Hocke, breite die Arme aus und warte, dass die Tür aufgeht. Langsam öffnet diese sich und mein Patenkind steht im Türrahmen.

»Happy Birthday, to you ...«, fange ich an, werde aber von der kleinen, frechen Göre unterbrochen.

»Ja, ja, Onkel Jason. Heute haben schon soooo viele das Lied für mich gesungen, gib mir mein Geschenk und dann können wir endlich Torte essen. Du bist schon wieder der Letzte.« Sie zieht eine ihrer winzigen Augenbrauen hoch und pikst mir in die Wange. Oh Gott, wie ich diese kleine Göre liebe. Gespielt schuldbewusst senke ich den Kopf.

Dass dieses Mädchen sich auch immer alles merken muss. An Weihnachten bin ich ebenfalls ein wenig zu spät gekommen, da Patricia, meine damalige Eroberung, einfach nicht gehen wollte. Immer wieder hat sie mich mit ihren Brüsten abgelenkt. Ich habe nicht anders können und mich diesen gewidmet. Sie in die Hände genommen und meinen Mund ... Etwas zieht an mir und reißt mich aus meinen Gedanken.

Beinahe verliere ich mein Gleichgewicht, weil ich nicht damit gerechnet habe, dass die kleine Person so stark ziehen kann. Ich kann es nicht glauben, dass dieser blonde Wirbelwind schon vier wird. Schnell stehe ich aus der

Hocke auf, lasse mich von ihr mit ins Haus und weiter in den Garten schleifen. Dort sind befreundete Familien von Nathan und Sally sowie Teamkameraden von ihm und mir versammelt. Wir sind wie eine große Familie im Rennstall und ich danke Herb ständig dafür, dass er diese Chance für mich möglich gemacht hat.

»Da ist ja unser Stecher. Na, welche Biene durftest du dieses Mal bestäuben, dass du wieder zu spät bist?«, grölt Kyle durch den ganzen Garten und schwupp sind alle Blicke auf mich gerichtet. Na super. Ich liebe den großen Auftritt, aber nicht heute. Augenverdrehend gehe ich zu den Sackgesichtern, nehme Kyle sein Bier aus der Hand und trinke einen Schluck, ehe ich es ihm wieder an die Brust drücke. Er protestiert, nimmt es mir dennoch angeekelt ab.

»Alter, ich habe ja nichts dagegen, dass du neidisch auf meinen Pinsel und mein Ausmalvermögen bist, aber hier sind Kinder anwesend, du Idiot.«

»Ey, wieso trinkst du von meinem Bier, du Arsch?«, protestiert er, immer noch auf seine Flasche starrend.

»Ey, wer hat aus meinem Becherchen getrunken, wer hat in meinem Bettchen geschlafen? Sind wir hier im Märchenland, oder was?« Gelächter geht durch die Runde.

Wir quatschen noch ein wenig, bis Olli neben mir einen leisen Pfiff ausstößt.

»Heilige Scheiße, ich sehe gerade die zukünftige Mutter meiner Kinder. Damn, ist die heiß. Und Freunde, ich habe sie zuerst gesehen!« So eine Aussage darf man als Mann niemals in einer Männergruppe machen, außer man will Gefahr laufen, dass sich alle umdrehen und ein wahrer Testosteronkrieg entsteht.

Doch während meine Teamidioten bereits sabbernd und mit riesigen Glupschaugen zu diesem atemberaubenden Wesen starren, weiß ich nicht, was ich zuerst machen soll.

Sie an mich pressen, vor allen anlecken und »Meins« brüllen, mich wie ein Höhlenmensch benehmen, sie über meine Schulter werfen und ihr zeigen, wie sehr ich sie vermisst habe. Oder aber erst mal damit anfangen, meinen Freunden die Augen auszustechen und anschließend ihre Eier abzuschneiden.

Die letzte Option gefällt mir eindeutig am besten. Ein tiefes Grollen löst sich aus meiner Kehle.

»Was ist los, Willard? Nichts für dich? Oh, bitte, sag nicht, dass du sie schon hattest. Du weißt, ich stehe nicht so auf abgelegte Ware von euch Idioten«, mault Barry. Okay, Barry ist als Erster fällig. Ich will auf ihn losstürmen, da höre ich ein lang gezogenes »Josie« und ein freudiges Kinderlachen, vermischt mit dem wunderschönsten Lachen der Welt. Es ist amtlich, ich bin wieder mal am Arsch.

Josie

Es ist so lange her, dass ich andere Menschen getroffen habe, die mir sympathisch gewesen sind. Bei Hoppers Kanzleikollegen und Mandanten habe ich mich stets unwohl gefühlt. Ich habe mich immerzu an früher erinnert, als ich ständig mit der gehobenen Klientel meiner Eltern verkehren musste.

Jetzt stehe ich hier vor dieser weißen Haustür und mir geht der Arsch tierisch auf Grundeis. Was ist, wenn ich mich blamiere? Mich jemand nach meinem Leben fragt? Ich kann keinen Small Talk halten, habe ich noch nie können. *Okay, Josie, Augen zu und durch. Da drinnen wartet ein kleines Mädchen auf dich.*

Nach meinem inneren Disput klingele ich endlich und warte. Kurze Zeit später öffnet mir eine atemberaubende Frau. Kurze blonde Haare, die zu diesem modischen Bob geschnitten sind, ein Puppengesicht und ausdrucksvolle grüne Augen.

WOW!

»Hey, du musst Josie sein. Ich bin Sally. Komm rein, es sind schon alle da«, sagt sie freudestrahlend und öffnet mir die Tür. Ich klammere mich regelrecht an den Henkeln der Geschenktüte fest.

»Vielen Dank, dass ich kommen durfte. Ich habe Emma sehr ins Herz geschlossen und bin wirklich dankbar, dass ich dabei sein darf«, brabbele ich wie eine Gestörte vor mich hin.

»Das ist doch Ehrensache. Emmi redet ständig von dir, und ich wollte endlich mal die Frau kennenlernen, die einen solchen Stellenwert im Leben meiner Tochter hat.« Die Frau ist mir auf Anhieb sympathisch und ich habe sie mir genauso vorgestellt. Eine andere hätte Nathan auch nicht verdient. Ich folge Sally durch die untere Etage und raus in den Garten. Sprachlos bleibe ich stehen. Er ist riesig. Überall sind kleine Beete, die mit Blumen bepflanzt sind. In der Mitte des Gartens steht ein riesengroßer Apfelbaum. An einem der dicken Äste hängt eine Holzschaukel. Ein größeres Zelt und Sitzgarnituren sind neben dem Baum aufgebaut worden. Um in den Garten zu gelangen, laufen wir durch einen Rosenbogen.

»Ich gehe mal das Geburtstagskind suchen«, sagt Sally freundlich und lässt mich stehen. Mist. Ich fühle alle Blicke auf mir ruhen. Ist das Kleid vielleicht doch zu aufreizend für einen Kindergeburtstag? Es geht mir aber gerade einmal bis zu den Knien und erstrahlt in einem Sonnengelb mit weißen Pünktchen. Der Ausschnitt ist auch nicht zu tief, nur soweit, dass mein Busen angedeutet wird.

»Josie«, hallt es lang gezogen durch den Garten. Emma kommt auf mich zugestürmt, ich gehe in die Hocke und breite die Arme aus. Mit zu viel Schwung springt sie hinein. Gerade noch so kann ich uns auffangen. Wir lachen über den Beinaheunfall.

»Hallo Spätzchen, noch mal alles Liebe und Gute zum Geburtstag.« Emma strahlt mich an. Ich kann nicht anders und gebe ihr einen Kuss auf ihre rosige Wange.

»Ich freue mich so, dass du da bist. Komm, ich stelle dir meine Freunde vor«, sagt dieses zuckrige Wesen und nimmt meine Hand. Ihre blonden geflochtenen Zöpfe schwingen auf und ab.

Nachdem ich jede Menge Hände geschüttelt habe, stoßen wir auf eine Gruppe Männer. Bisher hatte ich kaum Zeit, mich bei allen vorzustellen. Emma redet gerne und auch sehr viel.

Schüchtern stehe ich nun vor der Gruppe und sehe auf den Boden. Oh Gott, es ist peinlich, nicht zu wissen, was ich sagen oder machen soll. Ich hätte das mit dem Kontaktknüpfen nicht so lange vernachlässigen sollen. Alle starren sie mich wie ihr Steak zum Mittagessen an. Zumindest fühlt es sich so an.

Bevor ich den Mund für ein »Hallo, ich bin Josie« aufmachen kann, fängt auch schon ›Miss-ich-stelle-sie-dir-vor‹ an zu reden.

»Hier sind Kyle, Barry, Olli und Onkel Jason. Sagt Hallo zu meiner besten Freundin.« Ich erstarre bei dem Namen Jason und sehe abrupt nach oben. Nun steht er zum zweiten Mal an diesem Tag vor mir. Kann das Schicksal wirklich so eine Bitch sein oder was ist hier los?

Während Jason und ich uns immer noch anstarren, quetscht sich dieser Barry zwischen uns. Überrumpelt lasse ich zu, dass er meine Hand nimmt und sie besonders lange schüttelt.

»Hallo, schöne Frau. Wen haben wir denn hier?«, sagt er mit einem flirtenden Ton und zwinkert mir zu.

»Wenn du nicht sofort deine Wichsgriffel von Josie nimmst, dann vergesse ich, dass wir Freunde sind und verprügele dich hier und jetzt.«

Barry zuckt bei Jasons schroffen Ton zusammen, lässt meine Hand los und dreht sich zu ihm um.

»Du kennst unsere Beauty hier?«, fragt er irritiert. Auch bei den anderen Männern sieht man die Fragezeichen förmlich über ihren Köpfen aufpoppen.

»Wir kennen uns von früher«, komme ich ihm zuvor. Ich will nicht, dass die anderen wissen, dass wir mal zusammen gewesen sind. Nicht mal daran denken möchte ich, es reißt nur wieder alte Wunden auf und ich bin noch nicht bereit, es zuzulassen. *Also, Maske aufsetzen und den Miststückmodus an.*

Jason zieht eine Augenbraue hoch und lacht spöttisch.

»Ja, wir kennen uns von früher.«

»Du hast so ein verdammtes Glück, Mann«, sagt Olli und haut Jason auf die Schulter. Der reagiert jedoch nicht, schaut mich weiterhin nur durchdringend an. Ich kann das nicht und breche den Blickkontakt ab, der sich erneut aufgebaut hat, als Barry zur Seite gegangen ist. Emma bewegt sich an meiner Hand. Da wird mir wieder bewusst, wo ich mich hier eigentlich befinde. Ich gehe in die Knie und frage: »Mäuschen, magst du mir zeigen, wo ich etwas zu trinken bekommen könnte?« Eifrig nickt sie und zieht mich von den Männern weg zum Zelt, wo verschiedene Getränke bereitstehen. Ich schenke mir etwas Erdbeerbowle in einen Pappbecher und versuche, mich zur Ruhe zu bringen. Das mir nur allzu vertraute Kribbeln im Nacken setzt ein. Ich schließe meine Augen, darf nicht zulassen, dass Jason mich aus dem Konzept bringt. Seine Hände legen sich auf meine Oberarme und fangen sanft an, diese zu streicheln. Ich spüre seinen Atem an meinem Ohr und Gänsehaut überzieht meinen Körper.

»Josie. Ich habe dich vermisst«, sagt er mit rauer, heiserer Stimme. Vor Schreck fällt mir der Becher aus der Hand. Er verfehlt die Schüssel, prallt am Rand ab und schüttet etwas Bowle mitten auf mein Kleid.

»Shit«, fluche ich und löse mich von dem Menschen, der meine Hormone schon wieder spielen lässt, wie ein Pianist, der die Tasten seines Klaviers liebkost. Auf der Suche nach dem Badezimmer renne ich ins Haus. Als ich es endlich gefunden habe, schließe ich ab und lehne mich gegen die Tür. So eine Scheiße. Ich wollte mich doch zusammenreißen. Wollte doch den Bitch-Schalter umlegen.

»Josie, geht es dir gut?«, erklingt Sallys Stimme durch das Holz und wird von einem Klopfen begleitet.

»Ja, alles gut. Ich habe mir nur aus Versehen Bowle aufs Kleid geschüttet.«

»Mach mal bitte auf, ich habe da ein Supermittel gegen Flecken im Schrank.« Ich drehe den Schlüssel und öffne die Tür. Eine fröhliche Hausherrin kommt hinein, wühlt in einem Hängeschrank und quiekt triumphierend auf, als sie gefunden hat, was sie sucht.

»So, da haben wir es doch. Komm mal her, dann beseitigen wir den Übeltäter.« Überfordert mit der ganzen Situation, mach ich, was sie sagt und trete nah an sie heran. Mit routinierten Händen nimmt sie ein Tuch, träufelt das gelartige Zeug darauf und hält es dann für ein paar Tropfen Wasser unter den Hahn. Sie nimmt den Stoff meines Rocks in die Hand und reibt kreisförmig mit dem Tuch über den Fleck. Arbeitet es richtig in den Stoff ein.

»Sag mal, kennt ihr euch? Du und Jason?«, fragt sie plötzlich. Ich räuspere mich, versuche so, den Schreck zu verbergen, den sie mir mit ihren Worten eingejagt hat. Wieso möchten alle das wissen? Es geht sie doch gar nichts an, ob wir uns kennen oder nicht. Dennoch antworte ich ihr.

»Ja, von früher.«

»Oh, okay, ihr seht so vertraut aus und ich dachte ...« Sie schüttelt mit dem Kopf und sagt dann weiter: »Ich wünsche mir für Jason nur das Beste. Es wird endlich mal Zeit, dass er eine Frau an sich heranlässt.« Damit beendet sie ihr Plädoyer für den armen Jason und auch die Reinigung meines Kleides.

Ich zwinge mir ein Lächeln auf die Lippen, bedanke mich und gemeinsam gehen wir wieder zu den anderen. Der restliche Abend ist, gelinde gesagt, der totale Reinfall. Ich werde zwar in Gespräche eingebunden, doch meine Gedanken kreisen nur um Jason. Jedes Mal, wenn ich zu ihm schaue, klebt eine andere Frau an ihm. Bestimmt ist sein Schwanz total verseucht.

»Ich kann dir versichern, mit meinem Schwanz ist alles in bester Ordnung. Keine Krankheiten, nichts. Willst du gucken?«, haucht mir der Arsch anzüglich ins Ohr.

»Heilige Scheiße«, rutscht es mir erschrocken raus und ich lege die Hand auf meine Brust. Habe ich das mit dem Schwanz eben wirklich laut gesagt? Shit! Ich drehe mich ein Stück zur Seite, sodass ich Jason ansehen kann. »Kannst du mal aufhören, dich so anzuschleichen? Und was interessiert mich dein verkümmerter Mikropenis?«

»Na, immerhin redest du über ihn. Ich kann mich an Zeiten erinnern, da hast du mein bestes Stück sogar geliebt, so oft wie du ihn in den Himmel gelobt hast.« Arschloch! Am liebsten würde ich ihm sein schelmisches Grinsen aus dem Gesicht schlagen.

»Oh, du Armer, hast du wirklich geglaubt, dass das alles echt war? « Ich weiß, dass es nicht die feine Art ist zu lügen, aber ich bin wütend. Er hat von der Vergangenheit gesprochen und damit etwas in mir geöffnet, was lieber verschlossen bleiben sollte. Ich muss hier weg, raus aus dem Jason-Dunstkreis, und zwar ganz schnell, bevor es richtig zwischen uns eskaliert. Ich stehe auf und bin schon auf halbem Wege zum Buffet, als er durch den ganzen Garten schreit: »Josie, ich will ein Date.« Entsetzt und in eine Schockstarre gefallen, stehe ich mit dem Rücken zu ihm, spüre alle Blicke auf uns gerichtet und möchte am liebsten heulen. Langsam drehe ich mich um und pflastere mein perfektes, falsches Lächeln ins Gesicht. »Nein!« Damit ist alles gesagt. Es wird Zeit zu gehen.

Ich suche Sally, Nathan und Emma, verabschiede mich und flüchte regelrecht.

Das Taxi, welches ich mir gerufen habe, bringt mich direkt nach Hause. Ich lasse mich erschöpft auf die Couch fallen. Es war anstrengend, die ganze Zeit Jason um mich herum zu haben und nicht zusammenzubrechen. Es ist auch nicht gerade ein Vorteil, dass er noch dieselben Gefühle in mir auslöst wie damals. Es klingelt an der Tür. Wer will denn noch was von mir? Bitte lass es nicht Hopper sein. Ich habe keine Nerven für eine Diskussion mit ihm. Ich hieve mich von dem Möbelstück hoch und gehe zur Tür. Es klingelt erneut. Schwungvoll öffne ich das Stück Holz. Es trifft mich wie ein Schlag. Es ist nicht wie gedacht Hopper, sondern Jason.

»Was willst du hier? Woher weißt du überhaupt, wo ich wohne?«

»Auch ich habe Mittel und Wege, um zu bekommen was ich will, meine Schöne. Unser Gespräch war noch nicht beendet. Nicht mal ansatzweise«, argumentiert Jason knurrend und betritt wie selbstverständlich meine Wohnung.

»Verschwinde, Jason. Ich will dich nicht hier haben.« Kaum habe ich die Wörter ausgespuckt, kommt er raubtierartig auf mich zu.

»Ist das so, ja?«

»Jason, bitte.« Meine Stimme zittert und ich bin kurz davor, in Tränen auszubrechen. Ich bewege mich rückwärts, bis ich meinen Esstisch am Po spüre.

»Was bitte? Bitte nimm mich endlich? Oder bitte küss mich? Oder ist es doch eher, bitte liebe mich?« Seine Worte bohren sich wie Nadelstiche in mein Herz. Ich lasse den Kopf hängen und sage flach: »Bitte geh. Verlass meine Wohnung.« Abrupt bleibt er vor mir stehen und hebt mit seinem Finger mein Kinn an.

»Sieh mich an, Josie.« Und weil mein Körper ein mieser Verräter ist, hören meine Augen auf den Penner.

»Ich habe nicht mehr vor, dich jemals wieder gehen zu lassen. Nicht, nachdem ich dir wieder begegnet bin. Du wirst mich nicht los. Ich werde dein Schatten sein, ich werde alles dafür tun, dass ich dich bei mir behalten kann. Ich habe dich so sehr vermisst.« Während er die Worte flüstert, streicht er an meiner Unterlippe entlang und senkt seinen Kopf. Millimeter trennen unsere Münder, doch er wartet auf meine Zustimmung. Meine Augen schließen sich wie automatisch und seine Lippen legen sich hauchzart auf meine. Der Kuss hat nichts Leidenschaftliches an sich, ist fast schon keusch und auch viel zu schnell vorbei. Flatternd öffne ich meine Lider und sehe, wie er lächelt.

»Ich schaff es wieder, Josie. Ich werde es wieder bekommen.« Mit dieser kryptischen Antwort gibt er mir noch einen Kuss auf die Wange, ehe er aus meiner Wohnung verschwindet.

***

Total gerädert werde ich von dem Vibrieren meines Handys wach und greife auf den Nachtisch. Die Uhrzeit meines Weckers springt mich förmlich an. Nur drei Stunden Schlaf, das hält doch kein Mensch aus. Ich nehme den Anruf an und halte mir das Handy ans Ohr.

»Wer stört?«, frage ich murmelnd und lass meinen Kopf wieder ins Kissen sinken.

»Deine Mutter. Ich würde es begrüßen, wenn du endlich wieder nach Hause kommst, Josie.« Schlagartig ist mein müder Zustand verschwunden. Seit drei Monaten versuche ich schon alles, um meinen Eltern aus dem Weg zu gehen. Entweder nörgeln sie an mir rum oder wollen mir erzählen, wie schön es doch ist, dass ich Hopper in meinem Leben habe. Nun ja, jetzt nicht mehr. Apropos, es wird mir eine wahre Freude sein, ihr gleich zu verkünden, dass wir nicht mehr zusammen sind.

»Was willst du, Mutter?«

»Also, wie redest du denn mit mir? Was ist das für ein Benehmen? Du schläfst doch sonst nicht so lang. Ich glaube, dein Vater muss mal wieder ein ernstes Wort mit Hopper reden.« Ich rolle mit den Augen und stoße Luft aus meiner Lunge.

»Mutter, gut, dass du es ansprichst. Ich habe mich von Hopper getrennt. Er ist fremdgegangen.« Plötzlich ertönt ein schrilles Lachen.

»Mein Kind, meinst du wirklich, dass er das mit Absicht gemacht hat? Auch Männer sind schwach. Meinst du, ich weiß nicht, dass dein Vater dieses Flittchen von Sekretärin vögelt?« Ich weiß nicht, worüber ich mehr geschockt sein soll, dass meine Mutter Fremdgehen toleriert oder dass sie ›vögeln‹ gesagt hat.

»Es stört dich nicht, dass Vater eure Ehe, unsere Familie damit zerstört?«, frage ich sie verstört und immer noch ungläubig.

»Darling, natürlich nicht. Ich liebe deinen Vater schon lange nicht mehr. Er widert mich an und ich bin froh, wenn er sich seine Bedürfnisse woanders stillen lässt. Aber es geht nicht um uns, sondern um Hopper und dich. Nimm ihn zurück. Ich habe keine Lust, erneut das Gespött meiner Teerunde zu sein, nur weil meine

Tochter mal wieder keinen Mann halten kann oder mit den falschen Männern anbandelt.« Okay, hiermit ist das Gespräch für mich beendet.

»Weißt du, Mutter, ich habe von dir keine andere Aussage erwartet, aber ich nehme Hopper auf keinen Fall zurück. Er und sein verseuchter Penis können mir gestohlen bleiben.« Ich höre noch, wie sie entrüstet meinen Namen sagt und lege auf. Genervt will ich mich wieder in die Laken stürzen, da klopft es an der Tür.

»Ist denn heute ›geh Josie auf den Sack-Tag‹, oder was?«, brülle ich durch die Wohnung.

Angepisst gehe ich zur Tür, reiße sie auf und will losschreien, werde aber daran gehindert. Weiche Lippen legen sich auf meine und bringen mich zum Verstummen. Der leicht stoppelige Bart kratzt über meine weiche Haut. Und wie auch gestern sind sie so schnell verschwunden, wie sie gekommen sind.

»Hach, wie habe ich diesen Anblick vermisst. Du, ein Bett und deine zerknautschte Mimik morgens.« Jason hebt mich kurzerhand hoch und transportiert mich wie eine Puppe ein Stück von der Tür weg, damit er eintreten kann. Ich lasse alles fassungslos und verwirrt mit mir machen. Was macht Jason hier?

»Los jetzt, mein Herz. Wir haben heute jede Menge vor. Ich habe Brötchen mitgebracht«, sagt er gut gelaunt und haut mir auf den Arsch. Erschrocken schnappe ich auf und werde endlich wieder Herr meines Körpers.

Ich stapfe hinter ihm her und sehe, wie er wie selbstverständlich in meinen Küchenschränken wühlt, meinen Tisch deckt und den Kühlschrank öffnet.

»Bist du eigentlich vollkommen bescheuert? Was willst du hier?« Er ignoriert mich und macht weiter mit seinem Vorhaben. Das bringt mich zur Weißglut. »Und lass endlich meine Sachen in Ruhe. Das hier ist meine Wohnung, Jason. Verpiss dich! Jetzt!« *Was glaubt er eigentlich, wer er ist.* Ich habe doch gestern erst gesagt, dass er mich in Ruhe lassen soll. Wichser. Ja, er ist ein elender Wichser. *Mantra, Josie.* Besagter dreht sich zu mir um und grinst wie ein Honigkuchenpferd.

»Ich habe dir gestern gesagt, dass ich es wieder hinbekommen und dein Herz zurückerobern werde. Und genau heute werde ich damit anfangen. Wir beide ...«, er kommt langsam auf mich zu, bis er vor mir stehen bleibt und ich den Kopf in den Nacken legen muss, »... gehören zusammen, und das werde ich dir jeden Tag beweisen, solange ich lebe. Ich habe dich einmal verloren, das passiert mir nie wieder, Josie.« Er tippt mir an die Nasenspitze. Ich bin den Tränen nahe.

Ich kann das hier nicht. Es ist zu viel. Zu viel Jason und zu viel Vergangenheit. Ich wende mich ab, will gehen, werde aber am Handgelenk festgehalten.

»Was denkst du, wohin du jetzt gehen kannst? Wir frühstücken jetzt und dann fahren wir weg. Ich habe eine Überraschung für dich. Komm, setz dich hin und lass dich verwöhnen.« Er führt mich zu den Stühlen und zieht mir einen hervor. Jason weiß ganz genau, dass ich bei solchen Kleinigkeiten schwach werde. Ich setze mich und spüre wie seine Finger meinem Nacken entlangstreichen, ehe er die Kanne nimmt und mir Kaffee einschenkt. Als würden wir das schon seit Jahren tun, setzt Jason sich auf den Stuhl mir gegenüber, schneidet eins seiner mitgebrachten Brötchen auf und legt es mir auf den Teller. Am liebsten würde ich schreien. Ihn anschreien, was die ganze Scheiße soll, aber ich schaffe es nicht. Ich bin zu schwach.

Jason

Die Situation ist mehr als bizarr. Ich fühle mich in die Zeit vor fünf Jahren zurückversetzt. Es ist das gleiche Auto, sie sitzt neben mir und diese Blicke, die sie mir immer zuwirft. Wenn sie denkt, ich spüre die Blicke nicht, dann hat sie sich geschnitten. Ich tue es nämlich.

Ich halte an einer roten Ampel, diese schwenkt allerdings augenblicklich auf Grün um. Als ich das Gaspedal durchdrücke, macht der Wagen einen Satz nach vorne. Josies ganzer Körper beginnt zu zittern. Shit.

Ich nehme ihre Hand, lege sie auf meinen Oberschenkel und verflechte sie mit meiner.

»Josie, es wird dir nichts geschehen, ich verspreche es. Was damals passiert ist, wird sich nicht wiederholen.« Sie nickt, auch wenn es sie kein Stück zu beruhigen scheint. Ihr Atem geht hektisch und ihre Finger drücken meine Hand etwas zu fest.

»Schau aus dem Seitenfenster, nicht durch die Frontscheibe. Versuch, dich zu entspannen, und lehn dich zurück.« Sie drückt einmal meine Hand als Bestätigung und schaut aus dem Beifahrerfenster. Niemals wieder werde ich ihr das antun. Das schwöre ich mir innerlich.

***

Nach dreißig Minuten kommen wir endlich am Ziel an. Jetzt, da ich den Wagen auf den Parkplatz gestellt habe, bin ich mir meiner Sache nicht mehr so sicher. So, wie sie im Auto reagiert hat, wird sie mich gleich verfluchen.

Ich muss ihr jedoch zeigen, wie meine Welt, mein Leben nun aussieht. Wer ich jetzt bin. Ich will, dass sie wieder Teil meines Lebens wird, und das kann sie nur, wenn sie sich hierauf einlassen kann. Wir steigen aus. Ich atme einmal tief durch und nehme ihre Hand.

»Was machen wir hier?«, fragt sie neugierig und schaut auf das riesige Gelände vor uns.

»Ich arbeite hier und möchte dir gerne meine neue Welt zeigen. Ich möchte dir vor allem aber die Gelegenheit geben, mich erneut kennenzulernen. Ich will, dass du wieder Teil meines Lebens wirst, und das hier ist der erste Schritt dazu.«

Bei meiner Ansprache werden ihre Augen immer größer. Doch dann zieht sie ihre Hand aus meiner und entfernt sich immer mehr von mir.

»Was ist los?«, frage ich und kann nicht leugnen, dass ich mich gekränkt anhöre.

»Jason, weißt du, was du da redest? Es hat schon einmal nicht funktioniert, warum meinst du, sollte es diesmal klappen? Und wenn, dann für wie lange? Wenn du mir endlich den Grund für dein Verschwinden nennen würdest. Hattest du damals eine andere, Jason? Ist es das gewesen? Hast du mich deshalb verlassen, direkt nach dem Unfall? War es für dich so einfacher und praktischer, die arme, naive Josie in ihrem Elend ertrinken zu lassen?« Zum Schluss schreit sie nur noch und bricht dann zusammen. Ich kann sie gerade noch rechtzeitig auffangen.

Sie krallt ihre Finger in mein T-Shirt, weint und drückt ab und zu fest ihre Fäuste in meine Brust.

»Shhh ... Es tut mir leid. Ich kann die Zeit nicht zurückdrehen. Nicht ungeschehen machen, was ich dir und mir angetan habe. Gib mir Zeit, um dir alles in Ruhe zu erklären, okay? Ich kann aber definitiv sagen, es war nie eine andere Frau im Spiel. Ich habe nur dich geliebt, Josie. Bitte glaube mir wenigstens das.« Ich nehme ihr Gesicht in meine Hände, wische die Tränen von ihren Wangen und küsse ihre Stirn.

»Ich liebte dich damals und liebe dich heute noch. Gib dem Hier und Jetzt, dem dir und mir, eine letzte Chance.« Ja, ich bin ein harter Kerl, aber Scheiße noch mal, diese Frau bringt mich fast zum Heulen. Noch nie in meinem Leben habe ich so eine Liebe gespürt. Diese Frau wird meine Frau werden. Mit meinem Nachnamen und meinem Ring an ihrem Finger. Sie wird die Mutter meiner Kinder werden. Ich werde zweihundert Prozent geben, um es wahr werden zu lassen. Zweifel, sind in ihren Augen zu erkennen.

»Vorschlag. Gib mir zwei Dates, um dich voll und ganz zu überzeugen, dass ich es wiedergutmachen kann. Dass ich uns eine Zukunft geben kann.« Ihr Blick ist durchdringend und ernst. Allerdings zuckt ihr Mundwinkel nach oben.

»Du bist ganz schön von dir selbst überzeugt, Willard.« Sie zieht total unladylike die Nase hoch. Ich liebe selbst diese Geste.

»Okay, zwei Dates. Ohne dieses hier. Das zähle ich nicht mit. Ich hoffe, deine Worte sind nicht nur heiße Luft.« Und dann, weil ich es nicht mehr aushalte, nehme ich sie in die Arme und wirbele sie einmal im Kreis herum. Ihr Kichern ist wie Balsam auf meiner schwarzen Seele.

»So, nun lass mich dir endlich zeigen, weswegen wir hier sind.« Ich stelle sie wieder auf ihre Füße, nehme ihre Hand und ziehe sie praktisch hinter mir her. Ich hole den

Transponder aus meiner Hosentasche, halte ihn an das Schloss. Die Tür öffnet sich und ich führe sie hindurch. Gemeinsam betreten wir eine große Eingangshalle. An den Wänden hängen Bilder von allen bekannten, gefeierten, ehemaligen Fahrern des RTM. Das Herzstück des Raumes ist ein Ford Mustang V8 Oldtimer. Aufgemotzt als Sportschlitten steht er mitten im Raum. Josie weiß gar nicht, wo sie als Erstes hinschauen soll.

»Wow«, haucht sie ehrfürchtig. Ich zwinkere ihr zu.

»Warte mal ab, bis du den Rest siehst.« Wieder ziehe ich sie durch den Flur und biege dann rechts ab. Ich öffne die große Flügeltür. Wir befinden uns in einer gigantischen Werkstatt. Der Duft von Benzin weht uns in die Nase. All unsere Babys stehen auf ihren Parkplätzen. Jedes Schätzchen hat seine eigene Hebebühne unter dem Parkplatz und einen eigenen Mechaniker. Es ist der wahr gewordene Traum jedes Rennfahrers.

»Oh Gott, das ist ja irre. Die Autos sehen so cool aus. Warum sind wir hier? Bist du hier Mechaniker?«, freut sie sich. Nun bin ich gespannt, was sie sagen wird. Ich schüttele mit dem Kopf und gehe mit ihr zu meinem Auto. Leider wollte der Chef des RTMs mein Baby, welches ich damals mitgebracht und wieder instand gesetzt habe, nicht in den Kader aufnehmen. Sie fahren nur mit ihren Automarken und dem musste ich vertraglich zustimmen.

Ich hebe Josie hoch, was sie mit einem Quietschen quittiert und setze sie auf die Motorhaube meines Fords Mustang. Stelle mich zwischen ihre Beine.

»Nein, ich bin hier kein Mechaniker. Versuch es noch mal«, necke ich sie.

»Was willst du denn sonst hier machen? Du bist aber nicht ins Büro gewechselt, oder? Ich habe dich nie als Schreibtischpupser gesehen.«

»Nein, auch das nicht. Noch ein Versuch, Baby, sonst habe ich gewonnen und bekomme einen Kuss als Siegesprämie«, pokere ich.

»Ach, jetzt weiß ich es.« Sie schlägt sich leicht gegen die Stirn.

»Du putzt hier, oder? Wir bekommen aber keine Schwierigkeiten, weil du dich mit mir hier außerhalb deiner Arbeitszeiten aufhältst?« In ihrem Blick tanzt der Schalk. Die kleine Göre weiß genau, was ich hier mache. Langsam nähere ich mich ihren Lippen und hauche dagegen: »Nein, auch putzen tu ich hier nicht. Tja, dann habe ich wohl …« gewonnen will ich sagen, da presst sie schon ihre Lippen auf meine. Ihre rechte Hand wandert in meinen Nacken und hält mich dort fest im Griff.

Ich nehme meine Hände und umschließe ihr Gesicht, lasse sie dann in ihren Nacken wandern und intensiviere den Kuss. Nach Atem ringend, lösen wir uns voneinander.

»Das war so nicht geplant«, murmele ich und hole sie von meinem Auto herunter.

»Nicht? Ich hätte wetten können, dass du mich auf deinem Auto vernaschen wolltest.« Sie grinst schelmisch.

»Josie, Josie. Ich werde dich auch noch vernaschen. Nach unseren Dates.« Ich zwinkere ihr zu und lasse sie sprachlos zurück. Öffne das seitliche Tor, welches für Lieferanten vorgesehen ist, und hole meinen Audi. Während ich das Tor schließe, steigt Josie in den Wagen. Hinter dem Steuer sitzend, drehe ich mich nochmal zu ihr.

»Wenn du Panik bekommst, raus möchtest oder wir das hier abbrechen sollen, dann brauchst du nur einen Ton sagen. Wir fahren sofort hierher zurück, versprochen.« Sie schaut sich einmal im Fond um und nickt.

***

Geschmeidig öffne ich mit einer kleinen Fernbedienung das Rolltor und wir fahren geradewegs zur Fahrbahn.

»Du hast es tatsächlich geschafft«, haucht sie, als das komplette Ausmaß der Strecke ersichtlich wird.

»Ja, ich habe es geschafft«, stimme ich ihr zu und erwecke mein Auto zum Leben.

Zunächst nur langsam erkunden wir die Fahrbahn. Manchmal verkrampft sich Josie, aber Runde um Runde taut sie mehr auf. Nach einiger Zeit macht sie etwas, das ich niemals erwartet hätte. Sie lässt das Fenster komplett herunterfahren, lehnt sich leicht nach draußen und begleitet das Ganze mit einem Jubelschrei. Ich erhöhe die Geschwindigkeit. Wir lachen gemeinsam und obwohl ich mich mehr als sonst auf die Strecke konzentriere, kann auch ich mich vor Freude kaum halten.

Bei jedem Rennen, bei jedem Training geht es mir so. Natürlich steckt auch jede Menge harte Arbeit dahinter. Ich will dem Team nicht schaden, sondern es stolz machen. Nach einer Weile drossele ich das Tempo und fahre zurück in die Halle. Kaum steht das Auto wieder an seinem Platz, klettert Josie auf meinen Schoß und küsst mich um den Verstand. Reibt sich an mir, krallt ihre Hände in mein Haar. Josie stöhnt auf, als sie über ihn reibt. *Aber nein, das läuft so nicht, mein Freund. Wir haben eine Mission.* Schweren Herzens beende ich den Kuss und lasse meine Stirn auf ihre vollen Brüste fallen. Ihr Atem geht schwer und ihr Herz rast.

»Wir müssen hier raus, bevor ich gleich über dich herfalle. Auch ich bin nur ein Mann und meine Willenskraft ist gerade sehr gering. Ich will das hier richtig machen.« Einmal seufze ich noch auf und murmele ihren Brüsten zu: »Noch sind wir nicht auf der dritten Base.« Sie gluckst und streicht mir mit ihren Fingern durch meine zerwühlten Haare.

»Okay«, sagt sie und tut etwas, was mich innerlich erschüttert. Sie küsst meinen Scheitel. Und schon wieder schafft sie es, dass ich fast heule. Scheiße Mann. Diese Frau macht mich komplett zum Weichei. Wenn die Jungs mich jemals so erleben werden, dann kann ich einpacken.

Sie lässt sich zurück auf ihren Platz gleiten und wir steigen aus dem Auto. Damit ist der Tag noch nicht beendet. So langsam geht die Sonne unter, das spielt mir perfekt in die Karten.

Wie selbstverständlich nehme ich ihre Hand und gehe mit ihr aus der Werkstatt heraus und links herum. Wir passieren eine Tür und befinden uns in unserem Aufenthaltsraum. Ich hole uns aus dem Automaten Getränke und Kekse. Mit dem Proviant in der Hand manövriere ich sie durch die nächste Tür und schon sind wir am unteren Anfang des Außenbereichs. Ich steuere die Zuschauertribüne an. Nachdem wir einen guten Platz gefunden haben, trinken und essen wir schweigend nebeneinander. Die Stille ist nicht unangenehm, so kann ich meine ganzen Gefühle und Gedanken sammeln.

»Wie ist es dir ergangen, nachdem du abgehauen bist? Was hast du alles gemacht, gesehen? Erzähl mir davon«, fordert sie mich plötzlich auf. Ich lehne mich nach hinten und schaue in den Himmel

»Herb hat mir ein Probetraining hier beim California RTM organisiert. Ich habe meine Sachen gepackt, mein letztes Geld zusammengekratzt und bin hierhergefahren. Ich hatte nur diese eine Chance und Pete, mein Chef, hat etwas in mir gesehen. Innerhalb von einem Tag habe ich einen Vertrag unterschrieben, eine Wohnung bekommen und konnte mit meinem Vorschuss den Kühlschrank füllen.« Ich zucke mit den Schultern.

»Ich hatte zum ersten Mal das Gefühl, dass es für mich richtig gut laufen wird. Dass das Schicksal mir nicht nur ins Gesicht treten will, sondern mir auch zeigen möchte, dass es gute Seiten im Leben gibt.«

»Ich war nicht gut in deinem Leben?«, fragt sie traurig und schaut ebenfalls gen Himmel. Ich greife ihre Hand, sie zieht diese jedoch weg.

»Du warst und bist das Beste in meinem kümmerlichen Leben, Josie. Du warst es schon immer, seit wir uns kennen. Ich bin ein Bastard durch und durch. Und doch hast du etwas in mir gesehen. Mir den Kopf verdreht.«

»Scheinbar nicht genug. Du hast mich alleingelassen. Ohne einen Abschied. Du hast mich einfach so aus deinem Leben gestrichen. Was ist, wenn plötzlich eine Frau um die Ecke kommt, die mir in vielen Dingen überlegen ist? Ich habe schon einmal mein Herz verloren, Jason. Ich kann es nicht noch einmal riskieren.« Ich setze mich auf und stütze meine Arme auf meinen Beinen ab.

»Wir werden immer wieder auf diesen Punkt zurückkommen, oder? Du wirst mir niemals ganz eine Chance geben. Du sagst es zwar, aber sind wir mal ehrlich, du glaubst selbst nicht daran«, sage ich resigniert.

»Was erwartest du denn bitte von mir? Dass ich dir alles vergebe? Dass ich einfach sage ›Hey, Jason hat mich verlassen ohne einen Grund, ohne dass ich abschließen konnte. Ich liebe ihn. Lassen wir alles hinter uns und er kann mir Babys machen‹, wohl eher nicht, richtig? Denn ich bin angepisst. Ich bin traurig und ich will am liebsten auf dich einschlagen. Ich will dich leiden sehen, für das, was du mir angetan hast. Aber dann gibt es noch die andere Josie in mir. Die, die dich so abgöttisch liebt, dass sie dir alles verzeihen könnte. Die, die dich so abgrundtief vermisst hat und die es genießt, wenn du sie küsst und berührst.« Ich kann einfach nicht anders, grinse sie verschmitzt an und sage: »Was ist denn, wenn ich beide Josies nehmen würde? Die heiße, böse und die liebende Josie. Ich wüsste eine ganze Menge, mit euch beiden anzufangen.«

Sie haut mir auf die Schulter und wieder ist da das Zucken ihrer Mundwinkel. Ich habe es genau gesehen. Ich nehme sie in den Arm und hauche einen Kuss auf ihren Kopf.

»Wir kriegen das hin. Gib mir Zeit und eine Chance. Mehr brauche ich nicht. Das hier ...«, ich nehme unsere verflochtenen Hände, tippe gegen ihre Brust, wo ihr Herz heftig schlägt, »... wird bald wieder ohne Zweifel und Leid nur für mich schlagen. Ich verspreche es dir. Ich nehme dir all diesen Schmerz, den du die Jahre über ertragen musstest.« Sie nickt und das reicht mir.

»So, und nun lass uns zurückfahren. Das war unser erstes Date und das beinhaltet einen kleinen Kuss vor deiner Haustür, den ich mir jetzt redlich verdient habe.« Sie steht mit mir zusammen auf und schüttelt mit dem Kopf.

»Was macht Sie so sicher, dass Sie einen Kuss bekommen, Mr. Willard? Wissen Sie, ich bin nicht so eine Frau.« Sie versucht ernsthaft, mir meinen Erstes-Date-Kuss zu verweigern? Niemals. Ich zwinkere ihr zu und meine die folgenden Worte sehr ernst.

»Du glaubst wirklich, dass diese leeren Worte bei mir ziehen? Wenn ich dich küsse, dann willst du mehr, das weißt du genauso gut wie ich.« Ihr Mund klappt auf und zu. Ich lasse sie sprachlos stehen, während ich die Getränke und die leere Kekspackung in den Mülleimer im Aufenthaltsraum werfe.

***

Dieses Mal ist da kein Zittern, welches durch ihren Körper fährt, während ich uns durch die Straßen Lobsin Citys fahre. Viel zu schnell sind wir an ihrer Tür angekommen.

Wir steigen aus und ich bringe sie zu dieser. Ich komme mir gerade mächtig dumm vor. Die Situation erinnert mich an diese Highschoolfilme, in denen betretene Stille einsetzt, weil sie sich DEN Kuss wünscht, während er nur daran denken kann, sie gegen die Tür zu nageln.

Und was passiert IMMER bei solch einer Szene? Sie himmelt ihn an und geht ohne Kuss rein, während seine Eier sich zu schrumpeligen, kleinen, blauen Rosinen zusammenziehen. Wo ist meine gottverdammte Coolness hin? Warum muss ich in ihrer Nähe immer so verweichlicht sein? Ich bin doch kein hirnloser Footballspieler in einem beschissenen Teeniefilm.

Ich mache einen Schritt auf sie zu, sehe, wie ihre Augen immer größer werden, und sie einen Schritt zurücktritt. Nun lehnt sie mit dem Rücken an der Wand. Ich komme ihr ganz nah, uns trennt nur noch eine Handbreit und ich hauche: »Weißt du, ich habe gesagt, ich bekomme einen Kuss und den werde ich mir jetzt auch holen.«

Wie magisch angezogen, landen unsere Münder aufeinander. Ich ziehe mit meinen Zähnen leicht an ihrer Unterlippe. Josie bebt an mir. Ich stütze beide Hände links und rechts neben ihrem Kopf gegen die Wand. Ihre klammern sich an meine Oberarme. Mein Schwanz würde, wenn er Hände hätte, jetzt freudig Applaus klatschen. Viel zu lange ist er nicht mehr beachtet worden.

»Komm mit rein«, keucht sie gegen meine Lippen und ich grinse. Ich streiche meine Worte von vorhin.

Ja, ich habe es langsam angehen lassen wollen. Ich habe wirklich diese erste, zweite und dritte Base Nummer abziehen wollen, aber das bin ich nicht. Das sind wir beide nicht, waren wir nie und werden wir auch nie sein.

Josie

Warum schafft es Jason immer wieder, dass ich mich begehrt, heiß und dennoch wie ein Flittchen fühle? So unanständig und immer geil. Das kenne ich nicht von mir, auf jeden Fall nicht in den letzten fünf Jahren. Vielleicht liegt es auch einfach an unserer Verbindung. Sobald wir aufeinandertreffen, ist es wie eine Explosion. Mein Kopf setzt aus und ich lasse nur meinen Körper sprechen. Jason weiß definitiv, was er machen muss, um mich um den Verstand zu bringen.

Ich kann nur an unsere Küsse, Berührungen und diese wahnsinnig intensiven Orgasmen denken, die er mir gestern Nacht geschenkt hat. Und während ich hier an meinem Schreibtisch sitze und eigentlich nach Kinderspielen suchen sollte, kann ich nur an das Eine denken.

Er macht mich zur Nymphomanin. Der Ausflug gestern war wunderschön. Natürlich wurmt mich immer noch, dass er einfach nicht mit der Sprache rausrückt. Dass uns dieses Abschlussgespräch zu unserer Vergangenheit fehlt. Schnell öffne ich ein Fenster und lasse die kühle, frische Luft herein. *Fokus, Josie. Denk an die Kinder, die am Montag auf neue Spiele und Lieder warten.* Okay, ich schaffe das.

Ich öffne die Suchmaschine im Browser, da klingelt es an der Wohnungstür. Wenn das Jason ist, dann habe ich jetzt wirklich ein Problem. Meine Libido meldet sich schon bereitwillig, wenn ich nur an ihn denke.

Schnell stehe ich auf und öffne die Tür. Es trifft mich wie ein Schlag.

Vor mir steht Susan, und zwar deutlich wütend und schnaufend. Sie ist älter geworden. In ihren Augen fehlt der Glanz. Und diese Falte auf ihrer Stirn, lässt sie ernster wirken als früher.

»Susan«, hauche ich ergriffen und spüre wie mir Tränen in die Augen schießen. Ihre Hand kracht mit einer enormen Wucht auf meine Wange, sodass ich nach Luft schnappen muss. Ich halte mir meine pochende Wange, schaue sie mit großen Augen an und kann nicht fassen, was soeben passiert ist.

»Du kleine Schlampe. Machst dir hier ein schönes, neues Leben und streichst deine beste Freundin einfach so aus deinem alten Leben? Was soll die Scheiße? Und dann muss ich von deiner Drachenmutter erfahren, wo du dich aufhältst, und dass du hier so glücklich mit deinem ›Schatz‹ bist. Im Ernst? Hopper? Was soll diese Farce hier? Rede endlich!« Den letzten Satz schreit sie.

Noch immer in Schockstarre versetzt, kann ich mich nicht rühren. Susan feuert weiter mit Wörtern um sich und kommt mir dabei immer näher, sodass ich nach hinten zurückweichen muss. Sie gibt der Tür einen Schubser. Mit einem Krachen geht sie zu. Meine ehemals beste Freundin kommt bedrohlich langsam auf mich zu.

»Wir waren beste Freundinnen, du dumme Kuh. Nicht ein beschissenes Wort. Nicht eine Nachricht, nichts. Dieser widerliche Idiot von einem Anwalt? Ich habe dich damals vor ihm gewarnt. Habe dir von dem Date abgeraten. Du bist mit ihm hierhergezogen? Wo ist dein Verstand geblieben? Die Josie von früher hätte das niemals getan.« Jetzt weiß ich, was ich zu tun habe. Susan hat mit allem recht und sie hat vor allem auch recht, sauer auf mich zu sein.

Ohne irgendetwas zu sagen, gehe ich auf sie zu und nehme sie in den Arm. Ich drücke sie so fest an mich, wie ich kann. Sie schluchzt auf und auch ich kann nicht mehr ruhig bleiben.

So sinken wir auf den Boden, halten uns und weinen. Irgendwann schlafen unsere Beine ein und wir setzen uns mit einem Kaffee auf meine Couch.

»Erklär es mir«, fordert sie und nippt an ihrem Kaffee. Ich schlucke und knete meine Hände in meinem Schoß.

»Erinnerst du dich noch daran, wie alles nach Jasons Verschwinden aus dem Ruder lief? Die Partys? Ich habe Hopper zufällig getroffen und lernte ihn bei einem Date besser kennen. Er machte mir von Anfang an Komplimente. Ich brauchte Sicherheit und er gab sie mir. Eins führte zum anderen und hier waren wir. In der Beziehung mit ihm ging es niemals um Liebe, von meiner Seite aus auf jeden Fall nicht, und seit Neuestem weiß ich, dass auch er mich nie geliebt hat. Wir hatten einfach eine Zweckverbindung.« Susan schaut mich an, setzt immer wieder zum Sprechen an, lässt es allerdings bleiben.

Ich erzähle ihr, wie ich die Chance genutzt habe, mit ihm hierherzuziehen, allerdings eine eigene Wohnung genommen habe. Wie ich im Kindergarten zu arbeiten angefangen habe und auch von der Trennung erzähle ich ihr.

»Gott sei Dank! Ein großes Halleluja nach oben. Ich habe in den letzten Tagen so oft gehofft, dass du endlich einsiehst, was für eine dumme Gurke der Kerl ist. Er passt einfach nicht zu dir.« Ich muss angesichts ihrer Euphorie grinsen.

»Ja, besser spät als nie«, gebe ich ihr recht. Und jetzt ist es wohl Zeit für die Entschuldigung, die ich ihr schuldig bin. Ernst sehe ich sie an, während meine Stimme leicht zittert.

»Hör zu, du hast wirklich jedes Recht, sauer auf mich zu sein, und auch die Ohrfeige habe ich verdient. Es tut mir alles so unglaublich leid, Susan. Ich brauchte diesen Cut und jedes Mal, wenn ich dich gesehen habe, kam mein altes Leben, welches ich hinter mir lassen wollte, zum Vorschein. Meine Eltern, du, diese beschissene Stadt, einfach alles. Ich weiß, es war nicht fair. Aber ich konnte nicht mehr«, gestehe ich ihr und meine Tränen drohen, wieder an die Oberfläche zu kommen.

»Bitte, verzeih mir«, hauche ich und schaue auf meine Finger. Susan seufzt, nimmt meine Hand in ihre und drückt sie.

»Gib mir Zeit, okay? Das war ganz schön viel für mich. Ich habe Urlaub und werde dir zwei Wochen auf die Eierstöcke gehen. Zurzeit habe ich kein Hotel gefunden. Nächstes Wochenende findet irgendein superwichtiges Autorennen statt und alle Welt will dabei sein. Also werde ich mich hier auf deiner Couch einquartieren und du kannst nichts dagegen sagen. Lass uns schauen, wie es läuft. Zeig mir dein jetziges Leben.«

»Selbstverständlich kannst du hierbleiben und nimm dir alle Zeit der Welt, Susan.« Mir fällt ein, dass ich ein wichtiges Detail zu erwähnen vergessen habe, nämlich die ganze Sache mit Jason.

»Susan, ich muss dir noch etwas sagen …« starte ich den Versuch, da höre ich einen Schlüssel im Schloss. Scheiße! Ich weiß ganz genau, wer jetzt zur Tür reinkommen wird. Warum habe ich ihm auch meinen Ersatzschlüssel gegeben, als er heute Morgen zum Training musste?

»Josie, ich bin zu Hause. Ich hoffe für dich, dass du nackt und bereit für mich bist!«, ruft er dunkel durch die Wohnung. Fuck. Ich schließe die Augen und sammele mich für das, was jetzt kommen wird.

Er betritt das Wohnzimmer. Ich öffne die Augen und blicke Susan an, die leichenblass geworden ist.

»Das wollte ich dir sagen.« Ich merke, wie ich vor Verlegenheit rot anlaufe. Jason lehnt im Türrahmen mit verschränkten Armen und schaut immer wieder zwischen Susan und mir hin und her. »Ähm, vielleicht sollte ich nach Hause fahren?« Man sieht ihm an, dass ihm diese Situation genauso unangenehm ist wie mir.

»Du gehst nirgendwo hin, mein Freund«, bestimmt Susan mit fester Stimme und zeigt mit dem Finger auf meinen Lesesessel. Er versteht und setzt sich. Susan räuspert sich und kneift ihre Augen zu Schlitzen zusammen.

»Du bist auch hierher geflüchtet? Im Ernst jetzt? Du Arsch bist schuld für diese ganze gottverdammte Scheiße! Du bist abgehauen, Jason. Du bist so ein Versager«, spuckt sie ihm entgegen und dreht den Kopf zu mir.

»Du lässt ihn nach allem, was er dir angetan hat, in dein Schmuckkästchen? Bist du komplett irre? Der Kerl ist bestimmt total verseucht. Er hat dich alleingelassen. Er ist abgehauen und ich durfte die Scherben aufsammeln. Bitte sag mir, dass das alles hier ein schlechter Scherz ist.«

»Hey ... Ich bin nicht ...«, will Jason protestieren, da hebt sie die Hand und stoppt ihn.

»Oh, und wie du verseucht bist. Komm, erzähl doch mal der lieben Josie, mit wie vielen Frauen du es getrieben hast, seitdem du dich wie ein jämmerlicher Bastard verpisst hast. Komm, hab Eier und sag es«, knallt sie ihm an den Kopf. Ich will das nicht hören, wirklich nicht. Ich kann mir vorstellen, dass er nicht wie ein Mönch gelebt hat. Ich ja ebenso wenig. Aber ich will das nicht hören.

Jason schaut mich an und ihm geht es genauso. Viel schlimmer ist eigentlich, dass er nichts dementiert. Ich kann die Antwort, die ich nicht hören will, in seinen Augen lesen.

»Ich glaube, ich gehe besser. Es tut mir leid. Ich ruf dich nachher an.« Er kommt auf mich zu, haucht mir einen Kuss auf die Stirn und verschwindet.

»Ja, hau ab, das kannst du doch sowieso am besten«, ruft Susan ihm hinterher.

»Susan, es reicht jetzt! Ja, er hat Fehler gemacht, aber wir sind gerade dabei, uns wieder anzunähern, und er hat mir versprochen, den Grund für sein Verhalten zu sagen. Ich gebe ihm die Zeit und eine letzte Chance, um mir zu zeigen, dass er es dieses Mal ernst meint.«

»Na, und das glaubst du ihm? Ich werde vielleicht nicht hier sein, wenn deine Welt wieder mal in Scherben liegt.«

»Das musst du auch nicht, Süße. Ich bin dir für alles so unendlich dankbar. Und obwohl ich unsere Freundschaft mit Füßen getreten habe, werde ich dich niemals wieder aus meinem Leben streichen. Aber es ist Jason, Susie. Er war es immer und wird es immer sein. Ich werde ihm noch oft verzeihen müssen. Werde niemals von ihm loskommen, denn er hat damals mein Herz im Sturm erobert und behalten. Mir ist bewusst, dass diese Beziehung viel Arbeit erfordert, aber ich bin bereit dafür. Ich will ein Leben mit ihm.« Sie schaut mich immer noch skeptisch an.

»Also muss ich akzeptieren, dass der Wichser meine beste Freundin wieder und wieder verarschen wird?« Ich zucke mit den Schultern.

»Wir sind Jason und Josie. Wir werden beide Fehler machen. Niemand ist perfekt.«

»Okay, genug von dieser Depristimmung. Das zieht mich runter. Lass uns shoppen gehen und du zeigst mir die Stadt.« Sie klatscht in die Hände und steht voller Tatendrang vom Sofa auf. Ich lache und stimme ihr zu. Schluss mit traurig sein, es wird Zeit, dass ich Wiedergutmachung leiste.

***

Die Zeit vergeht wie im Flug und es liegt schon eine Woche voller emotionaler Gespräche, viel Spaß und der Spannung zwischen Jason, Susan und mir zurück.

Jeden Abend telefonieren Jason und ich, wünschen uns eine gute Nacht. Er hat großes Verständnis dafür, wie skeptisch Susan ihm gegenüber ist. Gibt uns also den Freiraum, den unsere Freundschaft und sie selbst benötigt. Er besucht mich vor seinem Training bei der Arbeit, um sich einen Kuss zu stehlen. Das Thema Susan und unsere Vergangenheit vermeiden wir. Es wird wahrscheinlich noch sehr lange dauern, bis Susan und Jason wieder warm miteinander werden. Heute Abend, genau genommen in zwei Stunden, holt er uns ab. Die Rennsaison beginnt. Deshalb ist ganz Lobsin City in heller Aufregung. Man kann sich das ganze wie ein Heimspiel beim Football vorstellen. Alle kommen, um dem Spektakel beizuwohnen. Da Jason Fahrer ist, erhalten wir Plätze an vorderster Front. Wir dürfen auf der Tribüne ganz unten sitzen, nah am Team und somit hautnah am Geschehen.

Obwohl Susan noch immer einen Groll gegen Jason hegt, freut sie sich gerade wie bei den illegalen Rennen damals. Ich habe das Gefühl, dass sie ihm schon verziehen hat, es aber noch nicht zugeben will.

»Aber hallo, Schwester. Du bist immer noch so unverschämt heiß. Wie machst du das nur? Schau mich an. Ich werde alt. Siehst du? Ich habe schon Falten. Genau da«, klagt Susan, als sie aus dem Bad kommt und sich neben mich vor meinen Spiegelschrank stellt.

»Ach, so ein Quatsch. Du bist genauso hübsch wie vor fünf Jahren.« Sie rollt mit den Augen und zupft an sich herum.

»Ich bin fett geworden. Frustessen, jede Menge.« Ich schüttele seufzend den Kopf. Sie wird es nie akzeptieren, wie ich und vor allem das männliche Geschlecht sie sehen.

»Okay, wenn du dann fertig damit bist, dich zu bemitleiden und in deinen nicht vorhandenen Speck zu piksen, dann trinken wir noch aus und dann los«, sage ich bestimmt.

***

Ich habe gedacht, dass Jason damals auf der Straße schon beliebt gewesen ist, aber es wird hier noch um Längen getoppt. Überall sind Schilder mit Kinderwünschen zu sehen. Über uns kreischen die ganze Zeit Frauen seinen Namen. Ob ich das gut heißen soll, weiß ich noch nicht so genau. Ich bin einfach zu geflasht von der Atmosphäre. Da wir fast ganz vorne stehen, kann ich auch die anderen Teamkameraden von ihm sehen. Wir haben uns nur kurz auf der Geburtstagsfeier kennengelernt. Jason schwärmt von den Jungs und für ihn sind sie das, was einer Familie am nächsten kommt.

Während wir hier sitzen, erkläre ich Susan, dass fünf Teams bei diesem Rennen mitmachen. Jedes Team schickt drei Fahrer an den Start, die nacheinander drei Runden fahren müssen. Der schnellste jeder Teamrunde ist eine Runde weiter. Bis am Ende nur noch einer aus jedem Team übrig ist. Dann geht es in zehn Runden um den Sieg. Die letzten vier Rennen hat Jason gewinnen können, das hat er mir letztens mit Stolz erzählt. Noch zehn Minuten bis zum Start. Ich bin so aufgeregt. Das ist das erste Mal, dass ich Jason nach so langer Zeit wieder in Aktion sehe. Legal und gesichert. Plötzlich tritt ein Schatten vor uns. Ich schaue hoch, schotte mit einer Hand die Sonne ab und sehe Jason mit seinem Helm in der Hand vor uns stehen. Er hat dieses unverschämte, gut aussehende Grinsen im Gesicht und am liebsten würde ich ihn vor allen anderen, ganz besonders den Frauen, abschlecken. Als hätte er meine Gedanken gelesen, nimmt er meine Hand, zieht mich von meinem Sitz hoch und drückt mir einen Kuss auf die Lippen, der schon fast filmreif ist. Erst als um uns herum Buhrufe und Pfiffe ertönen, trennen sich unsere Münder. Heilige Scheiße. Dieser Mann ist die pure Sünde. Ich lecke mir über die Lippen und schon verdunkeln sich seine Augen.

»Glückskuss. Ich habe soeben beschlossen, dass wir ein neues Ritual einführen.« Ich kann nur nicken. Zwinkernd und fröhlich pfeifend geht er ganz nach vorne zur Absperrung und springt souverän drüber. Ich kann es mir einfach nicht verkneifen, drehe mich zu den Schnepfen hinter uns um und grinse debil. *Ganz genau ihr Schlampen, das ist MEINER.* Kurz danach ertönt das Signal und es geht los.

Jason sitzt in einem blau-weißen Ford Mustang. Das ganze Auto ist mit Werbung von Firmen beschriftet. Motoren heulen auf. An den Seiten sind Ampeln angebracht, die nun auf grün schalten. Die Autos erwachen zum Leben. Rauch ist beim Starten zu sehen. Schnell wird klar, wer als Sieger dieser Runde hervorgehen wird. Mein Freund ist um Längen schneller als die anderen Fahrer. Jubel bricht aus und mein Herz bleibt stehen, als Jason eine scharfe Kurve passiert. Auf den geraden Strecken gibt er immer richtig Gas und sichert sich so einen ordentlichen Vorsprung.

Mein Held fährt als Erster durchs Ziel. Voller Stolz und von der Menge angesteckt springe ich auf und ab. Ich grinse über das ganze Gesicht. Er steigt aus dem Auto und schaut zu mir. Ich gebe ihm einen Luftkuss und zwinkere ihm zu. Während Jason im Inneren des Gebäudes verschwindet, starten die anderen Teams mit ihren Fahrern.

Aber keiner kann Jasons Zeit schlagen. Es ist eine klare Sache, wer dieses Rennen für sich entschieden hat.

***

»Alter, kann deine beschissene Glückssträhne mal enden? So langsam gehst du mir auf die Nerven«, motzt Kyle herum.

»Ja echt, Jason. Barry und ich brauchen auch mal wieder einen Sieg. Uns laufen die Weiber weg und da du ja offensichtlich kein Interesse mehr an ihnen zu haben scheinst, müssen wir unseren Fanclub erweitern. Alter, weißt du, wie lange ich schon keinen mehr weggesteckt habe?«, klagt Olli.

»Ganze drei Tage, Alter. Ich habe seit drei Tagen keinen Sex mehr. Alle Groupies wollen deinen Namen auf ihre Titten geschrieben haben und es gibt nichts Schlimmeres, als wenn du Nippel in den Mund nimmst und der Name deines Freundes draufsteht. Das geht einfach nicht, Mann. Es gibt Grenzen in einer Freundschaft«, mosert er weiter. Ich kann nicht mehr und fange an zu lachen. Die Jungs sind so witzig.

Jason, der hinter mir steht und seine Arme um meinen Bauch geschlungen hat, fängt ebenfalls an zu lachen. Er hält Olli seine Bierflasche zum Anstoßen hin.

»Ich würde ja gerne sagen, dass es mir leidtut, aber tut es nicht. Dann werde halt schneller und schlag mich auf der Strecke. Aber hey, meine Groupies sind auch deine.

Außer diesem heißen Exemplar hier vor mir, kannst du alle haben. Und wenn mein Name auf ihren Titten steht, dann nimm sie doch von hinten.« Ich drehe mich mit offenem Mund zu ihm um.

»Was denn?«, fragt er unschuldig und zuckt mit den Schultern.

»Er hat recht, Mäuschen. Du hast ihn doch. Lass uns doch unseren Spaß mit seinen Groupies. Wir nutzen das einfach aus. Das machen Freunde und Teamkameraden so.« Kyle grinst schelmisch. Susan, die schon den ganzen Abend unfassbar still ist und immer wieder auf ihr Handy schaut, beobachtet die Szene vom Barhocker neben uns.

»Susan, Schätzchen, was sagst du denn dazu? Wartet eigentlich zu Hause ein Mann auf dich? Oder kannst du meiner Durststrecke ein Ende setzen?«, flirtet Olli Susan an. Diese hebt nur eine Augenbraue und sagt ganz trocken: »Weißt du Olli, wenn du mir jemals zu nah kommst, dann setze ich deinem Wunsch, eventuell mal Kinder zu zeugen, ein Ende.« *Was ist denn hier los? Selbst ich habe verstanden, dass Olli dies im Scherz gemeint hat, und sie geht so ab?*

»Susan, kommst du mit aufs Klo?«, frage ich sie daher, denn irgendwas stimmt hier ganz und gar nicht. Sie nickt und ich ziehe Susan Richtung WC. Vor den Waschtischen stelle ich sie zur Rede.

»Okay, was ist los mit dir? Die Wahrheit bitte. Den ganzen Tag bist du schon seltsam. Das ist nicht meine Freundin Susan, sondern ein Miststück. Du hast dich kaum für das Rennen interessiert, schaust aus, als hätte dir jemand deine Barbie geklaut und jetzt demütigst du Jasons Freund. Warum?«

»Weil mich diese ganze heile Welt anödet. Es ist widerlich zu sehen, wie unfassbar glitzerglücklich du bist. Jason ist der größte Schürzenjäger und du siehst es einfach nicht. Ja, dann ist er dir eine Woche treu, und dann? Siehst du denn nicht, dass er dich nur verarscht?« Ist sie jetzt komplett irre?

»Was soll das, Susan? Hast du ihn in irgendeiner Situation erlebt, wo er geflirtet hat? Er hat andere Frauen nicht mal angesehen. Weißt du was? Ich glaube es ist das Beste, wenn du abreist. Ich brauche keine Freundin wie dich in meinem Leben.«

»Es ist so klar. Es wird immer Jason sein, richtig? Deine Worte. Was andere denken, ist dir scheißegal. Okay, renn in dein Unglück, aber komm ja nicht bei mir an, wenn er dich wieder verarscht.« Mit den Worten rauscht sie davon.

Jason

Kaum ist Josie mit ihrer heute extrem anstrengenden Freundin an uns vorbeistolziert, lasse ich meinen Blick noch kurz auf ihren Knackarsch gleiten. *Hach, ich bin so ein glücklicher Bastard.* Ich wende mich meinen Freunden zu und sehe, wie sie es mir gleichgetan haben.

»Hey, ihr Schwänze, das ist mein Arsch. Augen weg da, sonst Augen raus. Verstanden?« Bedrohlich sehe ich jeden Einzelnen an.

»Also, Bro, wir haben doch deiner Süßen nicht auf den Po geschaut, sondern, wie heißt sie noch gleich?«, schwafelt Olli, während Kyle ihm »Susan« zuraunt.

»Ach ja, genau, Susan. Wir haben Susans Knackpo angestarrt.« Sie sind solche Vollidioten, aber ich liebe sie alle drei. Ich nehme meine Bierflasche und stoße mit jedem an.

»Jap, ich bin ein verdammt glücklicher Mann«, gebe ich selbstzufrieden von mir.

Wir reden noch über Belangloses, als sich plötzlich eine Blondine, die nicht meine Freundin ist, vor mein Sichtfeld schiebt. Ihre Brüste, definitiv Silikonmöpse, springen mir förmlich ins Gesicht und ihre Lippen ziehen sich zu einem triumphierenden Lächeln.

»Ähm, kann ich dir helfen?«, frage ich sie reichlich irritiert.

»Ja, das kannst du in der Tat. Jason, richtig?« Als ich nicke, fährt sie fort: »Weißt du, ich habe heute Geburtstag. Meine Mädels und ich spielen da gerade so ein Spiel. Sie trauen mir nicht zu, dass ich deine Nummer und ein Foto mit dir bekomme. Können wir ihnen das Gegenteil beweisen?« *Ähm.*

»Also ein Foto können wir gerne machen, meine Nummer wirst du allerdings nicht bekommen, denn ich bin vergeben.« Sie sieht traurig drein, ist aber mit einem Foto einverstanden.

Plötzlich springt sie auf meinen Schoß, holt ihr Handy heraus und drückt mir einen Kuss auf die Wange, während sie das Bild macht. Sie stellt sich wieder hin, kommt aber ins Straucheln. Ich stütze sie leicht, damit sie nicht gleich wieder auf meinem Schoß landet. Auf einmal steht Josie vor mir. Angepisst. So sauer, dass, wenn das ein Comic wäre, ihr Rauch aus den Ohren kommen würde. Fuck, ich bin am Arsch.

»Süße ...« Doch bevor ich was sagen kann, hebt sie die Hand. »Wenn du jetzt sagst, es ist nicht so, wie es aussieht, dann trete ich dir in die Eier, Jason. Was wollte sie? Und mach diesen widerlichen Lippenstift von deiner Wange, sonst kratz ich ihn dir runter«, droht sie. Oh Scheiße. Meine Freunde neben mir sind keine Hilfe, denn sie kichern wie Schulmädchen. Innerlich teile ich gerade Nackenschellen an alle aus.

»Komm schon. Es war wirklich nicht so. Sie wollte ein Foto. So ist das bei uns. Die Frauen kommen ständig, wollen Autogramme, Fotos und so ein Zeug«, argumentiere ich lahm und stehe auf. Ich gehe auf sie zu, will sie in meine Arme nehmen. Da knurrt sie: »Du hast immer noch Lippenstift auf der Wange. Übertreib es nicht.« Shit, mein Sex heute Nacht winkt aus weiter Ferne und geht unter.

Entnervt schnappe ich mir eine Serviette von der Theke und wische mir über die Wange.

»Ist er weg?«, frage ich angepisst.

»Ja, ist er. Kannst du mich bitte nach Hause fahren? Du schläfst selbstverständlich bei dir.«

Ich verabschiede mich von den Jungs, ignoriere die mitleidigen Blicke und folge einer angefressenen Josie hinaus aus der Bar.

»Kannst du mir mal sagen, was dieser Mist hier soll? Scheiße, ich habe nichts getan. Sie wollte ein Foto und eigentlich meine Nummer. Die habe ich ihr, mit der Begründung ich sei vergeben, nicht gegeben. Frag die Jungs, sie saßen daneben. Es war ein harmloses Bild.« Ich halte sie mit einem Griff um ihr Handgelenk auf.

»Josie, schau mich an«, knurre ich und als sich unsere Augen treffen, frage ich: »Was ist hier wirklich los? Ja, ich weiß, dass das hier deiner Eifersucht geschuldet ist, aber was ist wirklich los? Und wo ist Susan?« Als ich Susan erwähne, zuckt sie kurz zusammen.

»Wir haben uns gestritten, sie ist zu mir gefahren und reist noch heute ab«, antwortet sie kleinlaut.

»Und was hat das mit deinem jetzigen Ausbruch zu tun?«, hake ich weiter nach.

»Sie ist der Meinung, du würdest mich irgendwann eh betrügen, mich fallen lassen. Und dann komme ich wieder und sehe diese billige Bitch auf deinem Schoß sitzen. Ihre widerlichen, aufgespritzten Lippen auf deine Wange gequetscht. Ich mag das nicht. Mich mit meiner Eifersucht und die anderen Frauen, die meinen Freund betatschen.«

Endlich rückt sie mit der Sprache raus. Ich kann sie nur ansehen. Brauche einen Moment, um ihr Gesagtes zu verstehen.

»Susan redet dir ein, ich würde dich betrügen?« Sie nickt und schaut irgendwo hin, nur nicht zu mir. Ich nehme ihr Kinn zwischen die Finger und ziehe es ein Stück nach oben.

»Süße, ich habe dich damals nicht betrogen und werde es auch jetzt nicht tun. Wie dumm wäre ich bitte, wenn ich etwas Billiges dir vorziehen würde? Ich bin der glücklichste Mann auf dieser Welt«, raune ich ihr zu und hoffe, dass sie es endlich versteht. Als sie sich auf die Zehenspitzen stellt und mein Kinn küsst, bekomme ich meine Bestätigung.

***

Die Fahrt im Auto verläuft gut und so sind wir auch schnell bei ihr zu Hause. Sie schnallt sich ab. Ich nicht. Irritiert sieht sie vom Beifahrersitz aus zu mir.

»Was? Du hast gesagt, ich soll zu Hause schlafen«, antworte ich ihr ehrlich und ihre Augen beginnen mit den Sternen am Himmel, um die Wette zu funkeln.

»Komm schon mit, mein Champ.« Das lasse ich mir nicht zweimal sagen. Schnell bin ich aus dem Auto gestiegen. An der Haustür warte ich, während sie aufschließt. Da fällt mir ein Schatten an der Hauswand auf, der immer näher kommt. Beschützend stelle ich mich vor Josie, bereit dem Kerl eine reinzuhauen. *Doch irgendwoher kenne ich ihn.*

»Hopper?«, frage ich irritiert.

»Ah, ich hätte es wissen müssen, dass du es bist. Du bist wie ein Parasit, Willard. Man wird dich einfach nicht los, oder?« Höhnisch lacht er und schaut dann meine Freundin an.

»Schatz, ehrlich jetzt? Von dir bin ich am meisten enttäuscht. Du fickst diesen Versager? Lernst du denn nie aus deinen Fehlern?« Ich drehe mich zu Josie um und bohre meinen Blick in ihr Gesicht, welches zu einer eisernen Maske erstarrt ist.

»Was geht hier ab, Josie?«, knurre ich regelrecht. Denn ich habe eine Vorahnung und hoffe, dass ich mich irre.

»Hat unser Mädchen es dir noch gar nicht erzählt? Ha! Mein Tag wird ja immer besser. Weißt du, nachdem du dich verpisst hast, ist diese kleine Schlampe zu mir ins Bett gekrochen gekommen. Und was soll ich sagen? Du weißt es sicher am besten. Sie kann ausgezeichnete Dinge im Bett vollbringen«, gluckst er und leckt sich dabei die Lippen. Ich will auf ihn einschlagen. Seine Zähne hier auf dem Boden verteilen, als wären sie Konfetti.

»Erklär mir das, und zwar sofort!«

»Ja, es stimmt. Wir waren ein Paar. Ich habe ihn aber nie geliebt.« Ihre Stimme zittert und Tränen brennen in ihren Augen.

»Willst du mich verarschen? Und hör mit dieser Heulnummer auf, sonst explodier ich gleich.« Josie zuckt zusammen und tritt einen Schritt von mir weg.

»Ich habe dich damals vor ihm gewarnt. Immer und immer wieder. Du hast mir versprochen, dass er es nicht wert ist, dass er es nie sein wird. Der Kerl hat dich angefasst? Er war in dir?« Da lacht Hopper auf. Es fehlt nicht mehr viel und er wird am Boden liegen.

»Oh Gott, ehrlich. Ich freue mich natürlich gerade sehr über dieses Gespräch, aber vielleicht klärt ihr das untereinander. Ich wollte mich nur vergewissern, dass ich es in der Zeitung richtig gelesen habe. Ihr seid tatsächlich ein Paar. Viel Spaß mit unserer gemeinsamen Freundin.« Der Arsch lacht noch mal schadenfroh auf und verschwindet dann endlich.

Zeitung? Ach ja, das Rennen. Diese Begegnung verwirrt und wühlt mich innerlich so sehr auf, dass ich gegen den nächsten Mülleimer trete, der scheppernd auf dem Boden aufkommt.

»Wenn du es nicht sofort erklärst, raste ich aus«, drohe ich ihr und ihre Tränen laufen über.

»Ja ... Ja, es ist so, wie er sagt. Als du abgehauen bist, war ich so alleine und innerlich kaputt. Ich habe eine komplette Wandlung gemacht. Ich wurde zur Schlampe, habe jede Menge Partys gefeiert, war ständig betrunken. Und dann lief ich ihm nach einer Party über den Weg. Wir hatten dieses Date. Eins ergab das andere und wir wurden ein Paar. Aber ich habe ihn nie geliebt. Es war wie eine WG.« Sie kommt mir vorsichtig näher.

»Du hast mit ihm geschlafen!« Nun klärt sich ihr Blick und auch sie wird sauer.

»Ja, habe ich! Und weißt du was? Es war mir egal. Es war nicht mal guter Sex. Und ich hatte auch One-Night-Stands, Jason, stell dir vor. Weißt du was? Was spielst du dich hier eigentlich so als Moralapostel auf? Wer ist abgehauen? Wer hat mich verlassen? Und wenn du mir jetzt sagst, du hättest wie ein Mönch gelebt, dann flippe ich komplett aus, denn dann lügst du. Ich will nicht wissen, wie viele Groupies oder Frauen du gefickt hast. Wer im Glashaus sitzt ...« Mit einem Mal wird mir das alles hier zu viel.

Resigniert wische ich mir mit beiden Händen über das Gesicht und schaue sie an.

»Ich brauche Zeit, Josie. Ich ruf dich an«, sage ich und steige ins Auto. Ja, ich weiß, ich bin ein Arsch. Wir haben beide ein Leben nach Josie und Jason 1.0 gehabt, und sie zu verurteilen, ist nicht fair gewesen. Aber ich bekomme diesen Film nicht aus dem Kopf, wie Hopper, dieser Hurenbock, sie anfasst, sie küsst und all die Jahre für sie da gewesen ist, während ich keine Möglichkeit dazu gehabt habe.

***

Den Weg nach Hause lege ich mit Umwegen zurück. Eine halbe Stunde später parke ich mein Auto in der Garage, öffne die Wohnungstür und sehe, dass Licht im Wohnzimmer brennt. Scheiße, der Tag ist bis vorhin so perfekt gewesen, werde ich jetzt als krönender Abschluss auch noch ausgeraubt?

Raubtierartig bewege ich mich vorwärts. Im Wohnzimmer sehe ich eine Person auf meiner Couch sitzen und als ich hineinstürme, um dem Angreifer eine zu verpassen, halte ich in der Bewegung inne.

Auf meinem Sofa sitzt kein Geringerer als Morty.

»Alter, was soll das? Warum brichst du in meine Wohnung ein?«, sage ich fassungslos und zugleich wütend.

»Anders bekommt man dich ja nicht zu fassen, Arschloch. Und ich bin der Sohn eines Cops. Natürlich kann ich mit Einbruchswerkzeug umgehen.« Er steht auf, nippt nochmal an einem Glas mit meinem Whisky, stellt es ab und kommt auf mich zu.

»Hübsche Hütte hast du hier. Konntest du wohl nicht in einer Nachricht oder bei einem Anruf erzählen, oder? Fünf verfickte Jahre, Jason«, ruft er und breitet seine Arme aus. »Du bist abgehauen, ohne einen Ton zu sagen. Von Susan habe ich vor zwei Tagen erfahren müssen, wo ihr zwei Turteltäubchen euch versteckt. War das die ganze Zeit euer Plan? Abhauen und uns alleine, ohne Lebenszeichen von euch verrotten zu lassen?«

»Hör zu, das mit Josie war so nicht geplant. Ich wusste nicht, dass sie ebenfalls hier in der Stadt lebt. Wir haben uns erst hier zufällig wieder getroffen. Ich musste damals gehen, Bro. Ich hatte keine Wahl.«

»Nenn mich nochmal Bro, dann fliegt meine Faust in dein Gesicht. Das Recht hast du verloren, als du verschwunden bist. Du hast genau zehn Minuten Zeit, um mir alles zu erklären. Wenn dir unsere Freundschaft irgendwas bedeutet hat, dann sprichst du genau jetzt. Die Zeit läuft. Tick, tack.« Er setzt mir die Pistole auf die Brust, dabei weiß er, dass ich es hasse, wenn ich bedrängt werde. Ich will dann am liebsten ausbrechen.

Bei Josie habe ich dieses Gespräch immer wieder umgehen können, aber Morty ist da anders. Frustriert setze ich mich auf die Couch, lasse meinen Kopf gegen das Polster fallen und erzähle ihm alles. Angefangen beim Krankenhaus bis zum heutigen Tag, inklusive der Begegnung mit Hopper und dem Streit zwischen Josie und mir. Allerdings wirkt Morty keineswegs überrascht, als er das mit dem Klappspaten erfährt.

»Du wusstest es, oder? Dass sie mit Hopper zusammen war?«, frage ich ihn direkt. Als er nickt, will ich etwas kaputt schlagen. Die Wut von vorhin ist sofort zurück.

»Ich wusste es. Ist ja in unserer Kleinstadt nicht gerade leicht, ein Geheimnis zu bewahren und da ihre Eltern damit ja hausieren gingen, wussten es auch wirklich alle. Ihre Mutter hatte schon Hochzeitszeitschriften besorgt. Sie wurden als DAS Paar gefeiert. Bei gesellschaftlichen Anlässen wurde immer wieder ihre Hand begutachtet. Alle haben nur darauf gewartet, wann der Klunker endlich am Finger steckt.«

»Ich will die Scheiße nicht hören, Morty. Lass gut sein.« Ich nehme sein Glas und lasse den Whisky in einem Rutsch in meinem Mund verschwinden. Er merkt es nicht mal, denn er brabbelt einfach weiter. »Dann hat er wohl hier eine Stelle als Partner einer Kanzlei bekommen und ist mit ihr hergezogen. Danach habe ich nichts mehr erfahren, bis Susan mich anrief.«

»Aber da ist noch was, Jason, und das ist auch ein Grund, warum ich herkommen musste. Josie steckt in

Schwierigkeiten. Ihr Vater dreht komplett durch. Ich habe ein Gespräch zwischen ihm und meinem Alten mitbekommen. Es ist um viel Geld gegangen, den Unfall damals und dich. Was ist, wenn es damals kein Unfall gewesen ist? Es würde alles so gut zu dem passen, was du mir gerade erzählt hast mit dem Gespräch und der Drohung im Krankenhaus.«

Heilige Scheiße! Meine Augen werden bei jedem Wort größer. Morty hat recht. Es würde alles passen. Auch das seltsame Gefühl damals, immer beobachtet worden zu sein.

»Ich muss mit Josie reden. Endgültig. Kommst du mit?« Morty nickt. Erleichtert atme ich auf.

»Es tut mir leid, Morty. Wirklich«, sage ich reumütig und als wir uns freundschaftlich auf die Schulter klopfen und abklatschen, weiß ich, dass ich meinen besten Freund endlich wieder an meiner Seite habe.

»Dann los, holen wir uns dein Mädchen zurück.«

***

»Warum macht sie nicht auf?«, knurre ich und bearbeite die Klingel an ihrer Wohnungstür wie ein Irrer. Immer wieder klopfe ich gegen die Tür.

»Jason, hör auf. Sie scheint nicht da zu sein. Versuchen wir es morgen wieder, bevor noch die Polizei hier auf der Matte steht«, versucht Morty, mich umzustimmen, aber ich gehe hier nicht weg.

Bei Josie muss man hartnäckig sein, sonst wird das nichts.

Ich hole mein Handy aus der Hosentasche und versuche, sie anzurufen, doch sie geht nicht ran.

»Scheiße«, brülle ich und würde am liebsten mein Handy gegen die Wand donnern.

»Was ist hier los, junger Mann? Wenn sie nicht gleich Ruhe geben, dann rufe ich die Cops«, kräht eine alte Frau aus dem Stockwerk über Josie.

»Wir sind sofort weg, Ma'am. Wissen Sie zufällig, wo Josie McGraw ist?«, fragt Morty die alte Schabracke.

»Oh, sie wollen zu Josie? Die hat sich gerade aufgewühlt mein Auto geliehen. Sie hat nebenbei telefoniert und ich glaube, ihre Mutter war am Telefon, aber sicher bin ich mir nicht. Wissen Sie, mein Gehör ist nicht mehr das Beste.« *Sie ist in Friendly Falls? Oh Gott, bitte nicht.* Nie wieder wollte ich einen Fuß in diese Stadt setzen. Während sich Morty bei der Alten bedankt, laufen meine Gedanken Amok.

»Wir müssen nach Friendly Falls, Jason. Oder du wartest hier, bis sie wiederkommt, aber wenn sie aufgelöst losgefahren ist, dann muss etwas passiert sein. Sei für sie da und spring über deinen Schatten.« Er hat recht. Ich muss ihr hinterher. Wir steigen in mein Auto und fahren in Richtung unserer Heimatstadt, in der ich der Bastard bin. Ein Niemand, der nicht willkommen ist.

Josie

Mein Leben ist bis vor ein paar Stunden vollkommen perfekt gewesen. Ich habe einen mich liebenden Freund gehabt. Bin kurz davor gewesen, atemberaubenden Sex zu haben, dann ist Hopper aufgetaucht und hat mir mal wieder alles kaputtgemacht. Mein Freund hat sich daraufhin zu einem egoistischen Kleinkind entwickelt, weil er mal wieder zu feige gewesen ist, um mit mir zu diskutieren, und stattdessen abgehauen ist. Und als wäre das nicht schon schlimm genug gewesen, hat der Anruf meiner Mutter dem ganzen Tag die Krone aufgesetzt. Unter Schluchzen und mit Heulanfällen hat sie mir mitgeteilt, dass mein Vater einen Schlaganfall gehabt hat und nun im Koma liegt. Die Ärzte wissen nicht, ob er wieder gesund wird. Das Verhältnis zu meinen Eltern ist zerrüttet, aber er ist dennoch mein Vater. Was wäre ich für eine Tochter, wenn ich nicht nach Hause fahren würde? Und so verdränge ich all den Schmerz, der in den letzten Stunden auf mich eingeprasselt ist, und fahre nach Friendly Falls. Meine Mutter will, dass ich direkt nach Hause fahre, da sie mit mir zusammen ins Krankenhaus gehen möchte.

***

Als ich angekommen bin, parke ich das Auto meiner lieben Nachbarin vor meinem Elternhaus, steige aus und lasse die Eindrücke auf mich wirken.

Drei Jahre war ich nicht hier und eigentlich habe ich auch nicht vorgehabt, jemals wieder zurückzukommen. Hier in diesem Haus ist so viel Schlechtes geschehen. Ich klopfe gegen das dicke Holz der Tür. Die neue Haushälterin lässt mich herein.

»Ihre Eltern sind im Wohnzimmer, Ms. McGraw«, sagt sie und knickst. *Moment mal, Eltern? Mehrzahl? Was ist hier los?* Bestimmt gehe ich ins Wohnzimmer und sehe meine Eltern, vor allem aber meinen Dad, völlig lebendig und ohne jegliche Beschwerden mit seinem Tablet vor der Nase auf dem Sofa sitzen.

»Das ist ein schlechter Scherz, oder? Wollt ihr mich eigentlich komplett verarschen?«, brülle ich das Haus zusammen. Meine Mutter hebt tadelnd eine Augenbraue und schnalzt mit der Zunge. Wie ich es hasse. Wie ich SIE hasse!

»So redest du nicht mit uns. Zügel dich, Josaline.« Wie immer ist sie ruhig und gleichgültig.

»Du hast angerufen und gesagt, dass Vater im Krankenhaus liegt. Ich sehe ihn hier aber quicklebendig sitzen. Mir ist es so was von scheißegal, wie du mein Benehmen findest, Mutter.«

»So redest du nicht mit deiner Mutter. Sie hat dich in meinem Auftrag angerufen. Ich bin deine Mätzchen leid, Josaline. Freiwillig kommst du ja nicht nach Hause«, brummt mein Vater bestimmt. Fassungslos schaue ich die beiden Menschen an, die sich Eltern schimpfen. Was habe ich bloß falsch gemacht, so etwas zu verdienen?

»Ihr habt das inszeniert? Warum?« Ich bringe jegliche Selbstbeherrschung auf, die ich besitze, um nicht mit einem Riesenknall zu explodieren.

»Du musst langsam wieder zur Vernunft kommen. Meinst du, mir gefällt es, dass du mit diesem Gangster zusammen bist? Wieder einmal? Der Kerl hat ein Strafregister von hier bis Timbuktu. Ist dir egal, was das für unsere Familie bedeutet? Was das für mich bedeutet? Du bist undankbar. Ich habe dir den perfekten Mann und unseren perfekten Schwiegersohn vor die Nase gesetzt und du tust was? Du machst Schluss wegen so einer kleinen Desorientierung seinerseits. Jeder Mann wird mal schwach, das passiert.« Ich muss lachen. Seine Argumente sind einfach nur lächerlich. Mein Vater ist eine reine Witzfigur, wenn er seinen Bullshit selbst glaubt.

»Du meinst also, dass es vollkommen in Ordnung ist, wenn mein Freund mich betrügt? Wenn ich nicht glücklich bin?«

»Ach, komm schon, Josaline. Glück. Liebe. Das sind alles Märchengeschichten. Wir leben nicht in dem Universum, das du dir immer ausmalst. Das hier ist das echte Leben. Werde endlich erwachsen und füge dich.« Sprachlos sehe ich zwischen meiner Mutter und meinem Vater hin und her.

»Ihr seid doch komplett irre.«

»Tja, wir haben dir die Chance gegeben, dich freiwillig zu fügen, da du dies offensichtlich nicht tust, habe ich eben andere Vorkehrungen getroffen. Hopper wird in genau zehn Minuten hier sein und wenn du nicht die liebende Freundin mimst, werde ich veranlassen, dass dieser Nichtsnutz Willard, sobald er Friendly Falls betreten wird, im Gefängnis verrotten wird«, sagt mein Vater eisig. In mir gefriert alles.

»Das kannst du nicht tun. Du hast nichts gegen ihn in der Hand«, hauche ich.

»Habe ich nicht? Oh bitte, meinst du, es sind keine Akten über illegale Autorennen und den Unfall angefertigt worden? Nur weil sein Freund der Sohn vom Chief ist? Ich kann ganz schnell dafür sorgen, dass diese Akten dem Richter zugespielt werden. Stell dir nur mal vor, was passiert, wenn herauskommt, dass dein feiner Lover die Bremsen des Unfallwagens manipuliert haben könnte.« Ohne zu zögern knallt er mir etwas an den Kopf, was mich plötzlich alles klarer sehen lässt. Zum ersten Mal empfinde ich nicht nur Hass meinem Vater gegenüber, sondern auch Abscheu. Aber da ich Jason schützen will, weil ich immer die beschütze, die ich liebe, ergebe ich mich.

»Ich habe verstanden.«

»Sehr gut. Endlich mal ein Fortschritt. Dann gehe dich frisch machen. Wir sehen uns gleich wieder hier unten.« Verzückt klatscht meine Mutter in die Hände.

Wie ein Roboter gehe ich ins Badezimmer, schließe die Tür und breche zusammen. Ich lege meine Hände vors Gesicht. Ein Schluchzer nach dem anderen erschüttert meinen Körper. Plötzlich klopft es zaghaft an der Tür und mein Bruder flüstert durch das Holz: »Josie, mach die Tür auf. Wir müssen reden.« Nur widerwillig stehe ich auf, drehe den Schlüssel um und lasse meinen Bruder herein. *Wenn er jetzt nur einen einzigen falschen Satz sagt, wird er meinen ganzen Hass abbekommen.* Er schließt die Tür hinter sich.

»Was willst du hier, Logan? Wenn du auf meinem Leben herumtrampeln willst, stell dich hinten an.« Er schüttelt den Kopf. Zum ersten Mal in unserem Leben, nimmt er mich in den Arm. Diese Geste überfordert mich völlig. Erneut schluchze ich auf.

»Shhht. Josie, es tut mir alles so leid«, haucht er mir in die Haare. Ich lehne mich ein Stück zurück und schaue ihn aus meinen verheulten Augen an.

»Was tut dir leid? Du hast doch nichts getan, Logan. Unsere Eltern sind die Monster.« Wieder schüttelt er mit dem Kopf.

»Ich habe dich all die Jahre schlecht behandelt und das tut mir leid. Dazu kommt noch, dass ich dir bei deinem Problem mit Mutter und Vater helfen kann. Wir können das alles beenden. Ich brauche nur ein wenig Zeit. Bekommst du das hin?« Sanft wischt er mir die Tränen von den Wangen. Fragend sehe ich ihn an: »Was hast du vor?« *Und warum sollte ich ihm nach all den Jahren Vertrauen schenken? Weil er trotz allem mein Bruder ist.*

»Lass mich mal machen und tu alles, was sie verlangen, bitte.«

»Okay, ich spiel das Spiel mit. Aber Logan, wenn du mich verarschst, mich reinlegst, dann wirst du mich kennenlernen« Er nickt mir mit zusammengepressten Lippen zu und geht aus dem Badezimmer. Am Waschbecken sehe ich mich das erste Mal nach diesen ganzen Strapazen im Spiegel an. Meine blutunterlaufenen Augen glitzern schon wieder verdächtig. Meine Schminke ist komplett verschmiert und erinnert jetzt an einen Pandabären. Meine Nase ist rot. Und das Einzige, was ich jetzt machen kann, ist zu lachen. *Ich werde wahnsinnig, das ist es.* Ich nehme mir eine Handvoll Wasser und spritze es mir ins Gesicht. Okay, ich muss auf Logans Worte vertrauen und auf ein Wunder hoffen. Ich straffe meine Schultern und gehe zurück ins Wohnzimmer.

Als erstes sehe ich Jason, der mitten im Raum steht. Wieso ist er hier und wie ist er überhaupt reingekommen? Verwirrt blicke ich in seine Augen und kann pure Angst erkennen. Mein Blick wandert weiter zu Hopper, der hinter Jason steht. Die Waffe in seiner Hand zielt auf Jasons Hinterkopf. Ein Albtraum ist wahr geworden.

»Ach, da ist ja unser Star. Komm ruhig näher, mein Schatz, und sieh zu, wie dein Loverboy stirbt.« Hopper genießt die Situation offensichtlich und spielt mit der

Waffe an Jasons Hinterkopf. »Dein Vater muss nur mehr Kohle rüberwachsen lassen, dann bin ich weg«, lacht er hämisch.

»Was hat das hier zu bedeuten, Hopper?« Zitternd und voller Furcht gehe ich auf ihn zu.

»Josie, bleib stehen«, knurrt Jason. Ich stoppe automatisch. Hopper drückt den Lauf fester in seinen Hinterkopf.

»Ja, Josie, bleib stehen oder ich puste dem Bastard ein hübsches Loch in seinen Kopf.« Ich komme wieder näher. Setze langsam einen Fuß vor den anderen. Stelle mich zu meinen Eltern, die verängstigt auf der Couch sitzen.

»Also noch mal, weil Josie nicht anwesend war. Ich will 500.000 Dollar mehr. Ich nehme sie und werde von hier für immer verschwinden.«

»Wofür brauchst du mehr Geld und vor allem was soll das hier alles?«, frage ich mutig. Hopper schnalzt mit der Zunge und lacht.

»Du weißt es nicht? Ich dachte, dein Vater hat es dir erzählt. Okay, dann wollen wir das Ganze doch mal aufklären, nicht wahr, Schwiegerpapa? Erzähl deiner Tochter, was du getan und veranlasst hast.«

Mein Vater streicht sich durch die grauen kurzen Haare und seufzt bedauernd.

»In meiner Position geht es nur um Macht. Zeigt man einmal Schwäche, kommen die Haie und warten nur darauf, dass du im Wasser untergehst. All der Luxus, den du hier siehst, ist dann nicht mehr möglich. Deshalb arbeite ich schon seit Jahren mit Hopper und seinem Vater zusammen. Nebenbei gibt es noch einen Mann, der mir bei gewissen Dingen hilft. Hopper erhält für sein Schweigen und die Mitarbeit Geld, welches ihm nicht mehr reicht. Er will schon seit Monaten mehr Kohle und dich. Dann soll er dich auch bekommen.«

»Du hast mich verkauft?«, krächze ich fassungslos. Kann das soeben Gehörte einfach nicht glauben.

»Ach, komm schon, Josaline, das ist nicht schlimm gewesen. Du hattest es gut bei Hopper. Aber dann musste ja dieser Nichtsnutz auftauchen und meinen ganzen Plan erneut zerstören.«

»Sie beschissener Schweinehund«, knurrt Jason plötzlich und will auf meinen Vater zugehen, doch das Entsichern von Hoppers Waffe lässt ihn erstarren.

»Das war alles geplant? Auch meine Erpressung?«, legt er nach und ich verstehe nur Bahnhof. Verwirrt schaue ich meinen Vater an, der seufzt und sagt: »Als du nach dem Unfall im Krankenhaus lagst, habe ich ihn erpresst, damit er die Stadt verlässt. Ich habe ihm gedroht, dass ich dem Inhaber Herbert Finnigan seine Werkstatt und sein Grundstück nehmen würde. Sonst wäre er ja nie verschwunden. Josie, das Business ist hart und nur so funktioniert's.« Ich schaue Jason in die Augen und kann dort nicht geweinte Tränen glitzern sehen.

»Du hast mich immer geliebt, oder? Du wolltest mich damals nicht verlassen?« Er nickt und schließt die Augen. Als er sie wieder öffnet, ist sein Blick voller Liebe und ich kann plötzlich alles erkennen, was er mir nie sagen konnte.

Ich schlage mir eine Hand vor den Mund, um den Schluchzern Einhalt zu gebieten. Warum habe ich niemals nachgefragt? Warum habe ich gleich an ihm gezweifelt? Ich packe all meine Liebe in den Blick, den ich ihm zuwerfe und hoffe, dass er mich versteht.

»Oh Gott, mir wird schlecht. Wirklich. Diese ganzen liebenden Worte und Blicke. Widerlich. Können wir nun zum Wesentlichen kommen? 500.000 Dollar, ja oder ja?«, hallt Hoppers Stimme durchs Zimmer.

»Was hast du eigentlich davon, wenn du mich umbringst? Ich glaube, den beiden ist es herzlich egal, ob ich tot bin«, mischt sich Jason ein. *Was macht er denn da?* Ich schaue ihn an, als wäre er verrückt. Warum provoziert er ihn so sehr?

»Ja, das ist mir auch klar, Arschloch. Es geht hier auch nicht um dein Leben, sondern um die Tatsache, dass deine Leiche hier liegen wird. Mit der Waffe des Bürgermeisters und seinen Fingerabdrücken darauf. Denn es ist nicht meine Waffe, sondern seine, die auf dich zielt. Frisch aus seinem Arbeitszimmer geborgt. Nachdem Du tot warst, konnte ich ihm die Waffe entreißen und ihn dann damit festhalten, bis die Cops eintreffen«, argumentiert er theatralisch und lacht irre. »Jahrelang habe ich für ihn«, er zeigt mit der Waffe auf meinen Vater, »die Drecksarbeit erledigen müssen. Für ein paar miese Kröten. Josie war mein Hauptpreis. Dann musstest du ja wieder auftauchen. Aber jetzt schlage ich zwei Fliegen mit einer Klappe: Du bist tot und der Alte ist am Ende. Ach ja, und ich bin um einiges reicher. « Geschockt sehen wir ihn alle an. Wieso ist mir nie vorher aufgefallen, dass er geistesgestört ist. Ich bin mit ihm zusammen gewesen, hätte ich da nicht etwas bemerken müssen?

»Ich hasse es, mich zu wiederholen. Tick, tack, McGraw«, knurrt Hopper. Mein Erzeuger hebt beschwichtigend die Hände in die Höhe. »Ja, ja, ist ja schon gut, du kriegst das Geld«

Resigniert steht mein Vater auf und läuft zum Tisch. In dem Moment als mein Vater sein Scheckheft in die Hand nimmt, wird die Tür eingetreten und ein Schuss ertönt. Ich höre einen spitzen, schrillen Schrei, bis mir auffällt, dass es mein eigener ist.

***

Die nächsten Stunden erlebe ich wie in Watte gepackt. Hopper geht mit einem Aufschrei zu Boden. Cops stürmen das Haus, meine Eltern werden festgenommen und Hopper mit Handschellen im Krankenwagen abtransportiert. Ein Detective hat ihm direkt in die Wade geschossen. Er ist sofort zu Boden gegangen. Jason ist zum Glück nichts passiert. Ich stürme endlich zu Jason, nachdem die Sanitäter mit ihrem Check fertig sind. Ich bedecke sein ganzes Gesicht mit Küssen und weine. Drücke ihn an mich und will ihn nie mehr loslassen.

»Hey, Josie, mir geht es gut. Es ist nichts passiert«, haucht er ergriffen und das verräterische Glitzern steht auch in seinen Augen.

»Weinst du etwa?«, necke ich ihn unter Tränen und er gluckst: »Nein, Männer weinen nicht.«

»Mr. Willard, Ms. McGraw, haben Sie einen Moment für mich? Ich muss Ihnen ein paar Fragen stellen.« Plötzlich taucht ein Officer neben uns auf. Wir nicken beide und beantworten seine Fragen in Ruhe.

»Eine Sache würde mich noch interessieren, wer hat Sie gerufen?«, fragt Jason nach dem Verhör.

»Heute kam ein junger Mann zu uns ins Präsidium, der für den Unfall bei dem illegalen Autorennen verantwortlich war. Er hat sich freiwillig gestellt und zugegeben, damals die Bremsen bei Ihrem Auto durchtrennt zu haben. Unter anderem hat er uns noch so einiges gestanden und Beweise gegen Bürgermeister McGraw, dessen Anwalt sowie unseren Polizeichef hervorgebracht.

»Wer war es?«, frage ich und hoffe, dass ich mich irre. Das kann er nicht getan haben.

Josie

Sechs Monate später

Die Verhandlung zieht sich wie Kaugummi und ist verdammt aufwühlend für uns alle. Jason und ich haben den ersten Schock überwunden und bei Morty im Gästezimmer gelebt. Wir haben Urlaub genommen, um uns von all den Strapazen zu erholen.

***

Heute ist der Tag, an dem alle Wahrheiten ans Licht kommen. Morty hat uns damals gerettet. Er hat sich im Hintergrund gehalten, die Cops angerufen und sie das Gespräch mithören lassen. So konnten sie gleich reagieren und waren rechtzeitig da. Natürlich war auch hilfreich, dass mein Bruder Logan zu dem Zeitpunkt bereits seine Aussage zu den Machenschaften seines Vaters auf der Polizeidienststelle gemacht hat. Der Kreis hat sich geschlossen und alle Beteiligten sind verhaftet worden.

Noch immer bin ich unendlich wütend und enttäuscht, dass mein eigener Bruder die Bremsen von Jasons Auto manipuliert hat. Weil er keine Ahnung von Autos hat, sind noch andere Teile beschädigt worden. Deshalb hat Jason kurzfristig kein Gas geben können. Wir hätten tatsächlich sterben können. Für mich ist es auch nur eine kleine Entschuldigung, dass unser Erzeuger meinen Bruder massiv unter Druck gesetzt hat, weil sein ursprünglicher Handlanger dann doch Skrupel bekommen hat. Mein Vater hat sich einsichtig gezeigt. Er erhofft sich so eine Strafmilderung. Hopper beteuert im Prozess immer wieder, dass er das eigentliche Opfer sei.

Nun sitzen wir vor dem Gerichtssaal und warten auf das Urteil. Jasons Hand drückt meine fest, als unser Saal zur Urteilsverkündung aufgerufen wird.

»Noch einmal und dann ist es vorbei«, haucht er und gibt mir einen Kuss auf die Stirn. Gemeinsam gehen wir zurück in den Saal. Der Richter erhebt sich und die Jury verliest ihr Urteil.

»Wir befinden die Angeklagten Mr. David McGraw sowie Mr. Murray in allen Anklagepunkten für schuldig.« Mein Erzeuger wütet und schimpft auf seinem Platz.

»Mr. McGraw, wenn sie nicht augenblicklich Ruhe geben, verhänge ich ihnen eine zusätzliche Geldstrafe.«, donnert der Richter durch den Saal.

»Mein Mandant wird sich zurückhalten«, informiert ihn der Anwalt. Die eigentliche Urteilsverkündung bekomme ich nicht mit. In Gedanken bin ich wieder im Haus meiner Eltern und sehe Jason mit der Waffe am Kopf. Der Hammer, der krachend auf das Pult des Richters fällt, holt mich aus meinen Erinnerungen. Mein Vater und Hopper werden zu langen Haftstrafen verurteilt, Hopper muss danach noch in Sicherheitsverwahrung. Auch meine Mutter und Mortys Vater werden noch zur Verantwortung gezogen. Zum Glück fällt das Urteil für meinen Bruder geringer aus, da er sich gestellt und aktiv mit den Behörden zusammengearbeitet hat. Endlich ist es vorbei und ich kann wieder aufatmen.

Epilog

Josie

5 Jahre später

Kleine Hände tätscheln mein Gesicht und pressen meine Wangen immer wieder zusammen. Automatisch fange ich an zu lachen. Das Glucksen unseres Sohnes ist das schönste Geräusch der Welt. Er sieht so niedlich aus mit diesen Kopfhörern, die sein Gehör schützen sollen. Als das bekannte und vertraute Startsignal ertönt, die Motoren heiß laufen und die Autos losbrausen, lässt Seth schlagartig von meinen Wangen ab und richtet seinen Blick auf die Strecke. Er ist mit seinen drei Jahren schon so groß. Kaum zu glauben, was er schon alles kann und mitbekommt.

»Papa«, lacht er und greift mit seinen Händen nach vorne, als wenn er Jason in seinem Auto schnappen könnte.

»Ja, da ist Papa. Was meinst du mein Schatz, gewinnt Daddy heute?« Stolz nickt er und reckt seine Faust in die Höhe. Er hat so viel von Jason. Diese Grübchen und die strahlenden grünen Augen. Das Einzige, was er von mir bekommen hat, sind die blonden wuscheligen Haare.

Runde um Runde flitzen die Teams an uns vorbei. Das Signal für die letzte Runde ertönt. Jasons Glückssträhne hat seit fünf Jahren nicht abgenommen. Er hat jedes Rennen in seinem Team gewonnen. Heute wird jedoch alles anders werden. Kurz vor dem Ziel wird mein Held langsamer und Olli heizt an ihm vorbei. Wir feuern ihn an und freuen uns mit ihm, als er aus seinem Wagen steigt und sich feiern lässt.

Der Tag ist wunderbar. Ich liebe die Jungs und sie sind zu wahren Freunden geworden. Seth wird quengelig, deshalb verabschieden wir uns von allen. Zu Hause warten unsere Paten schon darauf, den Kinderdienst zu übernehmen. Mommy und Daddy haben heute *Kuschelzeit.* Da Seth wirklich sehr viel versteht und auch alles nachplappern muss, haben wir uns darauf geeinigt, Codewörter zu benutzen. Jason holt unseren Sohn aus dem Autositz und hält ihn an seine Brust gedrückt. Ich komme wieder ins Schwärmen. Dieser Mann ist der perfekte Vater. *Wer hätte das gedacht?*

»Mrs. Willard, behalten Sie diesen Ausdruck noch genau fünfzehn Minuten für sich, dann sind wir allein. Hier sind Kinder anwesend«, raunt mein Mann mir tadelnd zu. Ich muss lachen und zusammen betreten wir unsere Wohnung. Ich bin bei ihm eingezogen, nachdem wir wieder zurück nach Lobsin City gekommen sind. Seine Wohnung ist einfach größer. Jason legt Seth auf seine Decke mit den vielen Miniaturspielzeugautos des Teams. Gemeinsam und eng umschlungen, starren wir auf unser Wunder. Lichter erhellen das Wohnzimmer und eine Autotür wird zugeschlagen. Susan und ich haben uns nach dem Prozess ausgesprochen. Sie hat Jason zwar immer noch mit Argusaugen im Blick, aber der Krieg zwischen den beiden ist beendet.

»Süße, wo ist Morty?«, frage ich sie irritiert.

»Ja, das ist so eine Sache. Ich glaube, er hat mich mal wieder verlassen. Aber reden wir nicht drüber, gib mir lieber mein Patenkind.« Sichtlich verzückt nimmt sie Seth und drückt ihn an sich.

Verwirrt schaue ich von ihr zu Jason, dieser zuckt nur mit den Schultern.

***

Die Tür schließt sich, Susan fährt mit unserem Sohn davon und bevor ich weiß, was geschieht, hänge ich schon über Jasons Schulter. Er trägt mich die Treppen hinauf ins Schlafzimmer. Lachend lande ich auf dem Bett. Er stützt sich raubtierartig rechts und links von mir ab. Sein Blick ist intensiv und geht mir sofort unter die Haut.

»Ich liebe dich, Josie. Das wird immer so sein.« Ergriffen nehme ich sein Gesicht in meine Hände und lächele ihn an.

»Ich liebe dich auch. Für immer.« Spitzbübisch blickt er an mir hinunter.

»Dann wollen wir unsere Zeit doch mal ausnutzen, was meinst du? Wie wäre es zum Beispiel mit *malen*?« Ich fange an zu lachen. Spüre seinen Ständer an meiner Mitte reiben und stöhne auf.

»Ja, das hört sich fantastisch an.«

Andere Paare wollen in der kinderfreien Zeit schlafen oder sehnen sich nach Ruhe. Wir beide fallen übereinander her. Denn so sind wir schon immer gewesen, sind wir jetzt und werden wir immer sein.

Ende

Danksagung

Meine erste Danksagung. Ich bin so nervös. Mein erstes Buch ist fertig, ihr habt es jetzt gelesen und ich bin so gespannt auf eure Reaktionen und Rezensionen.

Ein Buch zu schreiben, habe ich echt unterschätzt. Blauäugig bin ich an die Sache herangegangen und habe viele Menschen echt in den Wahnsinn getrieben.

Als Erstes möchte ich mich bei meiner besten Freundin bedanken. Jessi, du hast dich von Anfang an mit mir in dieses Buch gekniet, hast meine allererste Rohfassung einmal komplett gelesen und mir inhaltliches Feedback zur Verbesserung gegeben. Ich danke dir für deine wunderbare Freundschaft, für deine ehrliche Meinung und vor allem für die aufmunternden Worte, wenn es mal nicht so lief, wie ich es mir gewünscht habe.

Ein großer Dank gilt auch Chrissy. Durch deinen Witz und Humor hast du es geschafft, mich immer wieder von meinen Schreibtiefs herauszukatapultieren und mir so die Freude am Schreiben wiedergegeben.

Mama und Papa, ich danke euch einfach dafür, dass ihr seid wie ihr seid. Dass ihr für mich da seid, dass ihr mich unterstützt und mir so Mut gegeben habt, wenn ich hingefallen bin, wieder aufzustehen und weiterzumachen.

Sophie, ich danke auch dir, denn ich konnte mich in vielen Dingen immer an dich wenden. Du hast mir sehr mit dem Klappentext geholfen und meine Fragen immer beantwortet. Ich schätze deine Bücher, deine Arbeit und dich sehr.

Bei meinem Freund bedanke ich mich ebenfalls. Er hat mich gepusht, am Anfang mein Vorhaben noch belächelt, später aber stand er voll und ganz hinter mir. Hat mich angetrieben und mich regelrecht ins Büro gejagt. Ich liebe dich dafür.

Dani, du hast diesem Schätzchen den letzten Schliff gegeben. Hast mir so unfassbar gute Tipps gesagt und als Korrektorat nicht nur meine ganzen Fehler ausgemerzt, sondern auch das Inhaltliche überflogen. Ich freue mich auf die weitere Zusammenarbeit!

Am allermeisten muss ich mich aber bei meiner Bitchi Daphne bedanken. Daphne, ich weiß nicht, wie ich dir jemals für all das danken soll, was du für mich bei Faster Love getan hast. Nachdem ich mit meinem privaten Lektor auf die Nase gefallen bin, hast du, obwohl du selbst im Schreibstress standest, dich meinem ersten Debüt angenommen. Und ich muss sagen, du hast etwas Wundervolles daraus gemacht. Ja, ich glaube, dass ich dich sehr zur Weißglut getrieben habe. Denn das Skript war voll mit Fehlern, mit Wörtern, die einfach nicht richtig waren. Bitchi, du hast aus diesem Manuskript ein Buch gemacht. Mein erstes Buch und dafür danke ich dir einfach so sehr. Ich danke dir eigentlich für so viel. Denn du hast auch dieses mega geile Cover gezaubert. Hast meinen Buchsatz gemacht. Die Liste könnte unendlich so weitergehen! Danke für deine Freundschaft und für die beste Schreibpartnerin der Welt an meiner Seite.

Zu guter Letzt danke ich Nika und Leo, meinen beiden Testleserinnen. Ihr habt mein Skript auf Herz und Nieren geprüft und mir Fehler durchgegeben. Danke, ihr Süßen.

Danke an alle, die meinem Buch eine Chance gegeben haben. Mich als Blogger, Leser und Freund unterstützt haben.

Eure Kerrin

Die Autorin

Kerrin Gossow, wurde 1991 auf der schönen Nordseeinsel Sylt geboren, wo sie immer noch mit ihrem Freund und ihrer Zwergspitzdame lebt.
Schon als kleines Kind liebte sie es Bücher von ihrer Oma vorgelesen zu bekommen und sie dann sogar selbst zu lesen.
Die Liebe und Leidenschaft zu Büchern und Geschichten wurde durch den Buchblog, den sie mit ihren zwei Freundinnen betreibt, noch weiter angefacht. Sodass sie eines Tages beschloss selbst ein Buch zu schreiben, um

ihre Ideen unter die gleichgesinnten Buchliebhaber zu bringen. In dem Genre Romance fühlt sich Kerrin nicht nur beim Lesen wohl, sondern auch beim Schreiben, weswegen es in ihren Romanen um viel Liebe, Humor, Gefühl und Vertrauen geht.

Ihr findet sie auch unter:
www.facebook.com/kerringossowautorin
www.instagram.com/kgossow.autorin

Printed in Poland
by Amazon Fulfillment
Poland Sp. z o.o., Wrocław

77291668R00166